MW01707813

REDDENDE ENGEL

ANITA

Renate Dorrestein

REDDENDE ENGEL

Uitgeverij Podium
Amsterdam

Eerste druk september 2017
Tweede druk september 2017
Derde druk januari 2018

© 2017 Renate Dorrestein

Omslagontwerp Rob Westendorp
Beeld omslag Chris Lemmens
Typografie Sander Pinkse Boekproductie
Redactie Harminke Medendorp
Foto auteur Ruud Pos

ISBN 978 90 5759 860 9

Verspreiding voor België: Elkedag Boeken, Antwerpen

www.uitgeverijpodium.nl
www.renatedorrestein.nl

7 maart

17:46

Op de top van de heuvel kwam het landweggetje uit op een vijfsprong. Ik aarzelde even omdat ik iets boosaardigs zag in die overvloed aan mogelijkheden, een vooropgezet plan om me in verwarring te brengen. Het begon al donker te worden, ik had te laat opgemerkt dat het lampje van mijn benzinetank brandde, en er was onweer voorspeld.

Om brandstof te sparen zette ik de motor af. Ik stapte de auto uit. De gure maartse wind rukte aan mijn kleren en mijn haar. Zover het oog reikte, strekte zich een glooiend landschap uit dat dorpen en buurtschappen vrekkig in z'n plooien verborgen hield, want nergens bespeurde ik een teken van menselijk leven.

Pal boven me hing een roofvogel te loeren op een prooi. Kale bomen, half bezwijkend onder trossen maretak, strekten hun takken uit naar de vale hemel. Kraaien pikten met felle bewegingen in een omgeploegde akker. Je had hier vreemde grondsoorten, löss en mergel. En grottenstelsels waarin je voor altijd kon verdwalen, met als enig gezelschap de vleermuizen die er kwamen overwinteren. Eerder op de dag was ik langs gammele schuurtjes van geteerd hout gereden, met naast een ervan een pony die suïcidaal uit zijn ogen keek. En overal kruisbeelden en kapelletjes, opgetuigd met plastic bloemen die door de jaren heen hun kleur hadden verloren.

Midden op de vijfsprong op de heuvel stond ook zo'n kruis. Op zoek naar houvast liep ik er over de onverharde weg naartoe. Het was niet groot, het reikte maar net tot mijn middel. Ik moest me bukken om de inscriptie te kunnen lezen: 'Red ons, Heer.'

Schielijk draaide ik me weer om. Ik had nu ergens in een dorpscafé achter een biertje kunnen zitten, gebrouwen met water uit eigen bron en hop en gerst van eigen land. Als ik maar beter had opgelet.

Als ik de tekenen niet veel te lang in de wind had geslagen, was ik hier zelfs nooit beland. Maar geluk maakt je lui en zelfgenoegzaam.

Veel mensen schijnen het te betreuren dat je geluk niet kunt hamsteren, zoals bijen met hun honing doen, zodat je je opgeslagen voorraad kunt aanspreken als de nood aan de man komt. Die mensen realiseren zich niet dat het oprakelen van oud geluk juist een afschuwelijke bezigheid is.

Ik ging weer in mijn auto zitten en tuurde onthand door de voorruit. Verder van huis dan hier in Zuid-Limburg had ik niet kunnen komen zonder de grens over te rollen. Kilometers maken. Afstand creëren.

Moest ik rustig afwachten totdat er iemand langsreed die me zou kunnen vertellen dat er een paar kilometer verderop al een benzinepomp was, als je de weg tenminste wist? Zo ver kon ik nu ook weer niet van de bewoonde wereld vandaan zijn. Vanmiddag was ik door het ene dorp na het andere gereden, zonder dat een verblijf in een ervan me aantrekkelijk had geleken. Ik had pubers in wanhopige outfits kleumerig op pleintjes zien samenklitten en mannen die allemaal verstandelijk gehandicapt leken dadeloos bij hun tuinhek zien staan. Een bejaard echtpaar op een brommer, met helmen op en opbollende regenjassen aan, tufte kilometerslang zwalkend voor me uit. Bij de oude boerenhoeves stond de poort steevast op een zuinige kier zodat je net niet op de koer kon kijken, en dan had je ook nog al die lelijke bungalowtjes waarin een kapsalon of nagelstudio was gevestigd.

Om tenminste weer een traag uur te doden had ik in een van de vele kloosters een expositie van zoetsappige iconen bekeken. In een gang waarvan de houten vloer onder mijn voetstappen kermde had ik drie euro entree moeten overhandigen aan een vrouw die er zo levenloos uitzag dat ik even dacht dat ik daar zelf zat. Na de munten in een geldkistje te hebben opgeborgen, zette ze een turfje op een leeg vel papier, netjes linksboven.

Daarna was ik weer in de auto gestapt om op goed geluk dan toch maar een stukje te gaan rijden. De omgeving verkennen, dat is nu eenmaal onderdeel van mijn werk. Ter plaatse doe je altijd je meest verrassende vondsten, daar kan geen kadasteronderzoek of speurtocht via Google Earth tegenop. Bij het rondrijden zou ik vast ook wel op een onderkomen voor de nacht stuiten. Ik was slecht voorbereid van huis gegaan, ik had er niet eens aan gedacht een overnachting te boeken. Net zoals ik was vergeten bijtijds te tanken en mijn telefoonoplader mee te nemen. Ikzelf was al even leeg, uitgehold door de slagen die mijn hart maar bleef maken, luid en onverschillig, en door malende gedachten die nergens toe leidden, behalve tot het inklinkende besef dat ik van mijn verleden en van mijn toekomst was beroofd. Nu alleen het heden nog. Daar werd trouwens al aan gewerkt, want over een heuvelrug verderop kwamen paarse donderkoppen aandrijven.

Ik stond op een veel te onbeschutte plek om de onweersbui af te wachten. Vlug startte ik de motor. Als ik maar zorgde dat ik gestaag afdaalde, moest ik vroeg of laat in een dorp terechtkomen, dat was een wetmatigheid. En als mijn navigatiesysteem weer een satelliet kon vinden, zou ik zelfs weten waar ik naartoe reed.

Ik had nog steeds het gevoel dat die vijfsprong vier mogelijkheden te veel bood. In het snel invallende duister koos ik de weg die meteen scherp omlaag boog. Net op tijd, want een gevorkte bliksemflits deed het hele landschap oplichten. Nog voordat de eerste donderklap klonk, begon het al onstuimig te regenen. Grind en zand spatten op. Mijn banden slipten over het onverharde wegdek, ik bleef te snel afdalen hoewel ik bezeten op het rempedaal pompte. Hoe steil kon het hier zijn? Waren de heuvels sinds mijn laatste bezoek soms hoger geworden? Had de wereld een andere gedaante aangenomen sinds ik zelf niet meer wist wie of wat ik was, behalve een beverig potloodstreepje op een verder leeg vel papier?

In het onophoudelijke weerlicht doemde recht voor me een bos op, doormidden gekliefd door het landweggetje dat inmiddels bijna tot een karrenspoor was geslonken. De kale bomen boden weinig beschutting. De bermen waren begroeid met braamstruiken die mijn auto aan weerskanten omsloten. Met een griezelige zekerheid begon me iets te dagen. Deze route leidde niet naar een bebouwde kom. En: omkeren kon ik hier ook niet. Als ik zo meteen op een hek stuitte, of op een omgevallen boom, dan zou ik achteruit de hele weg terug omhoog moeten zien af te leggen. Hoeveel benzine had ik nog?

Er was mij de laatste tijd aanhoudend verteld dat ik me 'zorgen om niks maakte'. Dat was een leugen geweest, een afleidingsmanoeuvre. Ik had me juist al veel eerder zorgen moeten maken. Dus ook nu hoefde niemand me te vertellen dat ik overdreef. Het kon niet anders of ik denderde, bonkend door kuilen en over keien, hulpeloos voort naar het diepste punt van een of ander rivierdal. Zonder te kunnen ingrijpen zou ik over de glibberige oever het water in schieten.

Bij de gedachte dat er niemand meer was tegen wie ik kon uitroepen: 'Zie je wel! Ik wist het! Ik wist het en ik had nog gelijk ook!' werd het me van woede even zwart voor de ogen. Pas na een paar tellen drong tot me door dat mijn koplampen waren uitgevallen en dat ook mijn ruitenwissers niet meer werkten.

Maar daar knetterde de bliksem weer, en al had ik blijkbaar geen benzine meer, ik had nog steeds vaart. Hotsend daalde ik, daalde ik. De holle weg, met boomwortels op ooghoogte, was zo nauw dat ik de braamstruiken langs de lak van mijn auto had kunnen horen schrapen als het onweer niet alles had overstemd. Opnieuw een bliksemflits, en ik zag dat ik rakelings langs een lange muur schoot met daarin een ijzeren poort met hangsloten, en toen nam mijn snelheid eindelijk af. De auto rolde nog even schokkerig uit en kwam tot stilstand.

Met mijn handen verkrampt om het stuur bleef ik zitten. Het was alsof ik met geweld door een trechter was geperst.

Ergens dichtbij dacht ik het geblaf van een hond te horen. Ik haat die beesten, ik ben er als de dood voor. Hopelijk was het alleen het grommen van de donder geweest. De onweersbui hing nog steeds pal boven mijn hoofd, alsof hij zich met dezelfde snelheid had verplaatst als waarmee ik eraan had geprobeerd te ontkomen.

Ik moest niet alles zo persoonlijk opvatten, dat was me de afgelopen periode ook vaak voorgehouden, op steeds verveeldere toon. 'Jij leeft veel te veel vanuit jezelf, Sabine.' Maar vanuit wie moest je dán leven?

De regen gutste langs de autoruiten. Vroeger hadden in deze streek de gevreesde bokkenrijders huisgehouden, van wie zowel werd beweerd dat het duivelse geesten als menselijke misdadigers waren, of misschien waren het gewoon arme sloebers geweest die, getroffen door schrale oogsten en strenge winters, uit noodzaak op rooftocht gingen. Hoe dan ook, er waren hier genoeg dingen gebeurd waaraan ik liever niet wilde denken, al kon het niet anders of deze holle weg herinnerde zich nog ieder detail, want grond waar bloed heeft gevloeid, vergeet dat nooit.

Ik knipperde met mijn ogen. Was het mijn verbeelding of pinkte er in de verte werkelijk licht? Er kwam op dit onooglijke weggetje toch geen tegenligger aan? Wat zat ik mezelf te kwellen met spookverhalen terwijl ik elk moment overhoopgereden kon worden: met gedoofde koplampen zou mijn auto in het donker onzichtbaar zijn. Ik moest eruit.

Ik duwde met mijn volle gewicht tegen het portier, dat niet verder openging dan op een kier, omdat het op de hoge berm stuitte. Hijgend wurmde ik me over de versnellingsbak naar de passagiersstoel. Ook aan die kant leek er nauwelijks ruimte, maar misschien was het net genoeg. Mijn voeten en mijn knieën waren al doorweekt terwijl ik nog bezig was een schouder naar buiten te manoeuvreren, en dan moesten mijn hoofd en mijn romp nog. Een knoop van mijn vest bleef ergens achter haken, ik rukte me los, wist mijn schouder en arm buitenboord te krijgen en klauwde op de tast naar een boomwortel om me aan op te trekken.

Koude vingers sloten zich om mijn hand.

Het deel van mijn lichaam dat zich nog in de auto bevond, bevroor. De rest van mij begon instinctief te spartelen.

'U kunt hier niet uitstappen!' riep een meisjesstem, net hoorbaar boven het gerommel en het gedaver in de lucht. 'U kunt hier niet uitstappen!'

Het lukte me mijn hoofd om het portier heen te hoeken. In de stromende regen stond een jong meisje tegen de berm gedrukt, het natte lange haar om het hoofd gepleisterd. Ik hees me de auto uit, wankel van opluchting omdat ik blijkbaar in de buurt van menselijke bewoning was beland. 'Dat lukte inderdaad maar net,' zei ik buiten adem.

Ze antwoordde iets wat verloren ging in een knetterende donderslag.

'Kan ik hier ergens schuilen?' riep ik. 'Ik zit zonder benzine.'

'Verderop kunt u keren!' Ze wees.

'Ik heb een lege tank.'

'Maar dit is privéterrein.'

'Ik heb geen hek gezien.'

'O nee, het stond toch niet open? Het hoort dicht! Wat stom, wat stom van Ennis! Hij is het in de haast zeker vergeten te sluiten.' Haar stem was schel van radeloosheid. Ze wrong zich langs de auto en draafde de weg omhoog op. In een oogwenk was ze door het duister verzwolgen.

Terwijl de kille regen mijn kraag in liep, draaide ik me om. Even verderop was tussen de bomen door nog steeds het schijnsel te zien dat ik daarnet niet goed had geïnterpreteerd: het was gewoon een verlicht raam. Ik hengelde mijn handtas uit de auto en zette me in beweging. De ouders van dat meisje zouden het me vast vergeven dat ik per ongeluk op hun terrein verzeild was geraakt. In dit beestenweer wees je iemand niet de deur.

Beducht op kuilen stapte ik voort. Ik voelde, meer dan dat ik het kon zien, dat de hoge bermen aan weerskanten achteruitweken: dit moest zo ongeveer de plek zijn waar de bewoners hun auto konden keren. Je zou er claustrofobie van krijgen om op een plek te wonen waar je amper in of uit kon, maar deze mensen gaf dat misschien juist een beschut gevoel, ze wisten zich geborgen onder al die bomen, helemaal aan het einde van een maar halfbegaanbare weg. Ik had de afgelopen tijd te veel theorieën naar mijn hoofd gekregen over de kwalijke effecten van begrenzing, beperking en beknotting om nu over deze woonsituatie zomaar een oordeel te hebben. Al was oordelen natuurlijk wel altijd een van mijn slechte eigenschappen geweest.

Het bliksemde weer, en in die flits werd het huis zichtbaar waarin slechts achter één raam licht brandde. Het was een monumentale vakwerkboerderij. Bouwjaar omstreeks achttienhonderd, en sindsdien hopelijk nooit een dorpel of dakgoot vervangen. Zó dacht je dat je helemaal niets meer had, en zo viel je mogelijk een godsgeschenk in de schoot.

Ik liep naar de metershoge houten poort waardoor briesende paarden ooit karrenvrachten goudgeel vlas naar binnen hadden gereden, de open koer op. De poort was dicht, maar er zat zoals altijd een loopdeur in. Ik klopte aan, terwijl ik met mijn andere hand snel mijn natte haren uitwrong.

Er gebeurde niets. Toen ik achteruitstapte om te kijken welk raam verlicht was zodat ik daarop kon tikken, zag ik dat binnen nu alles donker was, alsof iemand de lichtbron vlug had gedoofd. Maar op hetzelfde moment scheen er licht door de kieren van de loopdeur. Die ging op minder dan tien centimeter open. 'Madeleine?' Het was weer een meisjesstem, een andere.

'Ik ben hier gestrand met een lege tank!' riep ik. 'Sorry, ik had niet in de gaten dat ik op privéterrein was. Het hek was niet...'

De deur ging verder open. Ik keek recht in de vlam van een hoog opgeheven olielamp. Het meisje dat hem vasthield kon ik daardoor niet ontwaren. Ik zag alleen de paraplu die ze boven haar hoofd hield. Ze sputterde, zo te horen vooral tegen zichzelf: 'Ik zei nog tegen Madeleine: "Dat is Ennis z'n auto helemaal niet, die heeft niet zulke koplampen." En hoe zou hij trouwens nu al terug kunnen zijn?'

Madeleine moest dat andere kind zijn. Blijkbaar hadden die twee me al van verre zien naderen. Het bezorgde me een eigenaardig gevoel te zijn gadegeslagen zonder dat ik het zelf in de gaten had gehad. 'Mag ik misschien...' begon ik.

Het meisje stak haar hoofd naar buiten. 'Madeleine! Waar ben je? Er is hier iemand die...'

Ik werd aan mijn arm bij de deur vandaan getrokken. Het was die Madeleine weer. Ze hijgde hoorbaar van het heen en weer rennen naar het hek. 'Naar binnen, Livia,' snauwde ze. Zij was zo te horen de oudste van de twee, maar in het licht van de olielamp kon ik ook haar ternauwernood onderscheiden.

'Hé, ik wil jullie geen overlast bezorgen, maar als ik jullie telefoon even mag gebruiken om de wegenwacht te bellen...'

'Dat kan niet. De stoppen zijn net doorgeslagen. We zitten in het donker en de telefoon doet het ook niet,' zei Madeleine bits.

Met een plotseling geknepen kinderstem vroeg Livia: 'Maar dat gaat toch wel weer over, hè? We hoeven toch niet de hele avond in het pikkedonker te zitten?'

'Gewoon vroeg naar bed, dan merken we er niks van.'

Blijkbaar waren ze alleen thuis. 'Zal ik even naar de stoppenkast kijken?' bood ik aan. 'Het is waarschijnlijk de aardlekschakelaar.'

'Wij laten geen vreemden binnen,' zei Madeleine op besliste toon.

Na een moment stilte zei Livia: 'Maar Ennis is er nu toch niet? Maddie, toe nou!' Toen zei ze vertrouwelijk tegen mij: 'Ennis is met Maman naar het ziekenhuis. Ze zijn op z'n vroegst morgenochtend weer thuis. Kom maar binnen, hoor.'

18:37

Voordat Madeleine kon protesteren liep ik achter Livia's flakkerende olielamp aan, de koer over. Mijn doorweekte kleren kleefden aan mijn lichaam. Toen we de ruime deel binnenstapten, rook ik het eeuwenoude stof dat zich tussen de dakspanten had genesteld. Ik botste tegen meubilair aan toen ik omhoogkeek. 'Opgepast,' zei Madeleine vlak achter me.

'Hebben jullie geen zaklantaarn?'

'Ja, maar de batterijen doen het niet meer.' Ze leek het opeens de gewoonste zaak van de wereld te vinden dat ik hier in het donker rondstommelde. Of misschien begreep ze dat ze het snelst van me af zou zijn als ik de elektriciteit herstelde en mijn telefoontje kon plegen. Hopelijk mocht voor de wegenwacht het hek straks weer even open.

Aan het einde van een hol klinkende gang opende Livia de deur van de meterkast. In het schijnsel van de olielamp zag ik een hele batterij stoppengroepen. Het huis moest nog veel groter zijn dan ik van buiten had kunnen zien. Misschien was de muur waar ik met mijn auto zowat langs geschampt was er zelfs wel onderdeel van. Als vanzelf zag ik de ene mogelijkheid na de andere voor me. Maar eerst licht. Als binnenshuis alle authentieke details waren gesloopt, zou het een heel ander verhaal worden.

Er waren drie aardlekschakelaars en ze stonden alle drie uit. Een blikseminslag in de nabije omgeving, waarschijnlijk. Maar je kon in een oud huis nooit uitsluiten dat een deel van de installatie in het ongerede was geraakt, dus zette ik secuur de groepen een voor een uit voordat ik de schakelaars weer indrukte.

'Er gebeurt niks,' zei Madeleine in mijn nek.

'Zo meteen wel,' zei ik. Dit was nog eens goed voor mijn

zelfvertrouwen. Ik was iemand die precies wist wat ze deed. Ik zette de eerste groep weer aan.

Een radio begon te spelen.

Onder verrukte kreten holden de meisjes de gang uit. Ook ik slaakte bijna een gil toen er boven mijn hoofd een lamp aanfloepte: de plavuizenvloer waarop ik stond, was zonder meer in originele staat, de betegeling van de muren ook. Hoe zouden de slaapkamers zijn? Zou ik durven vragen om een rondleiding? Die Ennis was er toch niet.

Elders in huis hoorde ik gekwetter. Ik vond de meisjes in de keuken, een vertrek dat mijn knieën deed knikken. Een beroete houten schouw boven het fornuis, een hardstenen aanrecht, een voorraadkast met een deur van vliegengaas, planken vol emaillen potten, zwart-witte tegels op de vloer: het was een keuken waarin de tijd al eeuwen stilstond, alsof hier nooit iets anders had bewogen dan het stof dat zichtbaar over alles was neergedaald, als op een onscherpe, haast onwerkelijke foto. Het vertrek was zo groot dat er gemakkelijk twaalf gasten tegelijk zouden kunnen ontbijten.

'Mijn hemel,' zei ik hardop.

'O ja,' zei Madeleine, weer op haar eerdere koude toon, 'nu wilt u natuurlijk bellen.'

Hoe had ik ooit kunnen denken dat zij een jong kind was? Doordat ze heel tenger was en klein van stuk, of doordat ik me sinds kort zo vreselijk oud voelde, ouder dan iedereen op aarde, ouder nog dan dit huis? Madeleine moest al rond de twintig zijn. Ze had een scherp gesneden gezicht en ogen die diep in hun kassen lagen, alsof ze niet genoeg sliep.

'Er is soep,' zei Livia gezellig. 'Maman had hem net gemaakt toen ze ineens ziek werd.' Ze wees naar een pan die op het fornuis stond terwijl ze me uitnodigend aankeek. Dezelfde diepliggende ogen, het waren overduidelijk zusjes, maar Livia's blik was opener, onbevangen. Twaalf? Dertien? 'Galblaas,' lichtte ze toe.

'Oei, dat schijnt enorm pijnlijk te zijn.'

'Erger dan een kind baren,' zei Livia. Ze begon haar smalle bovenlichaam ritmisch heen en weer te bewegen. 'Die galstenen willen eruit, eruit, eruit, maar dat kunnen ze niet.'

'Stel je niet aan,' zei Madeleine, die met een telefoon op me afkwam, zo'n draadloos huistoestel.

'Maar dat zei Maman zelf!'

Ik pakte de telefoon aan. 'Wat akelig voor jullie moeder.'

Ze staarden me met z'n tweeën aan. De naar mij opgeheven gezichten waren allebei even bleek, de lange haren even steil en donker. Wat zagen zij, op hun beurt? Iemand van net vijfenveertig, met nog een kans op een heel leven voor zich, of was ik in hun ogen een bejaarde schim, kromgebogen onder het gewicht van haar eigen mislukkingen? Ik had mezelf de laatste tijd behoorlijk laten verslonzen. Er zat een doffe grijze uitgroei in mijn haar en mijn huid was pafferig geworden van vele middernachtelijke flessen wijn. Ik liep al weken in hetzelfde vest omdat ik het steeds zo koud had. Ik leek in niets meer op wie ik was geweest.

Livia proestte het uit achter haar hand. 'Onze moeder? Maman is de moeder van Ennis!'

Madeleine zei: 'U kunt bellen.'

Ik zette mijn tas op de eettafel. Uit mijn portemonnee haalde ik mijn wegenwachtpasje. Zouden ze eigenlijk wel uitrukken voor zoiets verwijtbaars als een lege tank? Plotseling gegeneerd toetste ik het nummer in. En toen nog een keer. De lijn was dood. 'O jee,' bracht ik uit. 'Jullie telefoon heeft een klap gekregen toen de installatie uitviel.' Of toen ik die weer aanzette, natuurlijk.

'Getver,' zei Madeleine. 'Als Ennis ons vanavond belt en hij krijgt geen gehoor...' Ze begon op haar nagels te bijten.

'Misschien belt hij helemaal niet,' zei Livia.

'Ja, jij maakt je nóóit ergens zorgen om.'

'Hebben jullie geen mobieltje?' vroeg ik.

'Waar zouden we dat voor nodig hebben?'

'Nou ja, voor dit soort noodsituaties, dus.' Om de een of andere reden brachten die twee me uit mijn evenwicht. Maar dat zou wel weer aan mij liggen. Wat er allemaal aan mij lag, daar kon je een boek over schrijven.

'Soep?' vroeg Livia. 'Nu we hier toch zitten? Maddie, kijk niet zo boos. Eten moet je toch.' Ze liep naar het fornuis, tilde het deksel van de pan en begon erin te roeren.

'Als Ennis ons niet kan bereiken,' begon Madeleine weer, geagiteerd.

Ik stopte mijn portemonnee terug in mijn tas. 'Kun je hem niet bij de buren bellen om te zeggen dat jullie telefoon eruit ligt?'

'We hebben geen buren. En ik ga wat droogs aantrekken.' Ze beende de keuken uit.

Livia roerde nog steeds in de soep. Zonder zich om te draaien zei ze: 'Ennis moet Mamans hand vasthouden na de operatie. Hij dénkt niet eens aan ons.'

'Is het goed als ik ook wat droge kleren uit mijn auto haal?' vroeg ik. 'Ik ben bang dat jullie nog wel even met me opgescheept zitten.'

'Ik vind het wel gezellig,' zei Livia. 'Als we vroeger...' Haar stem stierf weg en ze haalde haar schouders even op, alsof ze zich ineens niet meer voor de geest kon halen wat ze ook alweer had willen zeggen.

Ik nam de gelegenheid te baat om naar buiten te glippen. Het regende nog steeds pijpenstelen. Glibberend over de zompige bodem moest ik in het donker mijn weg naar de auto zien te vinden. Van opwinding bonkte mijn hart in mijn keel. Voorlopig was ik hier nog niet weg.

19:24

Op de deel kleedde ik me vlug om. De ruimte was geplaveid met kloostermoppen die van ouderdom glansden als stenen in een beek. Her en der stonden kasten nogal lukraak tegen de muren geschoven, maar het waren uitgesproken pronkstukken van meester-schrijnwerkers uit lang vervlogen tijden. Ook de banken, die al even willekeurig in het enorme vertrek stonden, moesten ooit veel geld hebben gekost. Ze oogden nog altijd heel comfortabel, hoewel de bekleding verbleekt en zelfs versleten was. Een dikbuikig televisietoestel dat me aan mijn vroegste jeugd herinnerde, was op een groot dressoir opgesteld.

Mijn werk brengt me naar de gekste plekken, en regelmatig kom ik ook bij verarmde landadel over de vloer. Afgetrapte, uitgewoonde chic: bemodderde laarzen in de gang, olieverfschilderijen van jachttaferelen aan de muren, maar in de keuken niet veel meer dan brood en koffie. Als dit huis in die categorie viel, zou ik precies weten hoe ik met de eigenaren zaken moest doen. Aardse lui, maar trots.

Hoewel de deel eerder een opslagplaats van meubilair leek dan een liefdevol ingericht vertrek, was er rond de open haard toch een ordenende hand bezig geweest. In een halve kring stonden vier diepe fauteuils, met ernaast een houten hobbelpaard en een paar antieke leren koffers die blijkbaar dienstdeden als bijzettafeltje, want op een ervan lag een opgekrulde bruine boterham.

Ik hing mijn natte kleren netjes over het gietijzeren haardstel. De haard moest een toevoeging van latere datum zijn, maar dat zouden de toekomstige gasten toch niet beseffen. Die zouden na een lange wandeling alleen maar verheugd hun benen naar het vuur uitstrekken. Hoe ver zat je hier eigenlijk van het Pieterpad vandaan?

Boven de schouw hing het onvermijdelijke familieportret. Voorouders die hun ogen zo wantrouwig samenknepen dat je geen oogwit meer zag, met achter hen een doorkijk naar landerijen die zich eindeloos uitstrekten. Het zou me verbazen als ik het mis had. Grondbezitters. Die willen altijd blijven zitten waar ze zitten, zelfs als hun keukenkasten uiteindelijk helemaal leegraken en het onderhoud van hun kolossale huis ze boven het hoofd groeit. En laat ik nou de perfecte oplossing voor hen hebben. Als we hun monumentale pand opnemen in mijn portfolio van erfgoedlogies, kunnen B&B-gasten voortaan geld voor ze in het laatje brengen. Weliswaar offeren de eigenaren dan een deel van hun woning op, maar meestal gebruiken ze het hele huis toch allang niet meer, en in de nieuwe situatie kunnen ze gewoon in een privégedeelte blijven wonen.

Ik draaide het schilderij de rug toe en ging naar de keuken.

Daar was het jongste zusje Livia bezig de tafel te dekken. Er stond een aangesneden brood klaar dat overduidelijk thuis gebakken was, onvast van vorm en met een donkere korst, maar het had een gulle geur van graan en gist die me deed beseffen dat ik de hele dag nauwelijks iets had gegeten. Livia had al drie lepels neergelegd en reikte nu op haar tenen naar kommen van bruin aardewerk in een kastje boven het aanrecht.

'Kan ik ergens mee helpen?' vroeg ik.

Ook Madeleine kwam de keuken in. Ze droeg een zwarte spijkerbroek met daarop een hemelsblauwe trui die zowat tot haar knieën reikte. Ze had haar vochtige haar in een strakke knoedel boven op haar hoofd gebonden, waardoor haar gezicht nog spichtiger leek. Zonder acht op me te slaan pakte ze de kommen aan van Livia en zette ze op tafel.

'Kan ik ergens mee helpen?' vroeg ik nogmaals. 'Ik voel

me bezwaard dat ik zo'n beroep moet doen op jullie gastvrijheid. Hé, maar ik heb me nog niet eens voorgesteld. Ik heet Sabine.'

Het werd voor kennisgeving aangenomen. Jonge mensen, dat had me al vaker verbaasd, stellen je nooit veel vragen. Hoe kom je hier verzeild, wat zijn je plannen, wat doe je voor de kost, al die zaken die volwassenen doorlopend van elkaar willen weten of waar ze interesse voor veinzen, zijn niet van belang voor pubers en adolescenten. Hun eigen leven neemt ze totaal in beslag. Zo was ik zelf ook geweest.

'Sabine,' zei Livia peinzend, alsof het met vertraging tot haar doordrong dat dat mijn naam was. Met de pan tussen twee ovenwanten geklemd kwam ze naar de tafel toe en begon de soep op te scheppen. Ook haar bewegingen waren vertraagd, merkte ik nu pas op. Ze was van die twee dan wel de kletskous, waardoor je haar aanzag voor een vrolijke spring-in-het-veld, maar dat werd weersproken door de manier waarop ze zich bewoog. Opeens voelde ik me opgelaten. Zou haar iets mankeren? Deed haar oudere zusje daarom zo afwerend? Wilde ze Livia tegen vreemde ogen beschermen?

Ouders leken er niet in het spel te zijn. Ze waren in elk geval niet thuis.

We gingen alle drie zitten. 'Jullie wonen hier best afgelegen, hè?' zei ik.

'Welnee. We zitten maar vijf kilometer van het dorp,' zei Madeleine.

'Is daar een benzinepomp die op dit uur nog open is?' vroeg ik om mijn goede wil te laten blijken.

'Nee, die gaat om zeven uur dicht. Alleen in de zomer blijft-ie 's avonds open,' antwoordde ze op een toon alsof ik er iets aan kon doen dat het pas begin maart was, de op één na afschuwelijkste van alle maanden, waarin mens en dier om het hardst naar droge kleren en droog stro verlangen en vooral naar meer daglicht.

'Ach,' zei ik. Het kwam er iets te verheugd uit. Onhandig sneed ik snel een ander onderwerp aan. 'Het Limburgs is zo'n mooie taal. Maar jullie klinken helemaal niet...'

'We mogen van Maman geen dialect spreken,' zei Livia.

'We zijn geen kinkels,' zei Madeleine hooghartig.

Weer viel er een stilte. Die Maman had er duidelijk goed de wind onder, net zoals haar zoon Ennis.

Nu ik zo pal tegenover Madeleine zat, zag ik dat haar wenkbrauwen boven haar neuswortel aan elkaar groeiden. Het gaf haar iets ongetemds, iets wilds zelfs, maar haar mooie, matte teint bezorgde haar voorkomen juist weer iets ingetogens, zoals op de iconen die ik die middag had gezien. Een vat vol tegenstrijdigheden, deze oudste zus.

Livia's nog kinderlijke gezicht was in vergelijking blanco. Het leven had er nog geen sporen op achtergelaten. Die twee verschilden trouwens flink in leeftijd. Daar moest een verhaal achter zitten. Ik vermande me. Volgens Vincent, mijn trouweloze echtgenoot, lijd ik aan ziekelijke nieuwsgierigheid.

'Vergeten we niet iets?' vroeg Livia. Ze pakte de hand van haar zus en reikte over de tafel naar de mijne. Met zichtbare tegenzin pakte Madeleine mijn andere hand. Ze had nog steeds onvoorstelbaar koude vingers. Mijn beide handen werden met een ruk omhooggetrokken en toen met een klap op het tafelblad gebonkt. 'Hoei hoei!' riep Livia. 'Smakelijk eten.'

'Hoei hoei,' zei Madeleine met neergeslagen ogen. 'Smakelijk eten.'

'Nou jij, Sabine.'

'Hoei hoei,' zei ik verlegen. 'Smakelijk eten.'

De soep bleek fenomenaal lekker. Iets van tuinerwten,

munt en gebakken spekjes. Buiten klonk het ruisen van de regen.

Livia hief oplettend haar hoofd. 'Het onweert niet meer.'

'Wat een geweld was dat, zeg.' Ik had zin in een stuk brood, maar ik durfde het niet uit eigen beweging te pakken. 'Ik was op die heuvel met die vijfsprong, weet je wel, toen het losbarstte.'

Livia keek me fronsend aan.

'En omdat ik daar zo onbeschut stond, met die bijna lege tank, dacht ik: ik neem de weg die het steilst naar beneden gaat, dan kom ik vanzelf in een dorp uit.'

'Na een paar honderd meter had u de weg naar rechts moeten volgen,' zei Madeleine fel, 'in plaats van ons pad op te rijden.'

'Sorry, maar ik zag geen hand voor ogen. En zeg maar jij, hoor.'

'Maar wat moeten we nou beginnen?' Ze klonk opnieuw radeloos.

Ik ging omstandig verzitten. De poten van mijn stoel voelden een beetje wankel. Tersluiks keek ik om me heen. De blauwe verf van de keukenkastjes was op de hoeken afgebladderd. Het boerenbonte tafelzeil had kale plekken. Er zaten butsen in de zinken emmer met prei die op het aanrecht stond. Misschien had Maman die prei nog aan de soep willen toevoegen voordat ze haar galblaasaanval kreeg. Dit was overduidelijk een huishouden dat zich geen verspilling kon veroorloven. Het was niet uitgesloten dat iedereen hier een gat in de lucht zou springen als ik een goed zakelijk voorstel deed.

'Madeleine,' zei ik, 'ik durf het bijna niet te vragen, maar zou ik hier mogen overnachten? Ik zou het anders ook niet weten. Ik zal jullie er uiteraard voor betalen. Morgenvroeg loop ik naar de benzinepomp om een jerrycan benzine te halen. En dan bel ik daar meteen ook even jullie telefoonprovider en vraag of er een monteur kan langskomen.'

De meisjes wisselden een blik die ik moeilijk kon peilen. Ik vermoedde dat ze gewend waren dat Ennis en Maman hier de beslissingen namen. Madeleine was oud en wijs genoeg om zich verantwoordelijk te voelen, maar blijkbaar was ze nog te jong om in een onvoorziene situatie knopen door te kunnen hakken. Of misschien waren de zussen blij geweest even van volwassenen verlost te zijn, totdat ik de boel kwam verstoren. Wie weet wat voor plannen ze hadden gehad.

'Ze kan toch in Mamans bed?' vroeg Livia. 'Of ik ga in Mamans kamer slapen, en dan mag ze in mijn bed.' Ze legde op haar dromerige manier het deksel terug op de soeppan.

Madeleine zweeg. Ze begon een snee brood in haar soepkom te verkruimelen. Daarna stond ze op, haalde een pak melk uit de koelkast en goot een ruime scheut in de kom. Ook ik hield mijn mond, al leek het huis me groot genoeg om een gast te laten overnachten zonder dat iemand daarvoor haar eigen bed hoefde op te offeren.

'Alicia's kamer,' zei Madeleine plotseling. Met de kom in haar hand liep ze de keuken uit.

'Ze vergeet iets,' zei Livia gnuivend. 'Ze vergeet: "Denk om je pillen, Livia." Zal ik je naar Alicia's kamer brengen?'

Het vooruitzicht meer van het huis te zien verdreef op slag het gevoel dat ik nog te weinig had gegeten. 'Graag,' zei ik.

19:52

Op de deel liepen we niet, zoals ik had verwacht, in de richting van de gang waarin de meterkast zich bevond en waarachter het trappenhuis moest zijn. In plaats daarvan laveerde Livia tussen de banken door naar een slechtverlichte hoek waar ik pas op het laatste moment een paar treetjes ontwaarde. Aha, 'Alicia's kamer' was de opkamer, met daaronder, zoals gebruikelijk, een deur naar de kelder.

We stapten het vertrek binnen. De lambriseringen waren van eikenhout en de vloer was bedekt met perfecte arduinen dallen, diepblauwgrijs van kleur. Er was maar weinig meubilair. Er stonden een bestofte kaptafel met een drieluikspiegel, een eenpersoonsbed op ijzeren poten en een rieten hutkoffer. 'Wat grappig,' zei ik, 'al die koffers hier in huis. Zo te zien zijn jullie een familie van reizigers.' Misschien was die Alicia zelf ook ooit op reis gegaan, onder een ouderwetse strohoed voortboemelend in een trein, een kanten zakdoekje in de hand om haar voorhoofd te deppen. De kamer zag er in elk geval uit alsof hij al sinds mensenheugenis niet meer was gebruikt, en er lagen nergens persoonlijke bezittingen.

'Alicia was geen familie van ons, hoor. En die koffers zijn van vroeger. Wij gaan nooit ergens heen,' zei Livia. 'Als je het te donker vindt, kun je de luiken openzetten. Kijk, zo.' Demonstratief draaide ze aan een houten greep. Buiten was het aardedonker en het regende nog steeds hard. Maar zodra het opklaarde, zou ik vanuit mijn bed naar de sterrenhemel kunnen kijken. De opkamer zou een ideale bruidssuite zijn, realiseerde ik me.

'Wat een heerlijk huis,' zei ik. 'Jij hebt zelf vast ook een mooie kamer.'

'Ja, op zolder,' zei Livia.

'Mag ik 'm zien?'

Even drukte ze schuw maar aanhalig haar hoofd tegen mijn schouder, alsof ik met mijn nieuwsgierigheid haar hart had veroverd. 'Kom maar,' zei ze.

Het ontregelde me, die aanraking van dat hoofdje dat zo

breekbaar als een eierschaal leek, maar toen ik weer achter haar aan liep, namen mijn professionele ogen meteen de dienst over. De staat van het huis was niet om over te juichen, en misschien zouden er verschrikkelijke verborgen gebreken opdoemen wanneer het stof was weggepoetst, maar het hele gebouw ademde in elk geval niets dan authenticiteit. De heerlijk krakende trap voerde naar een royale overloop, en alleen daar telde ik al zes deuren. Ik was zo razend benieuwd naar het sanitair dat ik bijna zei dat ik naar de wc moest, maar ik wist me te beheersen. Het is een van mijn onvergeeflijkste fouten: ik wil altijd alles tegelijk, ik wil veel te veel. Ik ben een vrouw die geen maat kan houden, die geen grenzen kent. Ik ben met gemak het ergste wat iemand kan overkomen.

Verdomme, nu kreeg ik eindelijk een kans om me met iets anders bezig te houden, en daar ging ik weer.

'En hier is de trap naar zolder,' zei Livia.

Via de smalle, steile trap klommen we dwars door het gebinte van het huis naar boven. Hoe onverwoestbaar is alles toch wat louter met behulp van pen-en-gatverbindingen is gebouwd. Had de mensheid de spijker en de schroef maar nooit willen uitvinden.

Boven aan de trap was een klein portaal met twee deuren. De deur die Livia opende gaf toegang tot een ruimte die zo immens was dat het andere vertrek niet meer dan een afgeschoten rommelhok kon zijn. Het vloeroppervlak van de zolder moest ongeveer even groot zijn als dat van de deel. De muren waren geel gesaust, als in een kinderkamer. Op een sofa die zo te zien ook dienstdeed als bed, lag een verzameling overjarige knuffels. Er was een open stellingkast waarin stapeltjes kleren lagen, messcherp opgevouwen en zelfs op kleur gesorteerd. Aan een van de balken van de zoldering hing een schommel.

'Je mag er wel even op, hoor,' zei Livia. 'Ik moet toch nog huiswerk maken.' Ze begaf zich naar een klein bureautje waarop boeken en schriften lagen. Met een onwillige zucht boog ze haar schriele gestalte over haar werk.

Ik ging op de schommel zitten, waarbij ik mijn knieën een heel eind moest optrekken. Ogenblikkelijk herinnerde mijn lichaam zich een vergeten sensatie: als je je meermaals om je as wentelde zodat de touwen in elkaar draaiden, werd je daarna spinnend als een bromtol in het rond gezwierd. Het lukte me. Duizelig beëindigde ik mijn pirouette. Hoe troostend dat er dingen bestaan die nooit veranderen. Even wist ik zeker dat ik alles in het leven het hoofd kon bieden. Toen zakte ik met een krak door de zitting heen.

Livia keek op. 'Geeft niet, hoor. Ennis zet er wel een nieuw plankje in.'

Ontdaan krabbelde ik overeind. 'Het spijt me,' zei ik.

Het meisje zat alweer in haar werk verdiept, stilletjes voor zich uit mompelend.

Om me een houding te geven liep ik naar de dakkapel en keek naar buiten. Ik had zicht op een ommuurd stuk land of tuin, achter het huis. Uit een niet te onderscheiden lichtbron viel een diffuus schijnsel over het tafereel. Er zou aan de achtergevel wel een stallantaarn hangen. Door de regen duurde het even voordat ik zag dat er langs de muur een beest heen en weer draafde.

Geschrokken zei ik: 'Jullie hebben een hond.'

Livia sloeg haar boek dicht en pakte een ander. 'Als Maddie hem z'n eten heeft gegeven, laat ze hem altijd even uit zijn hok. Aan de ketting, hoor, want hij is zo vals als wat.'

'Waarom houden jullie hem dan? O, sorry, ik moet je niet storen bij je huiswerk.'

'Latijn,' zei Livia. Ze hield haar boek omhoog. '*Amo, amas, amat* vond ik best leuk, maar nu heb ik naamvallen.'

Om de een of andere reden lukte het niet me dit broze kind voor te stellen te midden van leeftijdgenoten op een schoolplein of in een fietsenhok. 'Heb je het naar je zin op school?'

Ze schudde haar hoofd. 'Ik hoef niet naar school. Ik krijg toch les van Ennis?'

Alsof ik in een lang vervlogen universum was beland, of in een Engelse roman waarin ziekelijke kinderen in een eenzaam huis op de rand van een klif thuisonderricht krijgen van bleke onderwijzers en gouvernantes. Nu alleen nog een dolende klopgeest en we waren compleet. Nee, er ontbrak ook nog een kwaadaardige huishoudster. Maar misschien vervulde Maman die rol wel, en strooide ze iedereen zand in de ogen met haar goddelijke soep en haar zelfgebakken brood en de bijna onwaarschijnlijk keurige manier waarop ze Livia's kleerkast onderhield.

Hou op, dit was een situatie die hoogstens niet-alledaags was, maar meer ook niet. Ennis en zijn moeder waren vermoedelijk gewoon familieleden die zich liefdevol over de blijkbaar ouderloze zusjes hadden ontfermd.

'Ik kan het ook morgen leren,' zei Livia. 'Ennis is er toch niet. Zullen we televisie gaan kijken?'

21:19

Naast elkaar zaten we op de ongezellige deel. Livia was compleet in de ban van de commercials. Ik nam haar van opzij op. Haar mond hing een beetje open, waardoor ze een wat onnozele indruk maakte. Iemand wie je wijs kon maken wat je maar wilde. Het was geen mooi meisje, daarvoor was alles aan haar te spits en te hoekig, en haar neus was net te groot voor haar gezichtje, maar ze zou kunnen uitgroeien tot een intrigerend ogende jonge vrouw die, juist doordat ze niet doorsnee was, alle aandacht zou trekken.

'Livia!' riep Madeleine elders in huis. 'Over tien minuten lig je in bed!'

'Oké!' riep Livia terug. Tegen mij zei ze zachtjes: 'Tandenpoetsen duurt maar één minuut.' Toen zette ze haar ellebogen op haar knieën en verzonk in een nog geconcentreerder kijken.

Waarvan zou ze 's nachts dromen, op die grote zolder? Ik had zelf als kind een tijdlang nachtmerries gehad. Die waren opgehouden toen mijn moeder had gezegd dat ik voor het slapengaan maar moest bidden. Bij die woorden had ze uiterst vaag gekeken, want we waren thuis niet gelovig. Het was me daardoor pas gelukt om het bidden onder de knie te krijgen toen ik een keer een oude film had gezien waarin de *operator* van een Amerikaanse telefooncentrale daadkrachtig her en der stekkertjes in een paneel stak. Zo moest het met bidden ook gaan. Zodra je ermee begon, ging er ergens op een telefoonpaneel op een wolk een lampje met jouw naam ernaast branden, en dan plugde een engel je in en dan had je verbinding met iemand die God heette. 'Red ons, Heer.'

Van televisiekijken kun je bijna alles over het leven leren. Zelfs in het onwaarschijnlijke geval dat je nooit een voet buiten de deur zou zetten.

'Livia!'

Terstond klikte Livia de televisie uit. In zichzelf giechelend liep ze naar een deur die, zoals ik nu pas zag, half openstond. 'Vergeet je niet iets, Maddie?' hoorde ik haar zeggen.

'O ja. Een kruisje op je voorhoofd en een nachtzoen op je neus.'

Wat was ik momenteel toch sentimenteel, ik kon om

alles wel in tranen uitbarsten. 'Slaap lekker, Livia,' mompelde ik, toen ze naar boven vertrok.

Op mijn horloge was het net half tien geweest. Als ik nu al naar Alicia's kamer ging, zou ik daar minstens twee uur klaarwakker liggen. Ik rechtte mijn schouders. Ik ging gewoon nog even buurten bij Madeleine. Ze kon nu toch niet meer van me af.

Livia's zus bevond zich in een serreachtige aanbouw waarvoor de plaatselijke welstand nooit toestemming had mogen geven, niet onder de landelijke wetgeving met betrekking tot monumentale gebouwen in elk geval. Maar in dit deel van het land werden dat soort dingen geregeld met handjeklap in achterkamertjes, je las er vaak genoeg over in de krant.

Madeleine zat op haar knieën op de vloer. Vóór haar stond een lange rij lege eierdozen uitgestald. Met zorgvuldige bewegingen legde ze er aardappelen in, na die eerst stuk voor stuk peinzend in haar vingers te hebben rondgedraaid.

'Is dit een karweitje waarbij je hulp kunt gebruiken?' vroeg ik op de plezierige toon van de ideale gast.

Er lag een gretige trek op Madeleines gezicht toen ze over haar schouder naar me keek. 'Ik laat ze voorkiemen, dan heb ik straks sneller een oogst.'

Ik hurkte naast haar. 'Wat interessant. Ik ben een stadsmens, ik weet niks van gewassen en zo.' Ik dacht aan mijn klantenkaart van de Bijenkorf, aan de slowjuicer die thuis op het aanrecht stond, aan mijn sauna-abonnement: mijn wereld was zo ver van die van Madeleine verwijderd dat het wel een ander universum leek. Op mijn planeet bestonden er helemaal geen jonge vrouwen zoals zij.

'Kijk, je moet ze erin leggen met het grootste oog naar boven.' Ze was duidelijk in haar element met die piepers.

'Zo?' vroeg ik, terwijl ik een aardappel pakte en hem in

een eierdoos vlijde. Ik ben nu eenmaal een ongelooflijke pleaser, niet normaal meer.

Ze knikte alleen maar.

Ik lette goed op haar tempo. Het was duidelijk de bedoeling dat je op iedere afzonderlijke aardappel afstudeerde. Geen wonder dat Madeleine nu niet meer die gejaagde indruk maakte. Voor iemand die zo frêle van postuur was, had ze trouwens opvallend grote handen. Handen die van aanpakken wisten.

Alsof ze mijn gedachten raadde, begon ze ineens een heel verhaal over wortels bij uien planten, over rabarber en schorseneren zaaien, over borders en bedden die moesten worden opgeschoond, meerjarige kruiden waarvan ze de wortelkluiten ging scheuren, het gras dat moest worden geverticuteerd, de struiken die zouden worden gesnoeid, over tuinbonen, bietjes, pastinaken, peterselie, en al het werk in de kas: de rucola en de spinazie piepten daar al omhoog, ze moest snel aan de tomaten beginnen. 'In maart moet je alles voorbereiden,' zei ze, 'als je je in maart niet halfdood werkt, is je hele tuinseizoen op voorhand verloren.'

Ze sprak met de nasale stem van iemand die permanent verkouden is.

'Dus jullie verbouwen alles zelf,' zei ik aanmoedigend.

'We zijn zo zelfvoorzienend als we kunnen.' Ze klonk trots.

'Misschien wil je me morgen de moestuin nog even laten zien, voordat ik benzine ga halen?' En als we dan toch bezig waren wilde ik de schuren en bijgebouwen ook graag bezichtigen. Dit type boerderij bood echt uitgelezen mogelijkheden voor dubbel gebruik. Zo zonde om al die ruimte onbenut te laten.

Onder Madeleines doorlopende wenkbrauw verduisterde haar blik, alsof ze zich weer realiseerde dat ik mezelf onuitgenodigd onder haar dak had weten te nestelen. 'Ik heb geen tijd voor een rondleiding, hoor,' zei ze afwerend. 'We lopen nu al achter, want Maman zou vandaag de sjalotten poten. En de schorseneren moeten ook nog gezaaid worden.' Er was ineens weinig meer over van de zelfverzekerde indruk die ze daarnet nog had gemaakt; ze zag eruit als een bang kind dat verdronk in taken die ver boven haar macht lagen. Hulpeloos riep ze uit: 'En Ennis kan ons niet eens bereiken! Hij blijft in het ziekenhuis overnachten, zo wilde Maman het, maar als hij...'

'We kunnen nu niets beginnen, Madeleine. Ik zal hem morgen bij de benzinepomp opbellen.'

Nu keek ze me voluit aan. 'Wat kom je hier eigenlijk doen? Het is nog veel te vroeg in het jaar voor toeristen.'

'Ach, ik moest er thuis gewoon even uit,' zei ik onbezonnen. Ik voelde hoe mijn ogen zich meteen met tranen vulden.

Paniekerig nam ze me op.

'Sorry, maar mijn man... Ik ben net... Hij is... Maar daar moet ik jou niet mee lastigvallen.'

Het leek wel of ze me wilde aanvliegen. 'Dat heb je toch niet aan mijn zusje verteld, hè? O, als Ennis het hoort!'

'Nee, nee, ik...'

'Livia krijgt afgrijselijke nachtmerries als ze hoort dat er mensen zijn doodgegaan. Zeg maar gewoon tegen haar... zeg maar dat je man is weggelopen. Luister je?'

Verward dacht ik: maar waarom zou Livia hiernaar vragen? Omdat een vrouw een man hoort te hebben? Omdat je zónder een abnormaliteit bent, het meest sneue van alle schepselen: een vrouw alleen? Als Livia met haar schommel en haar bed vol knuffels nu al zo dacht, dan zou haar leven nog ingewikkeld worden. Maar de pest was natuurlijk dat ik er zélf zo over dacht. Ik was een wandelend uithangbord geworden: ik ben geen liefde waard. Het was beter geweest, veel beter, als mijn schuinsmarcherende man inderdaad was doodgegaan. In plaats van een ingeruild vod had ik nu een gerespecteerde weduwe kunnen zijn, met twee trouwringen om mijn vinger als bewijs: er is wel degelijk van mij gehouden. Waarom had ik Vincent niet met die vreselijke vaas die we van zijn ouders hadden gekregen op het hoofd geslagen toen hij zijn koffer inpakte? Omdat ik zelfs op dat moment nog van hem hield. Ik moest de uitknop nog vinden. Zoveel liefde, en ineens komt die ongebruikt retour afzender, misschien is dat het ergst. Je denkt bij elkaar te horen. Iedereen wil bij iemand horen.

Geagiteerd ging Madeleine verder met het sorteren van de aardappelen. Af en toe veegde ze met haar pols langs haar bezwete voorhoofd.

Om haar af te leiden zei ik: 'Lief trouwens, zoals jij je bekommert om je zusje.' Als kind had ik er vaak van gedroomd een grote zus te hebben. Iemand op wie je altijd kon rekenen. Iemand die de kastanjes voor je uit het vuur haalde.

Onwillig zei Madeleine: 'We moeten Livia tegen zichzelf beschermen. Ze doet soms dingen die ze zich later niet meer herinnert.'

22:40

Alicia's bed was keihard, voelde ik toen ik erop ging zitten om mijn schoenen uit te trekken. Door het reizen heb ik gelukkig afgeleerd kieskeurig te zijn. Ik pakte mijn toilettas en poetste mijn tanden bij het kleine porseleinen wandfonteintje. Erboven hing een spiegel met een bijna onzichtbare barst erin, wat ik alleen maar opmerkte doordat mijn eigen gezicht me plotseling niet helemaal vertrouwd voorkwam, alsof mijn trekken hier in Alicia's kamer een subtiele verandering hadden ondergaan.

Met mijn T-shirt en mijn sokken nog aan kroop ik tussen de lakens, die naar vochtige baksteen roken. De luiken dempten het geraas van de regen. Ik kon de geluiden die het huis produceerde goed horen: het tikken van leidingen, het kraken van oud hout en een voortdurend geknisper. In de kelder pal onder mijn bed zou het wel stikken van de muizen.

Zodra ik meer van de hoeve had gezien, zou ik plannen gaan maken. Het moest me lukken dit huis te verwerven. Daar zou ik me mee revancheren. Ik zou laten zien dat ik me niet zomaar van de kaart liet vegen. Door niemand niet, en al helemaal niet door Vincent, die zijn pik zo nodig in een andere vrouw had moeten steken.

Elders, diezelfde avond

Het vervulde hem nog steeds van opwinding om haar huissleutel nonchalant uit zijn broekzak te halen, er de groen gebeitste voordeur mee te openen, de drie trappen op te klimmen, zijn neus al vanaf de eerste trede gespitst op Marcia's geur, die boven in het halletje opsteeg uit haar wanordelijke collectie jacks en jassen en sjaals. De kleine, vierkante woonkamer binnen te stappen die nu ook de zijne was en zijn blik te laten rusten op de eettafel waarop haar studieboeken en laptop lagen, wat hem op een vage manier ontroerde, hij wist niet goed waarom.

Ze was er niet: een etentje met haar jaarclub. Ze zou het niet laat maken, had ze beloofd.

In de badcel poetste hij voorzichtig zijn tanden. Sinds hij zijn gebit had laten bleken, was zijn tandvlees extreem gevoelig. Hij zette de borstel terug in zijn houder, naast die van Marcia. 'Kijk,' had zij de eerste keer bij die aanblik gezegd, 'nu heb je van mij een wij gemaakt.' Hij boog zich naar de beduimelde spiegel, inspecteerde routineus zijn oogwit, zijn kaaklijn, zijn haargrens. Daarna haalde hij een fles wijn uit de keuken en installeerde zich ermee op haar favoriete meubelstuk, een bankje uit de kringloopwinkel.

Hij had een lange, saaie avond vergaderen achter de rug, maar nu beklopte hij zichzelf links en rechts enthousiast op zoek naar zijn telefoon. Marcia bleek hem een selfie te hebben gestuurd, ruim een uur geleden al, vanachter een groot bord risotto. Snel tikte hij: OM OP TE VRETEN! en drukte op verzenden. Meteen was hij ontevreden over zichzelf vanwege het zouteloze cliché, hij had spitsvondiger uit de hoek kunnen komen als hij zich niet had laten opjagen door het gevoel dat zij waarschijnlijk een snellere reactie had verwacht. Daar was haar antwoord al: HI SWEETHEART. DACHT AL DAT JE IN SLAAP WAS GEVALLEN.

ZIT HIER KLAARWAKKER NAAR JE UIT TE KIJKEN, schreef hij. Ook niet briljant. Maar daar ging het hopelijk niet om, je moest je duimen gewoon onafhankelijk van je hersencellen laten bewegen. Een instinctief ritme vinden. Marcia's benen om zijn middel.

Hij ademde in zijn hand om te controleren of hij geen knoflookkegel had overgehouden van zijn broodje döner op weg naar huis.

Opnieuw keek hij op zijn telefoon. Gelukkig, geen nieuwe berichten van Sabine. Hij wilde niet zo'n lul zijn die de zaken omdraaide, iemand die het zijn ex kwalijk nam dat ze hem met verwijten achtervolgde; hij was de boosdoener, niet zij, maar god nog aan toe, hoelang zou het nog duren voordat haar oceaan van verdriet zou opdrogen? Wanneer zou hij eindelijk opgelucht kunnen denken: ze heeft het allemaal gezegd en nog eens gezegd, het is eruit, ze is klaar. Hij moest ten minste zo genereus zijn om haar stoom te laten afblazen.

Maar het viel niet mee om al die kilometers wanhoop zin voor zin te consumeren. Hij deed het als een soort boetedoening, om zijn schuldgevoel te dempen. Je kon iemands hart niet breken en denken dat je daar ongestraft mee zou wegkomen. Het minste wat je kon doen, was de betekenis en de consequenties van je gedrag onder ogen zien.

In een betere wereld zou je voor zoveel deemoed worden beloond. Maar in een betere wereld was je zelf vast niet vreemdgegaan.

Zijn toestel tingelde. Marcia's beeltenis likte verleidelijk een lepel tiramisu af. Eronder had ze geschreven: ZO METEEN BEN JIJ AAN DE BEURT...

Hij zag Sabine voor zich, haar lippen stukgebeten van razernij, wallen onder haar ogen van het huilen, haar nagels tot op het bot afgekloven. Geen partij, voor wie dan ook. Jaloezie kon verschrikkelijke dingen met een mens doen.

8 maart

08:05

De geur van geroosterd brood wekte me. Dankzij de luiken was het nog pikkedonker in Alicia's kamer, maar toen ik even later de keuken betrad, plensde het zonlicht daar naar binnen, doorspikkeld met glinsterende stofdeeltjes. Livia hing met een slaperig gezicht half over de tafel, haar haren ongekamd, het topje van haar spitse neus vuurrood. Even keek ze me bevreemd aan, toen glimlachte ze flauwtjes naar me.

Madeleine, gekleed in een vaalblauwe overall waarvan ze de mouwen had opgerold, zei bij wijze van goedemorgen: 'Als je zo meteen mijn fiets neemt, scheelt dat een heel eind heen en weer lopen.'

'O, dank je,' zei ik, blij dat ze zo toeschietelijk deed. Vannacht was ik keer op keer uit beklemmende dromen wakker geschrokken met het pertinente gevoel dat ik een fout had begaan. Alles wat de avond ervoor nog plausibel had geleken, onontkoombaar zelfs, of nou ja, in elk geval alleen maar een onschuldige samenloop van omstandigheden, had 's nachts op eigen houtje een andere, onheilspellende gedaante aangenomen. Je kon niet zomaar het leven van onbekenden binnenwalsen met het oog op eigen gewin.

Maar 's nachts zie je gemakkelijk spoken. Nu, in de zonnige keuken met de gedekte ontbijttafel, leek alles weer normaal, al was ik dan een ongenode gast. Misschien kreeg ik straks zelfs nog een rondleiding door de tuin en de bijgebouwen.

Toen drong pas tot me door wat Madeleine zojuist had bedoeld. Hoe eerder ik ophoepelde, hoe liever. Mijn sporen moesten natuurlijk zijn uitgewist voordat hun oppasser en zijn moeder uit het ziekenhuis terugkwamen. De hemel mocht weten wat die meisjes anders boven het hoofd hing. 'Ik hoop niet dat ik problemen heb veroorzaakt,' zei ik nerveus. 'Maar als, hoe heet hij, Ennis gisteren thuis was geweest had hij me, gezien dat onweer, vast ook binnengelaten, denk ik.'

Livia, opeens klaarwakker, begon hard te lachen.

'Hou op,' zei Madeleine. En toen, tegen mij: 'Je bent hier nooit geweest. We zijn je straks direct vergeten. Toch, Livia?'

'Ja,' zei Livia, nog hikkend. 'Je hoeft niet bang te zijn. Wij zeggen niks. Wil je Maddies pruimenjam proeven?'

Ik voelde mijn haarwortels prikken van verwarring. 'Laat ik maar gaan. Of nee, zal ik het beddengoed eerst nog even afhalen?'

Madeleine maakte een wegwerpgebaar. 'Ik heb mijn fiets al klaargezet. Na het hek moet je links afslaan, en dan gewoon de weg volgen. En vergeet niet het hek achter je te sluiten.'

'Even mijn spullen pakken.' Ik schoot de keuken uit. In het voorbijgaan graaide ik op de deel mijn droge kleren van het rek voor de haard. In Alicia's kamer schrok ik opnieuw van mijn spiegelbeeld, voordat ik me de barst in het glas herinnerde.

Toen ik mijn hoofd om de hoek van de keukendeur stak, waren de meisjes verdwenen. Buiten zette ik mijn weekendtas in mijn auto, die in de ochtendzon blonk alsof hij van kilometers afstand de aandacht wilde vestigen op het feit dat hij hier clandestien stond.

Verderop leunde een fiets tegen de tuinmuur, vlak naast de ijzeren poort met de hangsloten. Op het moment dat ik het stuur beetpakte, brak achter de muur het geblaf van de hofhond los. Met het hart in de keel duwde ik de fiets voor me uit, een lichtgroen, aftands vehikel zonder versnellingen. Het pad was behoorlijk steil; geen wonder dat ik gisteren zo'n vaart had gekregen.

Ik zweette toen ik het hek bereikte. Het zag er weinig afschrikwekkend uit: een ongeverfd ruwhouten frame met wat willekeurige dwarslatten en een simpele klink. Maar toen ik het weer achter me sloot, viel mijn oog op de stalen plaat die erop geschroefd was. VERBODEN TOEGANG – EIGEN TERREIN.

Ik stapte op de fiets. De onverharde weg die van hier naar omlaag leidde, naar het dorp, werd net als het pad naar de boerderij omzoomd door bomen en verwilderde braamstruiken. Er lagen nog enkele regenplassen, maar verder herinnerde niets meer aan de onweersbui. Dat zoiets overweldigends zo weinig tastbaars kon achterlaten. En net zo gemakkelijk zou ik uit de herinnering van de meisjes verdwijnen. Dat hadden ze zich tenminste voorgenomen.

Nog meer mensen die me resoluut uit hun geheugen wilden wissen, net als Vincent. Ik kneep in de gebarsten rubberen handvatten van het stuur. Wat blijft er van je eigen geschiedenis over als je niet meer bestaat in die van een ander? Dan resten er alleen maar rafels, als in een tot op de draad versleten jas waar je ooit blij mee was, maar die nu geen warmte meer geeft en die je daarom zonder enige emotie tussen de aardappelschillen en koffiecups bij het huisvuil kunt proppen.

Ik fietste langs de laatste modderpoelen en schoot onder de overkapping van de bomen vandaan, waar het pad ophield bij een T-splitsing met een provinciale weg. Aan de overkant stonden een paar scholieren bij een bushalte naast een bakkerij, die al open was.

Ik stapte af om een croissant te kopen en naar de benzinepomp te vragen. Daarna fietste ik, aanvallend op mijn ontbijt, dwars door het dorp. Het bood een ordentelijke aanblik, met netjes onderhouden tuinen, brievenbussen in de vorm van knusse minihuisjes en hagelwitte vitrages. Hier kon je met een gerust hart met je kinderen vakantie komen vieren. Zodra het warmer werd, zouden er overal fietsers en wandelaars neerstrijken. Ze zouden op terrasjes streekspecialiteiten en grote pullen ijskoud bier bestellen. Het dorp was al als een loom dier uit zijn winterslaap aan het ontwaken, want enkele plantsoenen waren zo te zien recent gevuld met kleurige primula's. Een man in een oranje regenpak was bezig met een hogedrukspuit de pui van een huis te ontdoen van een laag mossige aanslag. Ernaast was een apotheek gevestigd met een hoopvolle uitstalling Ambre Solaire in de etalage.

De benzinepomp lag net voorbij een rotonde waarvan een van de afslagen naar de snelweg voerde. De hoeve waar Madeleine en Livia woonden was ondanks zijn geïsoleerde ligging in feite maar een steenworp verwijderd van asfalt, uitlaatgassen en files. Op een vreemde manier stelde dat me gerust.

Ik ging het pompstation binnen, waar ik een jerrycan kocht bij een vriendelijke man die alleen maar dialect sprak en telkens heel innemend een lok pikzwart haar uit zijn ogen schudde. Uit zijn mimiek maakte ik op dat hij informeerde waar mijn gestrande auto stond en of ik nu ver met dat tienlitertankje moest sjouwen.

Hier kende iedereen natuurlijk elk huis in de wijde omtrek, inclusief de bewoners. 'Ik sta op het erf van die grote vakwerkboerderij waar Madeleine en Livia wonen,' zei ik. Verdorie, wat onnadenkend om dat er zomaar uit te flappen. Ik was iemand die nooit rekening met een ander hield. Snel zei ik: 'Maar ik heb een fiets hoor, geen probleem, ik hoef niet te lopen.'

De pompbediende was een stap achteruitgeweken. Hij mompelde iets onverstaanbaars terwijl hij ineens gehaast de kassa aansloeg: een jerrycan, tien liter benzine en een pakje sigaretten. Met afgewende blik gebaarde hij naar zijn pinautomaat. Zijn gezicht had zich gesloten als de knip van een portemonnee. Er lag een vlekkerige blos op zijn kaken.

Opgelaten stapte ik even later weer op de fiets, de jerrycan aan het stuur, de sigaretten in mijn jaszak. Hoe kon ik de aanstichter zijn van zulke onaangename emoties bij iemand die ik niet eens kende? Voor mijn geestesoog doemde mijn voormalige echtgenoot op, die veelzeggend alleen maar zijn schouders ophaalde. Tja, Sabine, ga eens bij jezelf te rade.

Tegenover de bushalte nam ik het weggetje heuvelopwaarts. Het was een flinke klim, maar ik was plotseling zo kwaad dat ik energie voor zes had. Iedereen schoof je maar van alles in de schoenen! Je kreeg de schuld van dingen waaraan je part noch deel had. Zelfs de eerste de beste mompelaar op een benzinestation behandelde me alsof ik hem iets had aangedaan.

Ik hijgde toen ik bij het hek afstapte. Wat had die man daarnet gezegd toen tot hem doordrong dat mijn auto hier stond?

Ik sleurde de fiets naar binnen, sloot het hek achter me, reed het laatste hobbelige stuk naar de boerderij, zette de fiets tegen de muur, negeerde het geblaf van de hond, val toch dood, kreng, en wurmde me langs de berm naar mijn auto om de dop van de benzinetank open te draaien. Toen ik me weer oprichtte, zag ik Madeleine en Livia in de open loopdeur staan. Madeleine had een beschermende arm om haar zusje geslagen.

'God sta ze bij.' Dat had de pompbediende gezegd, met zijn katholieke zachte g.

09:59

'Daar kun je omkeren,' zei Madeleine, net zoals ze gisteravond had gedaan. Even beving me het gevoel dat we in een lus in de tijd waren beland en dat ik gedoemd was hier keer op keer te arriveren zonder dat het me ooit zou lukken om weg te komen. Maar dat was natuurlijk onzin. Ik had net tien liter benzine in mijn tank gegoten. De motor startte zonder haperen.

Het open stuk vlak voor de poort van de boerderij was te klein voor de draaicirkel van mijn auto. Ik moest hem twee keer achteruitsteken. Toen ik in de goede richting stond wilde ik nog even uitstappen, waarop Madeleine met wapperende armen op me afstoof. Ik draaide mijn raampje open.

'Ennis belde net.'

'Belde?'

'Ja, met onze telefoon is niets aan de hand, er was door het onweer een storing in de centrale of zoiets.'

Ik was vergeten dat ik had beloofd in het dorp een monteur op te trommelen. Het ergerde me dat ik zo in gebreke was gebleven, al maakte dat nu niets meer uit. Snel tastte ik naar mijn portemonnee. 'Ik wil jullie graag betalen voor... de overlast.'

'Schiet liever op,' zei Madeleine. 'Ennis en Maman zijn al onderweg naar huis.'

Livia gilde: 'Ze komen er zo aan!'

'Loop even met haar mee voor het hek,' zei Madeleine tegen haar. Toen draaide ze zich zonder te groeten om en ging naar binnen.

Livia gaf een klopje op het dak van de auto. 'Nou, gassen maar,' zei ze, opeens zakelijk. 'Ik ga het hek vast opendoen.'

Stapvoets reed ik achter haar aan terwijl ze met grote sprongen voor de auto uit holde. Zo levendig had ik haar nog niet eerder gezien. Ze droeg een denim jackje dat te krap voor haar was. Op haar rug zwierde haar paardenstaart als de slinger van een klok heen en weer. Ik merkte dat ik steeds sneller ademde. Hoe ver zou het ziekenhuis hiervandaan zijn? Waren Ennis en Maman al in de buurt? Straks stonden we neus aan neus op het pad. Van de zenuwen zocht ik in mijn jaszakken naar het pakje sigaretten dat ik net had gekocht. Links niet. Rechts niet. Ik was het kwijt. Het moest tijdens de fietstocht uit mijn zak zijn gevallen. Dat kon overal tussen de benzinepomp en de boerderij zijn gebeurd.

Livia was al bij het hek. Ze gooide het met een zwaai open.

Ik remde. Door het open raampje riep ik: 'Ik ben mijn sigaretten verloren!'

Ze liet de stijl van het hek los en kwam naar me toe. Ze bracht haar gezicht vlak bij het mijne. 'Van roken krijg je kanker en dan ga je dood.'

'Ik bedoel, het ligt hier misschien ergens, en als...'

Haar ogen vernauwden zich een beetje. Toen knikte ze.

In wat voor situatie liet ik die twee meisjes achter? Maar door hier te blijven zou ik hun problemen waarschijnlijk alleen maar groter maken. Machteloos zei ik: 'Succes met je Latijn, hè?'

Alsof ze me wilde straffen voor mijn aftocht zei ze plotseling: 'Je man is bij je weggelopen, toch? Dat zei Maddie.'

Haar grote zus had blijkbaar het zekere voor het onzekere genomen. Ik wist niet wat ik moest antwoorden, en Livia liep alweer naar het hek. Iets in haar houding zei me dat ze buitengewoon tevreden was over haar eigen optreden. Ze had de punten even goed op de i gezet. Niet zij en Madeleine waren beklagenswaardig, ik was het.

Ik reed langs haar het erf af. 'Vergeet je pillen niet, Livia,' zei ik onaardig. In mijn achteruitkijkspiegel zag ik dat ze het hek zorgvuldig weer sloot. Ze sloeg haar handen om de gammele dwarslatten en bleef roerloos zo staan. Ze droeg geen schoenen, zag ik nu. Ze had vilten huisslofjes aan haar voeten.

Terwijl ik mijn weg vervolgde, had ik al spijt van mijn opmerking over haar pillen. Ze had wel een aapje in een kooi geleken. Behalve dan dat ze het hek zelf voor me had opengemaakt. Wat was er toch met dat kind aan de hand? Wat betekende het om soms dingen te doen die je je later niet meer herinnerde, zoals Madeleine over haar had gezegd? In mijn ervaring kost het ontzettend veel moeite om iets te vergeten, tenzij je alzheimer hebt. Je moet je herinneringen met ijzeren pikhaken naar een kelder zien te slepen om ze daar onder een luchtdicht afgesloten luik een langzame dood te laten sterven. Zoiets gaat niet vanzelf. Belangrijke dingen vergeet je niet per ongeluk. Dat gebeurt altijd semi-expres, omdat er een goede reden voor is. Zo had mijn onderbewustzijn er vast voor gezorgd dat ik mijn telefoonoplader thuis had laten liggen, om te verhinderen dat ik maar doorging met het verzenden van smeekbedes, scheldpartijen en krachteloze dreigementen. Hou nu op, Sabine, hou daar nu eindelijk mee op!

Ik zou een arm of een been geven voor Livia's gebrek aan

herinneringen. Nou ja, tijdelijk dan. Het moest verschrikkelijk zijn om geen greep op je eigen geheugen te hebben. Of had Madeleine me maar wat wijsgemaakt? Madeleine, die zo toegewijd en verantwoordelijk leek. Maar zou ze niet veel liever achter op de scooter van een zwetende jongen clubs en cafés willen afschuimen, in plaats van met haar jongere zusje in een of ander godvergeten gat begraven te zijn, veroordeeld tot een bestaan tussen piepers en pompoenen?

De situatie op de hoeve voelde niet gezond. Iemand zou moeten ingrijpen.

Kappen, zei ik tegen mezelf. Je kunt je niet in het wilde weg ontfermen over mensen wier pad je toevallig kruist. Het wordt niet van je verwacht, laat staan verlangd. Je doet het alleen omdat je het zélf nodig hebt.

Ik had het einde van de weg naar het dorp bereikt zonder dat een tegenligger me tegemoet was gekomen. Ik was ontsnapt, al wist ik niet waaraan. Maar er was natuurlijk ook nog die monumentale hoeve met al z'n mogelijkheden, en als vrouw alleen kon ik mijn inkomen niet laten versloffen. De zelfvoorzienendheid van het huishouden daar was trouwens ook een enorm pluspunt. Zelfgemaakte pruimenjam, thuis gebakken brood. Daar waren de mensen momenteel verzot op.

12:15

In het dorp streek ik neer achter een kop koffie, in een café dat eruitzag als de stamkroeg van de plaatselijke bevolking. De dorpspomp waar je, als je iets te weten wilt komen, je oor nooit tevergeefs te luisteren legt. Vooralsnog was er weinig actie. Ik bestelde nog maar een keer koffie bij een vrouw met een gezicht dat me aan vlaaideeg deed denken.

Volgens een schoolbord aan de muur was de dagschotel bloedworst met ui en appel, vermoedelijk al heel lang. Aan de toog zaten twee oudere mannen te paffen alsof dit lokaal zich vanzelfsprekend onttrok aan algemeen geldende wetgeving zoals een landelijk rookverbod.

Zou Livia mijn pakje sigaretten hebben gevonden? Ik begreep niet goed waarom ik het had gekocht. Ik ben hoogstens een gelegenheidsroker. Vermoedelijk had ik die sigaretten alleen maar aangeschaft om de pompbediende, die eerst zo aardig was geweest, aan een beetje extra omzet te helpen.

Wat had hij toch eigenaardig gereageerd. Nu ik er wat langer over nadacht, leek het wel alsof hij zich had geschaamd. Dat wegkruipen in zichzelf, die hele houding, alsof hij door de grond wilde zakken. 'God sta ze bij,' had hij gezegd, als om duidelijk te maken dat hijzelf zich nergens in zou mengen, hij zou de meisjes niet te hulp komen, hij keek wel uit. Zoiets?

In een kleine gemeenschap hoef je niet met een glas aan de muur te luisteren of er bij de buren iets loos is. Twee ouderloze meisjes, overgeleverd aan die Ennis en zijn Maman: het kon niet anders of elke inwoner van het dorp, tot en met het kleinste kind, kende het naadje van de kous. Madeleine en Livia werden vast vroom door iedereen beklaagd, maar ondertussen wendde men massaal de blik van hen af. Wegkijken, daar zijn katholieken van oudsher goed in. En maar luidkeels Gods bijstand voor die meisjes aanroepen, wat een hypocrisie, zeg. Dat biechten van die lui heeft me ook nooit gezind. Drie weesgegroetjes en je kunt met een schoongewassen ziel weer hartgrondig verdergaan met zondigen.

Vincent de bedrieger was er ook zo eentje geweest, maar dan van atheïstische snit, want dat maakt alles nog veel makkelijker. En door al het gedoe lag mijn telefoonoplader thuis, zodat ik nu niet eens Google Maps tot mijn beschikking had. De boerderij had natuurlijk een officieel adres, misschien ook een naam. Het Hoge Zand. Zavelhorst. Weltevree.

Ik moest feiten over dat veelbelovende pand zien te verzamelen, en dat zou me niet lukken door langs m'n neus weg naar de hoeve te informeren. Dan zou iedereen alleen maar in zijn schulp kruipen en werd ik geen steek wijzer. Als ik het rustig en verstandig aanpakte, zou ik twee vliegen in één klap kunnen slaan: een waardevolle toevoeging aan mijn erfgoedlogiesportfolio én een beter, veiliger bestaan voor Madeleine en Livia.

Weet je wat jouw probleem is, Sabine? Je slaat van het minste of geringste al op hol. Je leeft niet helemaal in de werkelijkheid.

Verslagen dronk ik mijn koud geworden koffie op. Oké, ik liep te hard van stapel. Ik moest me op de boerderij concentreren in plaats van me op sleeptouw te laten nemen door irrationele speculaties. Al waren mijn irrationele speculaties omtrent Vincent stuk voor stuk waar gebleken. Ik had hem van de trap moeten gooien, dat had ik moeten doen.

15:49

Er waren in het dorp geen telefoonopladers te krijgen, had de barvrouw gezegd, ik moest ervoor naar Maastricht. Na de aankoop parkeerde ik mijn auto in een willekeurige straat in het centrum en liet de motor draaien zodat mijn nieuwe adapter zijn werk kon doen. De boerderij heette Oldenhage. De kadastrale kaart die ik ervan vond, week op een aantal punten af van wat ik op Google Maps zag, maar dat is niet ongewoon. Kadastrale gegevens zijn lang niet altijd up-to-date. De huidige eigenaar zou ene Adelheid Maria Gilissen zijn, geboren A.M. Mulder. Gezien haar geboortejaar was dat niet onmogelijk maar het was evenmin aannemelijk: ze liep tegen de honderd. Ik raadpleegde een aantal oudere aktes van eigendom. Generaties Gilissen trokken voorbij. Oldenhage was steeds door overerving naar de volgende nazaat gegaan.

Dat sloot precies aan bij mijn eerdere vermoedens over de situatie: het huis was al heel lang in het bezit van dezelfde familie. Zie je wel, Vincent? Ik ben heus niet op mijn achterhoofd gevallen, klootzak.

In een impuls zocht ik het telefoonnummer van Oldenhage op en toetste het in. Aan de andere kant ging het toestel lang over voordat er werd opgenomen. 'Met Madeleine Gilissen,' zei Madeleine.

Onwillekeurig hapte ik even naar adem.

'Hallo?' zei Madeleine. Achter haar hoorde ik een mannenstem iets roepen wat klonk als 'pannenkoeken', gevolgd door uitbundig geschater van Livia.

Ik drukte het gesprek weg. Het nummer was dus correct. Tijd voor een welverdiend kopje thee.

Toen ik even later op het Vrijthof onder een terrasverwarmer zat, vroeg ik me af waarom ik in hemelsnaam had gedacht dat Madeleine Gilissen en haar zusje de weerloze prooi van duistere krachten waren. Alleen al dat onbevangen lachen van Livia om een opmerking van iemand die alleen maar Ennis kon zijn! Ik moest die pompbediende vanochtend verkeerd hebben verstaan. God hoefde Madeleine en Livia helemaal niet bij te staan. Ik zag voor me hoe ze in Oldenhage met z'n allen in de keuken zaten, in dat gouden zonlicht, zorgeloos grappen makend. Ik voelde me buitengesloten, wat ronduit idioot was.

Achter me op het terras zaten twee vrouwen met jonge stemmen vrolijk te kletsen. Vrolijk, dat moest ik ook weer zien te worden. Als je niet vrolijk was, liep iedereen met een boog om je heen en van je weg. Ik nam een slok van mijn thee en sloot mijn ogen om ergens in mezelf een nog smeulende rest vrolijkheid op te delven.

'Gisteren in m'n nachtdienst nog bijna iemand versierd,' giebelde de ene achter me.

'Wow, je bent onverbeterlijk,' zei de ander.

'Een lelijke man, maar toch woest aantrekkelijk. Zo'n vijftiger die thuis vast droogstaat. Ik zei tegen hem...'

Razend draaide ik me om. 'Beseffen jullie wel wat jullie aanrichten?'

Twee onthutste gezichten. Het ene nog gaver en mooier dan het andere. 'Nou já!' zeiden ze toen in koor.

Ik smeet vijf euro op tafel en rende weg. Ja, kijk maar, lach maar! Jullie tijd komt nog wel. En dan zijn jullie dat wandelende cliché: ingeruild voor iemand die meer dan twintig jaar jonger is, zo'n slet met meterslange benen en nog langer haar.

17:30

Het landschap glooide voort, de zon was onverstoorbaar aan het zakken. Prachtig hoe alles altijd louter dóór lijkt te kunnen gaan, alleen voelt dat, wanneer je eigen bestaan met man en muis is vergaan, eerder als een mes tussen je ribben dan als iets wat troost kan bieden.

Trillend van schaamte zat ik achter het stuur. Kom op, deze amputatie zou ik heus wel overleven. Het was gewoon een kwestie van tijd, tijd en nog eens tijd. Iedere seconde bracht me dichter bij mijn genezing. Ooit zou ik op deze fase van mijn leven terugkijken en denken: jezus, kon het niet een onsje minder, Sabine? Had je niet eerder kunnen besluiten om geen enkele gedachte meer te wijden aan iemand die je zo slecht heeft behandeld? Of erger nog: die zo onverschillig was voor jouw verdriet? Of het ergste: die jou bleef bezweren dat je spoken zag, terwijl hij je dag in dag uit bedroog? Je had door al zijn gedraai en gelieg wel in het gekkenhuis kunnen belanden, voor altijd in verwarring gebracht over zowel je verstandelijke vermogens als je instincten!

Mensen die liegen en bedriegen zijn gewoon te laf om op te biechten hoe het werkelijk zit. Het kan hun niet schelen dat ze je tot waanzin drijven. Ze geven alleen om zichzelf. Dat zou die slet van Vincent ook nog wel merken. Leuk begin van een relatie, trouwens: weten dat je geliefde in zijn vorige verhouding een leugenachtige hufter was.

Nee.

Nee, ik was mezelf onwaardig als ik in dit soort gedachten bleef steken. In het vooronder ermee. Ik had afleiding genoeg, ik had werk te doen. Ik was een professional. En geen amper meerderjarige hoer met bambi-ogen die er alleen maar op uit was om een ouwe lul te betoveren die ze beslist zou dumpen zodra er iemand voorbijkwam met iets minder haar uit zijn oren.

Pathetisch, inderdaad.

Hij zou naar me terugkruipen. En dan zou ik hem met die afzichtelijke vaas van zijn ouders naar een andere wereld helpen. Tabee, Vincent. God mag anders weten waarmee je de volgende keer komt aanzetten.

Ik nam gas terug. Daar was het dorp alweer, over de snelweg stelde de afstand niets voor. In de stamkroeg brandden de lampen al. Bij de twee hotels was alles in het donker gedompeld. Maar ik ken dit soort dorpen. Er is altijd wel ergens een weduwe die zelfs buiten het seizoen een amper bezochte B&B blijft drijven. 'Ik ben nu eenmaal een mensenmens,' zeggen die vrouwen vaak. Het zal niet lang meer duren of hun nering is uitgestorven, uit de markt geconcurreerd door Airbnb. In mijn segment daarentegen zit alleen maar meer en meer toekomst. Mensen zijn op zoek naar bijzondere ervaringen. Ze zijn bereid goed te betalen voor een overnachting in een oude watertoren, een koetshuis, een voormalige pastorie of een raadhuis, ze zijn dol op kerken, smederijen en kloosters die een nieuwe bestemming hebben gekregen. Ik heb zelfs een tramremise in mijn aanbod.

Kijk, daar hing al een B&B-bordje. Ik reed de smalle oprijlaan van een bungalow op, waarbij ik behoedzaam langs een grijnzende tuinkabouter met een kruiwagen vol winterviooltjes manoeuvreerde. Voordat ik uit de auto kon stappen zwaaide de voordeur al open. Mijn gastvrouw droeg een gebloemde jasschort die om haar boezem spande en haar haar zat in een onverzettelijk permanent. Ik heb een zwak voor dit type vrouwen. Je ziet in één oogopslag dat ze de kunst verstaan een ei perfect te koken. Ze gooien uit principe nergens met de pet naar.

Ik voelde hoe ik ontspande. Dit was precies wat ik nodig had. Zou ik maar meteen twee nachten boeken? Dat gaf me ruimschoots de tijd om Oldenhage nader te onderzoeken. Het gastenboek in de hal waarin ik mijn naam en adres noteerde, was voorzien van een gecapitonneerd plastic omslag, altijd een bewijs van een kraakhelder kwaliteitshuishouden. Zonder verdere overbodige plichtplegingen werd ik naar mijn kamer gebracht, een vierkant vertrek dat behaaglijk naar lavendel rook, met een inpandig badkamertje. Op een houten commode lag een waaier folders met informatie over de plaatselijke bezienswaardigheden en een stapel boeken. Ik was bij een vakvrouw beland.

De dagschotel van het café kon nog wel even wachten. Ik installeerde me met een fotoboek op het bed.

Landerijen geploegd in curvende voren: in strijklicht, in de sneeuw, met wuivend graan. Kasteeltje hier, brouwerij daar, en pittoreske dorpen. Rivierdalen. Wijngaarden. Ja, het was een fotogenieke streek. Een streek ook met overal dikke, eeuwenoude muren waarachter zich van alles kon afspelen wat het daglicht niet verdroeg.

Het volgende boek op de stapel bevatte lokale recepten. Het zat vol ezelsoren en vetvlekken en op sommige pagina's had iemand in een ouderwets, schools handschrift aantekeningen gemaakt. '100 gr. castorsuiker is genoeg.' Ongetwijfeld een erfstuk van mijn gastvrouw, het kookboek van haar moeder zaliger. Het was vast een familietraditie geworden om in dit recept nooit meer dan honderd gram castorsuiker te gebruiken. Familietradities zijn even onuitroeibaar als familiegeheimen.

Eronder lag een dik plakboek. Op de eerste pagina was een H. Communieprentje uit het jaar 1928 geplakt. Er volgde een schoolrapport, waarop het vak schoonschrijven nog voorkwam. 'Stine doet goed haar best,' had een leerkracht eronder geschreven. Daarna vier bladzijden met sigarenbandjes, 'van oom Alfons'. Vergeelde foto's van lammetjes in een wei, uit een tijdschrift geknipt; de lijm liet bijna los. Ik werd me ervan bewust dat ik door iemands leven bladerde, en ook van het feit dat er uiteindelijk maar weinig van je overblijft: alle herinneringen die je ooit zo koesterde dat je ze voor altijd wilde bewaren, zijn al verbleekt voordat je botten onder de grond zijn vergaan.

Pas na een pagina of twintig werd me duidelijk waarom dit curiosum hier lag. Kleine Stine was met de jaren een bevlogen chroniqueur van het dorp geworden. Ze had krantenknipsels ingeplakt over kampioenschappen kleiduivenschieten en jaarmarkten waarop felbegeerde kokardes werden uitgereikt voor de grootste zelfgekweekte sierkalebas, en een lange reeks artikelen over de competitie met de harmoniekapel uit een aanpalende gemeente. Die strijd was zo hoog opgelopen dat er een tuba was verduisterd die nooit meer werd teruggevonden.

Soms was er een gat van jaren. Maar kennelijk had Stine schaar en lijmpot telkens weer tevoorschijn gehaald als er in het dorp iets was gebeurd wat ze belangrijk genoeg vond om te boekstaven. Het overlijdensbericht van oom Alfons van de sigarenbandjes. De natste zomer van de eeuw, met foto's van een kolkende Gulp en Geul. De zilveren bruiloft van haar dochter, in wie ik inderdaad mijn B&B-gastvrouw herkende. Een redactioneel commentaar over de nieuwe burgemeester, die het had gewaagd met de bisschop in dispuut te gaan over de tijden waarop de kerkklokken mochten luiden. Nog maar een paar pagina's en ik zou in mijn eigen tijd belanden, als Stine tenminste zo lang had geleefd.

Nieuwsgierig sloeg ik de bladzijden om. Een braderie. De sluiting van het oude postkantoor. Een megacombine op het landbouwbedrijf van Thieu Erkelens. Alweer een overlijdensadvertentie. 'Door een noodlottig ongeval aan ons ontrukt: Alicia Hofstee,' las ik.

Het was geen grote annonce. Hij was niet door een echtgenoot, kinderen, broers en zusters of neven en nichten ondertekend. Adelheid Gilissen was de enige aanzegger. Ik ging rechtop zitten. Adelheid Gilissen. Zo heette volgens het kadaster de huidige eigenares van Oldenhage toch?

Alicia Hofstee was maar negenendertig jaar oud geworden. Ze was twee jaar geleden overleden.

Ik sloeg het plakboek dicht terwijl er een huivering langs mijn rug gleed. Ik had in Oldenhage in Alicia's bed geslapen. Ik had in haar gebarsten spiegel gekeken. Waarom had ik verondersteld dat zij een schim van lang geleden was? We scheelden maar een paar jaar. We hadden maar een paar jaar gescheeld.

18:58

In het café dronk ik een glas witte wijn die opmerkelijk goed was. Ik bestelde een tweede, terwijl ik wachtte op de bloedworst met appel en ui. Het was nog steeds niet druk, maar er werd wel goed gepaft.

'Bezwaar als ik erbij kom zitten?' vroeg iemand.

Ik keek op. Het was een van de rokers. Een man van mijn leeftijd met ongewoon felblauwe ogen. Hij droeg een zwarte coltrui onder een oud, comfortabel tweedjasje.

Het was zo'n verademing om een man tegen te komen die zich niet van me afwendde, dat ik uitnodigend naar een stoel knikte.

'In je eentje drinken leidt zelden tot iets goeds,' zei hij met een prettige stem. Van dichtbij zag ik dat hij op zijn linkerwang een merkwaardige constellatie van moedervlekken had die me deed denken aan de manen van Jupiter of Saturnus.

'Met z'n tweeën drinken ook niet altijd,' zei ik. Tjonge, was ik even gevat.

'Nog een keer hetzelfde?' Hij wenkte al naar de toog. 'En wat brengt jou zo vroeg in het seizoen naar ons mooie dorp?'

'Ik moest er even uit.'

'Heeft Hieke van Stine je een goeie kamer gegeven?' Hij begon te lachen om mijn verbaasde gezicht. Hij had een enigszins chaotisch gebit.

De vlaaideegvrouw zette een glas wijn en een biertje voor

ons neer. We toostten. 'Ik heb het plakboek van haar moeder net zitten bekijken,' zei ik. 'Dus je hoeft me niets meer over het dorp te vertellen. Thieu Erkelens z'n combine is nog steeds naar wens, hoop ik?'

Weer lachte hij even. Toen zei hij: 'Arme Stine, altijd in alles en iedereen geïnteresseerd geweest, en nu zit ze te vegeteren in De Archipel, hier om de hoek. Het ging Hieke vreselijk aan het hart om haar het huis uit te doen.'

'Ach, ze leeft dus nog. Mensen worden tegenwoordig allemaal veel te oud,' zei ik. Behalve Alicia Hofstee dan, in wier bed ik had geslapen, in wier spiegel ik had gekeken. Er bestond vast wel een naargeestig sprookje waarin het niet goed met je afliep als je zoiets deed.

Wacht eens, Alicia's overlijdensbericht in het plakboek moest betekenen dat de oude Stine haar had gekend. De kans was zelfs groot dat Stine getuige was geweest van een deel van de geschiedenis van Oldenhage: zij en Adelheid Gilissen, de eigenares van de hoeve, waren generatiegenoten, en ze waren waarschijnlijk allebei hier in het dorp opgegroeid. Misschien waren ze al levenslang bevriend. Dan kon het bijna niet anders of ook Stines dochter, Hieke van de B&B, was goed op de hoogte van het reilen en zeilen in Oldenhage. Ze had vast wel interessante informatie voor me. Dat zou een mooi begin zijn.

Mijn gedachten werden onderbroken doordat mijn dagschotel arriveerde. Het gerecht zag eruit zoals je op je meest zwartgallige momenten vreest dat bloedworst met appel en ui eruit zal zien.

'Lekker?' vroeg mijn tafelgenoot.

'Precies waar ik zin in had.'

Hij keek zo verheugd dat ik bijna zeker wist dat ik morgen bij Hieke aan het ontbijt zou worden onthaald op nog meer bloedworst. Hieke van Stine, dacht ik rozig, wat een dierbaar ouderwets gebruik toch, om mensen zo aan te duiden, ingebed in hun eigen historie.

Het kostte me moeite mijn bord leeg te krijgen, maar het vierde glas wijn dat plotseling voor me stond, tikte ik zó achterover. Met mij kon je plezier maken.

'Roken?' Op zijn wang draaiden de manen van Saturnus nu om Jupiter.

'Nee dank je, maar ga je gang.' Ik kon mijn blik bijna niet losrukken van de interplanetaire activiteit op zijn gezicht.

Hij stak een sigaret op. 'Verder nog plannen voor vanavond?' Die felblauwe ogen van hem.

Misschien trok ik te snel conclusies, maar het was al akelig lang geleden dat ik me voor een vreemde had uitgekleed. Dat vreemde handen me hadden aangeraakt. Ik was hier niet op voorbereid. In een impuls bracht ik uit: 'Ik ben net weduwe geworden.'

Hij legde zijn hand even op de mijne. 'Gecondoleerd. Was het plotseling?'

'Een... noodlottig ongeval. Geef me trouwens toch maar een sigaret.'

We rookten een tijdje zwijgend.

Bedaard vroeg hij: 'Was het een gelukkig huwelijk?'

Zo, die was niet bang om persoonlijk te worden. 'Nee. Hij bedroog me.' Direct wilde ik die woorden terugnemen. Hier werd ik niet leuker of aantrekkelijker van.

'Wist je het? Of kwam je er pas na zijn dood achter?'

'Wat is volgens jou erger?' Ik begon een beetje dubbel te zien.

'Dat heb ik me ook weleens afgevraagd.' Hij pakte een bierviltje van de tafel en zette het op z'n kant. Het viel meteen weer om. 'Na iemands dood ontdekken dat hij een dubbelleven heeft geleid is vast verschrikkelijk. Maar je hoeft dan in elk geval geen wraak meer te nemen.'

'Wat een vreemd gesprek is dit,' observeerde ik, terwijl ik mijn sigaret net naast de asbak aftikte. Ik had al die wijn niet zo gedachteloos naar binnen moeten gieten. Of lag het juist aan de drank dat we zo gemakkelijk zaten te praten? 'En jij? Ben jij getrouwd?' vroeg ik.

'Geweest.'

'En ben je toen ooit vreemdgegaan?'

Hij leunde achterover, sloeg zijn armen over elkaar en keek me ineens op een eigenaardige, doelbewuste manier aan. 'Jawel.'

'Nou, lekker dan,' zei ik machteloos. Kom op zeg, ik had zelf ook weleens een scheve schaats gereden. Alleen niks structureels. Dat was het grote verschil. En ik had het discreet aangepakt. Ik had niet lopen glimmen als een opgewreven eikel. Ik had Vincent ontzien. Ik had nooit tegen hem gelogen. Ik had nooit tegen hem hoeven liegen omdat hij me nooit het mes op de keel had gezet. Opeens verward pakte ik een nieuwe sigaret uit het pakje op tafel.

De man gaf me vuur. Zijn hand trilde een beetje. 'Je denkt misschien dat ik niet weet hoe een bedrogen vrouw zich voelt. Maar dat weet ik wel. Toen mijn vrouw het ontdekte, heeft ze een einde aan haar leven gemaakt.'

Even vergat ik te ademen. Toen braakte ik hoestend een grote rookwolk uit.

'De vraag is nu: vind jij dat een gepaste straf voor een man die één keertje vreemdgaat?' Zijn stem klonk nog steeds kalm, maar ik zag een ader op zijn voorhoofd pulseren.

'Dat kan ik niet beoordelen,' stamelde ik. Door mijn toedoen waren we over dit onzalige onderwerp komen te spreken. Zelfs mijn beste vriendinnen zeiden laatst: 'Hou er nu eens over op, Sabine.' Ik was een plaag voor iedereen aan het worden.

'Dat je verder moet leven met de gedachte dat je iemand

de dood in hebt gejaagd? Vind jij dat een passende straf voor een stom avontuurtje?' Hij stond op. 'Kunnen jullie je niet beter over je verdriet heen zetten dan zo'n smerige streek uit te halen?' Hij trapte zijn stoel opzij. 'Ik zal je één ding vertellen...'

Uit het niets dook de vrouw met het vlaaideeggezicht op. 'Kom, jochie. Je hebt genoeg gedronken.'

Hij sloeg de hand weg die zij op zijn schouder had gelegd. Hij gaf een schop tegen het tafeltje waaraan we al die tijd samen hadden gezeten, en ik dacht: hij had mijn knieschijven willen raken. Toen stormde hij het lokaal uit.

22:05

Ik bleef zitten, ten prooi aan de verlamming die je soms overvalt als je ergens dringend weg wilt maar niet weet hoe je dat voor elkaar moet krijgen. Ik durfde op geen enkele manier de aandacht op mezelf te vestigen. De mannen aan de toog zouden wel denken: hoe heeft ze het lef om hier pijnlijke zaken te komen oprakelen?

'Alsjeblieft, van het huis,' zei de barvrouw, terwijl ze een nieuw glas wijn voor me neerzette. 'Sorry voor daarnet. Marcel is een beste jongen, maar hij heeft soms een kwaaie dronk. Je moet het je niet persoonlijk aantrekken, hoor.'

Snel dwong ik mezelf tot een glimlach. 'Wat aardig. Uw wijn is echt uitstekend.'

'Streekproduct.'

Ik had een te nadrukkelijk compliment gemaakt. Hoezo zou de wijn hier niet uitstekend zijn? Het stond op haar gezicht geschreven. Zwijgen is goud, Sabine. Klep dicht. Het glas deinde enigszins voor mijn ogen. Voorzichtig tilde ik het op. Als ik nog meer dronk, zou iemand me straks in een kruiwagen naar Hieke van Stine moeten duwen. Manhaftig nam ik een slok.

'Iedere gemeenschap kent haar drama's,' zei de barvrouw opeens. 'Dat is hier niet anders dan elders.'

Klonk dat als een constatering, of zat er iets dwingends in haar stem? Laat onze beerputten met rust.

Op dat moment ging de deur open. Met de luciditeit van de dronkenschap wist ik zeker dat nu de pompstationbediende zou binnenkomen. Hij zou een kruisteken slaan als hij me zag, en daarna zou hij op fluistertoon aan de toog vertellen waar ik gisteren met mijn auto was gestrand. Dat kon Ennis maar beter niet ter ore komen, zeker weten, mondje toe, want anders mocht God me wel bijstaan.

Maar het was Hieke van Stine die naar binnen stapte, een wolk frisse avondlucht met zich meevoerend. 'Ja!' riep ze uit toen ze me zag zitten. 'Ik dacht wel dat je hier zou zijn. Je was de sleutel vergeten mee te nemen, en ik ga zo naar bed.'

Haastig zei ik: 'Ik loop meteen mee.'

'Nou, drink eerst rustig je wijn op.'

Ik gooide het glas achterover en kwam met bonzende slapen overeind. 'Even afrekenen.'

'Ze zet het wel voor je op de lat. Toch, Antie?'

'Geen probleem,' zei de barvrouw. 'Op welke naam kan ik het noteren?'

'Sabine,' zei Hieke die, vakvrouw als ze was, waarschijnlijk allang in het snotje had dat ik 'm behoorlijk had zitten.

'Tot morgen dan,' zei Antie tegen mij.

Het was een koude avond. Aan de heldere hemel stond een halvemaan haarscherp afgetekend. Ergens in de verte mekkerde een schaap. Verder was het dorp doodstil.

Hieke gaf me een stevige arm. 'Als ik geen gasten heb, laat ik de deur altijd van het slot,' praatte ze gemoedelijk.

'Maar mensen uit de stad worden daar onrustig van. Die zijn gewend zichzelf op te sluiten. Het zou niks voor mij zijn, iedereen te moeten wantrouwen. In een dorp ken je elkaar tenminste.'

'Zeker,' bracht ik uit, al was het maar omdat het produceren van meer tekst moeilijk te combineren bleek met het verplaatsen van mijn voeten.

'Heb je een gezellige avond gehad?'

Ze zou het vandaag of morgen toch wel van die Antie horen. In zo weinig mogelijk woorden vatte ik mijn ongelukkige ontmoeting met de man van Jupiter en Saturnus samen.

'O. Marcel Mulder weer,' zei ze na een korte stilte.

Ik knikte in het donker.

'In ieder leven vallen er dromen in duigen,' zei ze ietwat pinnig. 'Het gaat erom hoe je tegenslagen het hoofd biedt.'

Het was me niet duidelijk of ze het over Marcel zelf had of over zijn onfortuinlijke vrouw.

'Pas op.' Met een rukje aan mijn arm voorkwam ze dat ik tegen een lantaarnpaal liep. Verder zei ze niets meer. Het was alsof ze me kwalijk nam dat ik een blik achter de façade van de dorpse gezelligheid had geworpen. Haar stilzwijgende verwijt versterkte het vage angstgevoel dat ik had sinds ik Vincents ontrouw ontdekte. Het was de neerslag van het besef hoe weerloos ik plotseling was, nu er niemand meer naast me stond.

In de bungalow wenste ze me kort goedenacht.

Vergeet je niet iets, Hieke?

O ja, een kruisje op je voorhoofd en een nachtzoen op je neus.

Op mijn kamer stommelde ik een hele tijd rond zonder het lichtknopje te vinden. Toen ik mijn scheenbeen tegen de rand van het bed stootte, liet ik me daarop neervallen zonder me uit te kleden.

Liggen bracht een sterke sensatie van zeeziekte teweeg. Er welde braaksel naar mijn keel, zuur en brandend. Met beide handen tegen mijn mond gedrukt schoot ik in de richting van het porseleinen wandfonteintje voordat ik me realiseerde dat ik niet meer in Alicia's kamer was. Ik kon nog net het voorpand van mijn vest naar mijn gezicht brengen om het braaksel op te vangen. Het zou direct door de wol heen lekken, ik moest het badkamertje vinden. Met een bons liep ik tegen de deur op. Ik haalde de wc precies op tijd voor de tweede golf halfverteerde bloedworst.

Hijgend hurkte ik bij de pot, warm van schaamte.

Gelukkig dat Vincent me niet kon zien, die lag veilig onder de zoden. Ho even, hij was helemaal niet dood. Ik had hem vanavond alleen maar voor mijn eigen gemak door een noodlottig ongeval om het leven laten komen. Misschien, dacht ik beneveld, gold zoiets ook voor Alicia en liep zij elders nog springlevend rond. Je kon niemand op zijn of haar woord geloven, daar was ik zelf het beste bewijs van. Toen boog ik me weer over de rand van de wc-pot.

Elders, diezelfde avond

Boven haar bed hing een alarmbel. Het was haar ingeprent dat ze er altijd op mocht drukken. Daar had ze dankbaar gebruik van gemaakt toen ze voor haar ogen zag gebeuren hoe een van haar buurjongens, op een moment dat het zo heet was dat de lucht trilde en zelfs de leeuweriken zwegen, in zijn gebreide zwembroek onder water verdween in het ven op de hei.

Er was meteen iemand naar haar toe gekomen, een van die juffrouwen die hier rondliepen, maar die had niets kunnen doen. 'Dat is de pest, Stine,' had het mens gezegd. 'Aan het verleden valt nu eenmaal niets meer te veranderen.'

Ze had ook op de bel gedrukt toen de bliksem in het schrikdraad was geslagen en de koeien met dreunende hoeven op drift waren geraakt, dwars door de afrastering en vervolgens door alle moestuinen in de wijde omtrek heen, te beginnen met het lapje grond achter het huis van Adelheids ouders, de Mulders. Die hadden net, op zoek naar verkoeling, hun voor- en achterdeur wijd opengezet, dus het scheelde weinig of hun huis was door de panische runderen op de rug genomen en pas zeven kilometer verderop afgeschud. En die mensen hadden al amper niks.

Dat was overigens de laatste keer geweest dat er na het bellen iemand bij haar was gekomen. Toch bleef ze, als ze reden zag om alarm te slaan, gewetensvol op de bel drukken. Het zou een mooie boel worden als niemand meer op elkaar lette.

Vanavond was alles rustig. De zijkanten van haar bed waren omhooggeklapt en ze had haar tuigje om. Anders ging ze maar op zoek naar dingen die er toch niet meer waren, hadden ze tegen haar gezegd. Wat een onzin. Niets was ooit onherroepelijk verdwenen. Vroeger had ze altijd alles kunnen terugvinden, zelfs moeders vingerhoed die in het muizenhol achter de plint was gerold. 'Vraag het maar aan Stientje,' zeiden haar broers en zussen altijd als iemand thuis iets kwijt was. Maar toen ze op de hooizolder de tuba van Mercantia had gevonden, had vader haar te verstaan gegeven dat je niet alles moest wíllen vinden.

Je moest bepaalde dingen kunnen vergeten, zei hij.

Maar ook dan verdwenen die dingen niet. Van alles bleef íéts over, een schaduw, een zijdelingse blik, een vroom getuite mond, een schuldige kamer die in het behang taferelen had opgeslagen die nooit hadden mogen plaatsvinden. Wie het niet opmerkte, had stront in z'n ogen. En daar hadden ze hier in het dorp nogal vaak last van. Ieders hoofd stond op een draaiend nekkie. Vooral als er een buitenstaander bij betrokken was, zoals toen met hoe heette ze, dat blondje met die brede mond, dat wufte ding dat een tijdje in Oldenhage in de opkamer had gewoond, die zorgeloze vlinder die zowat alle mannen in het dorp het hoofd op hol had gebracht.

Ze had geen enkele kans gehad, dat vrouwtje. Dat kreeg je als je Adelheid tegen je had.

Zou Adelheid trouwens nog komen, vandaag? Het was al een hele tijd donker, en haar vriendin mocht van moeder Mulder zo laat niet meer op straat. Alsof Adelheid van suiker was. Als die van haar step viel lachte ze nog, zelfs al lagen er twee tanden in het zand. Bij hun Eerste Communie had ze een vlecht om haar hoofd gehad, ze had net een paasbrood geleken. Na de kerk waren ze met hun blaaspijpjes naar het huis van oom Alfons gegaan. Adelheid had de meeste rozenbottels door het openstaande slaapkamerraam geschoten. Daar had je een beste vriendin voor: om van te verliezen. Adelheid won altijd alles en kreeg ook in alles haar zin, zeker toen haar benen langer werden. En anders sprak ze een vervloeking uit. 'Die z'n dood zal verschrikkelijk zijn,' zwoer zij met fonkelende ogen als de meester haar tekort had gedaan of als de meisjes uit de straat haar uitlachten om haar zelfgenaaide bloes.

Je was er natuurlijk niet altijd bij als iemand stierf, daar was geen beginnen aan, maar als je later de verhalen over de doodsstrijd van die mensen hoorde, wist je genoeg.

Dat blondje had haar biezen moeten pakken, in plaats van in Oldenhage in de opkamer te blijven bivakkeren. Ze had moeten beseffen dat Adelheid het er niet bij liet zitten wanneer iemand haar een voet dwars zette. Adelheid was niet voor niets met succes omhoog getrouwd, zo heette dat toch, als je door een huwelijk in de betere kringen belandde, ze had de laatste en enige nazaat van de familie Gilissen in haar netten weten te verstrikken en nog voor nageslacht gezorgd ook. En sinds ze Adelheid Gilissen van Oldenhage was, was ze meedogenloos. Afspraken hadden voor haar geen waarde, excuses hoorde geen mens haar ooit maken, andermans gevoelens lieten haar koud. Wanneer je een rekening op haar te vorderen had voor geleverde goederen of diensten, moest je niet raar opkijken als ze wegens vermeende wanprestaties met een juridische procedure dreigde. Dat vertelde Hieke tenminste. Hardop zei Stine plechtig: 'Ja, ja, mijn dochter Hieke. Die weet alles.'

Adelheid Gilissen van Oldenhage had altijd gelijk, ook al

had ze het niet. Bij haar trok je nu eenmaal aan het kortste eind. Dat gold zelfs voor haar eigen familie, de Mulders. Er was nog niet zo gek lang geleden een heel drama geweest met de vrouw van een neef of achterneef Mulder, die jongen met die moedervlekken, maar voor een beetje steun of begrip was je bij Adelheid aan het verkeerde adres. Want Adelheid Gilissen van Oldenhage vergat het liefst dat ze ooit een eenvoudig meisje Mulder was geweest.

9 maart

08:32

Het mandje met drie soorten brood, het ei onder de gehaakte eierwarmer, de huiselijke beschuitbus van Bolletje, de bedauwde karaf jus d'orange, de glazen bakjes met boter, aardbeienconfituur en marmelade, het assortiment geplooide vleeswaren en plakken kaas met een fiere tomaat in het midden, de schaal yoghurt geflankeerd door muesli, cornflakes en fruit: Hieke van Stine kende het klappen van de zweep.

Ze kwam binnen zodra ik in haar woonkamer achter de ontbijttafel schoof en vroeg me of ik koffie of thee wilde. Elders in de bungalow rinkelde een telefoon.

'Thee, graag,' zei ik vlug.

Ze sloot de deur weer. Moest ik zo meteen iets verontschuldigends zeggen over de staat waarin ik gisteren had verkeerd? Het was een wonder dat ik nauwelijks een kater had. Mijn vest, dat ik vannacht onder stromend water had uitgespoeld, hing nog te druipen in het badkamertje. Ik vermoedde dat dit huis zelden getuige was van dronkenschap of ander liederlijk gedrag. De beige luxaflexlamellen blonken, op de vensterbank stonden twee houten ganzen en vanuit zilveren fotolijstjes aan de muren keken diverse olijke kindersnuiten me aan.

Ik onthoofdde net het ei, dat zoals voorzien voortreffelijk was, toen Hieke een theepot op het lichtje zette. Ze leek een beetje verhit. 'Is alles zo naar wens?' vroeg ze. 'Ik ben bang dat ik ervandoor moet. De tweeling van mijn dochter is thuis met de waterpokken, en nu heeft hun oppas zich net ook ziek gemeld. Mijn dochter staat er alleen voor, zie je.'

'O jee, het lot van de oma. Ga maar, hoor,' zei ik. 'Ik red me wel.'

'Ja, of het mij uitkomt wordt nooit gevraagd,' zei ze, ineens kletserig, terwijl ze het vleesvorkje een fractie rechter legde. 'Ik had vandaag eigenlijk op ziekenbezoek gemoeten, bij een oude vriendin van mijn moeder die aan haar galblaas is geopereerd.'

Ik ging rechtop zitten.

'Ik had gisteravond al een cake voor haar gebakken. Ik was net bezig hem met vers fruit te garneren toen mijn dochter belde. Ook zonde.'

'Ach,' zei ik meelevend. 'Zal ik hem anders even voor je afgeven?'

Ze keek me verbaasd aan.

'Ik heb alle tijd. Zeg maar waar die cake heen moet.'

Ze aarzelde. 'Ze zijn daar nogal op zichzelf. Ik ben zowat de enige die er weleens over de vloer komt.'

'Misschien kun je ze even bellen? Als ze weten dat ik namens jou kom, is het vast goed.'

Ze knikte haastig.

Bij mazzel denk je onwillekeurig dat je die eigenhandig hebt verdiend. Bij pech denk je dat nooit, want tegenslag is iets wat je overkomt en geluk iets wat je toekomt. Ik belegde een boterham met ardennerham en schonk mezelf een kopje thee in. Oldenhage, here we come. Wat een onvoorstelbare bof.

Daar was Hieke alweer, een schoenendoos in de hand.

'Ze verwachten je. Hier, ik heb het adres voor je op het deksel geschreven. Heb je een tomtom? Je komt op het laatst door een groot hek. Je moet niet vergeten het meteen achter je dicht te doen.'

Onschuldig vroeg ik: 'Houden ze daar dan iemand opgesloten, of zo?'

Ze ontweek mijn blik. 'Nee, ik zei toch dat ze niet van vreemden houden? De zoon van mijn moeders vriendin is nogal... Zo dwars als een krab, zei mijn moeder altijd. Je moet niet raar opkijken als hij die cake voor Adelheid alleen maar van je aanneemt en je niet eens een kopje koffie voor de moeite aanbiedt.'

'Adelheid,' zei ik. Het was om de een of andere reden toch nog een schok dat mijn verwachting werkelijkheid werd.

'Adelheid Gilissen. En haar zoon heet Ennis.'

Ik had de indruk dat ze opgelucht was dat ze niet zelf met haar cake naar Oldenhage hoefde. Ze liet zich dit karweitje wel erg gezwind uit handen nemen. 'Ik moet rennen, anders komt mijn dochter te laat op haar werk,' zei ze. 'Denk je eraan de huissleutel mee te nemen?'

Terwijl ik mijn boterham besluiteloos in almaar kleinere stukjes zat te snijden, zwaaide ze in de voortuin bij de kabouter met de viooltjes nog even naar me en verdween toen uit het zicht. Ik legde mijn mes neer. Adelheid Gilissen was de stokoude eigenares van de hoeve, en die zou haar zoon Ennis binnen afzienbare tijd van haar erven: zij waren degenen met wie ik zaken zou moeten zien te doen. Hoe groot was de kans dat deze mensenschuwe types van hun huis een drukbezocht erfgoedlogement wilden maken? Alleen dat hysterische gedoe met dat hek al. Die lui wilden duidelijk geen vreemden op hun erf.

Maar ik had vaker met dat bijltje gehakt. En dankzij Hiekes gebak zou ik vast een innemende indruk maken. Ik tilde het deksel van de schoenendoos. De cake was bedolven onder een laag geurige partjes appel, peer en banaan, met toefjes slagroom ertussen. Levendig zag ik voor me hoe Hieke het beslag had gemixt, een bakvorm had ingevet, fruit had gesneden. Omdat het haar overtuiging was dat je zoiets voor een oude vriendin van je moeder hoorde te doen. Waar zou de wereld zijn zonder de Hiekes van Stine?

10:15

Nadat ik van de afwezigheid van mijn gastvrouw gebruik had gemaakt om mijn vest in haar wasdroger te drogen, vertrok ik naar Oldenhage. Het was onaangenaam weer, mistig en waterkoud. Zo'n ochtend waarop je je niet kunt voorstellen dat de dagen allang aan het lengen zijn. Op de holle weg naar de hoeve hing de nevel steeds lager tussen de boomstammen, alsof de natuur op sluipende kousenvoeten bezig was iets onoorbaars toe te dekken.

Ik moest aan Livia op haar vilten pantoffeltjes denken en vroeg me af of ze me werkelijk vergeten zou zijn. Zou ze me echt niet meer herkennen als ik zo dadelijk voor haar neus stond?

Ik stopte bij het hek, stapte uit en duwde het hek open. Alles rook naar natte aarde. Een sliert nevel benam me het uitzicht. Ik stapte weer in mijn auto, reed door het hek, stapte uit, sloot het hek, stapte weer in. Niet de omslachtigheid van de hele procedure stoorde me, maar het feit dat ik het kennelijk nodig vond die zo nadrukkelijk mogelijk uit te voeren, met net iets te grote gebaren, alsof ik bang was door onzichtbare ogen te worden gadegeslagen en bij het geringste blijk van nalatigheid op mijn vingers zou worden getikt.

Om niet de indruk te wekken dat ik de weg al kende, reed ik het laatste stuk naar de boerderij zo langzaam mogelijk. Er stond een oude landrover voor het huis geparkeerd, met zijn neus al in de rijrichting. Als je hier plotseling weg moest, kon je het keren maar beter vast achter de rug hebben. Mijn eigen auto paste er nog maar net naast. Hoe ik straks wegkwam, zag ik dan wel weer. Ennis kon er nu in elk geval uit, en hij leek me iemand die je niet de pas moest afsnijden.

Met de schoenendoos als een schild tegen mijn borst geklemd keek ik naar de monumentale pui van de hoeve. Het was en bleef een juweel. Op de loopdeur in de poort hing een koperen klopper, zag ik nu pas. Of misschien schroefde Ennis die er alleen maar even op als er bezoek werd verwacht en haalde hij hem er daarna weer af.

Ik liet de klopper met een luide bons neerkomen.

Het was Madeleine die na enkele ogenblikken opendeed. Ze droeg een zwarte gebreide muts die ze diep over haar ogen had getrokken. 'Dag mevrouw,' zei ze zonder een spier te vertrekken.

'Ik kom van Hieke van Stine,' zei ik op neutrale toon.

'Die belde al zowat twee uur geleden,' zei ze ietwat verbolgen.

'Ik durfde niet te vroeg op de ochtend langs te komen. Hoe is het met de patiënt?'

'Ze ligt zich al die tijd al op iets lekkers te verheugen.' Gebiedend strekte ze haar hand uit.

Ik hield de doos stevig vast. 'Hieke zei dat ik haar cake persoonlijk aan mevrouw Gilissen moest geven.'

Madeleine schokschouderde, draaide zich om en ging naar binnen. Ik volgde haar in de verwachting dat we naar boven zouden gaan. Ik stierf van verlangen meer van het huis te zien. Maar we gingen helemaal niet naar de slaapkamers: Madeleine koerste naar de keuken. Vlak voordat we er naar binnen gingen, stond ze ineens stil en haalde mijn pakje sigaretten uit haar broekzak. 'Dat was stom,' siste ze, terwijl ze het me toestak.

In de keuken was de enorme tafel waaraan ik samen met de meisjes Mamans miraculeuze soep had gegeten, wat terzijde geschoven om onder het raam plaats te maken voor een bank. Daarop lag Ennis' moeder, een vaalgele plaid tot aan haar kin opgetrokken. Ik voelde me plotseling ongemakkelijk. 'Goedemorgen,' bracht ik uit.

Adelheid Gilissen hief haar hoofd. Ouderdom en ziekte tekenden haar gezicht. Ze leek niet alleen onvoorstelbaar oud van jaren, maar ook oud op een andere manier, als iets prehistorisch, zoals een reptiel. Toch klonk haar stem verrassend vast toen ze, op een toon alsof we al minstens een kwartier met elkaar in gesprek waren, zei: 'Je hebt gevers en nemers. Hieke is een gever, net als haar moeder Stine: allebei onbenullen. Maar daar moeten we God dankbaar voor zijn.'

Na een moment voegde ze eraan toe: 'Een wetenschappelijke verklaring is er niet voor.'

'Hoe gaat het met u?' vroeg ik, terwijl ik de doos op de rand van de tafel zette. Madeleine schoot meteen toe en griste hem weg.

'Zonder galblaas kun je gerust honderdtien worden, zeggen ze. Het menselijk lichaam zit blijkbaar vol nutteloze onderdelen. Vraag me alleen niet waarom je er dan toch zo'n last van kunt krijgen. Maddie, laat je zusje wat eieren rapen voor onze trouwe Hieke. Of nee, zet eerst even koffie voor mevrouw hier. Mevrouw Sabine, toch?'

'Sabine, ja.' Ik vroeg me af of ik op een van de keukenstoelen kon gaan zitten.

'En hoe komt mevrouw Sabine bij Hieke te logeren?'

'Maman,' zei Madeleine bij het aanrecht, 'je mag je nog helemaal niet zo vermoeien. En die mevrouw heeft vast wel wat beters te doen dan met ons koffiedrinken.' Wat een acteertalent.

Adelheid snoof. Ze wenkte me iets dichterbij. 'Als het aan haar lag,' zei ze gedempt, 'kregen we hier nooit iemand over de vloer.'

Van nabij zag ik hoe troebel haar ogen waren. Ze zou wel onder de pijnmedicatie zitten. Haar huid was zo droog dat ik er bijna van kuchte. As, ik moest aan as denken.

Op dat moment vloog de keukendeur open en stormde Livia naar binnen. 'Ennis heeft een trap van de geit gekregen!' riep ze buiten adem. 'De geit heeft Ennis getrapt! Ennis z'n voet is...' Toen zag ze mij. 'Wie is dat?' onderbrak ze zichzelf.

'Stel je niet aan,' zei Madeleine tegen haar. 'Ennis heeft de geit waarschijnlijk zelf een schop verkocht. Hij mankeert niets. Hou op, Livia.'

'Maar ík kan hem niet naar binnen dragen,' zei haar zusje. Haar interesse in mij was alweer verdampt. Ik zou zweren dat ze me echt niet had herkend. Ik zag dat ze die huisslofjes weer droeg.

'Kom, ga even kijken,' zei Adelheid tegen Madeleine.

'Doe dit, doe dat,' kefte Madeleine. Toch verliet ze de keuken.

Tegen mij zei Maman: 'En dit is mijn andere kleindochter, Livia. Onze benjamin. Dit is Sabine, Livialief. De brengster van goede gaven.'

Livia ontdekte de cake. Ze begon bordjes op tafel uit te stallen. Haar paniek was zo snel verdwenen dat ik me afvroeg of ze soms uitgehongerd was. Maar meteen maakte ze ook weer die vreemde, versufte indruk. Zonder een woord sneed ze de cake schots en scheef in stukken. Toen liet ze haar hoofd op het tafelblad in haar armen zakken. 'Ik ben zo moe,' mompelde ze.

'Dan kom je straks lekker bij mij een tukje doen,' zei Maman op een toon alsof ze het tegen een vierjarige had. Ze hadden allebei precies dezelfde spitse neus.

'Ennis heeft echt z'n voet gebroken!' riep Madeleine, die met een grauw gezicht de keuken weer binnenkwam.

'Zei ik toch,' murmelde Livia. Haar haar sliertte bijna door de slagroom op het stuk cake dat voor haar stond.

'Kan ik helpen?' vroeg ik automatisch. 'Misschien kunnen we hem samen...'

'Oké,' zei Madeleine zonder enige dankbaarheid.

Via de lelijke serre die aan de deel was gebouwd gingen we naar buiten. Het motregende inmiddels. Voorbij de moestuin, achter een kleine glazen kas, zat een gestalte ineengedoken in het gras. Iets verderop keek de geit toe, zijn sik wipte triomfantelijk.

'Gaat het, meneer Gilissen?' vroeg ik.

Met een grimas van pijn tilde hij zijn hoofd op. 'Begin nooit aan geiten. Chagrijnige kutbeesten.' Hij zag er stukken minder vervaarlijk uit dan ik me had voorgesteld. Een gedrongen man met een onregelmatig gezicht dat uit willekeurige, niet bij elkaar horende elementen leek te zijn samengesteld, al had de som der delen verrassend goed uitgepakt.

Om de een of andere reden betreurde ik het dat ik mijn haar die ochtend niet had gewassen.

'Hij moet naar de eerste hulp,' zei Madeleine. Ze begon aan zijn arm te sjorren. 'Neem jij de andere kant.'

'Even kalm aan met je vader, Maddie,' zei Ennis.

We hesen hem tussen ons in omhoog. Ik was een kop groter dan Madeleine, zijn gewicht kwam grotendeels op mij neer. Haar vader. Dus zo zat het. Drie generaties onder één dak. Met zijn armen over onze schouders geslagen hinkte Ennis over het natte gras.

'Hoe kon je nou ook zo stom zijn?' foeterde Madeleine. 'Je moet de dieren aan mij overlaten.'

'Maar dan moet jij wel op tijd aan ze denken.'

In de keuken barstte, zodra we Ennis op een stoel hadden laten zakken, een kakofonie aan gekerm, gesakker en geklaag los; iedereen praatte door elkaar heen, Maman kroop onder haar plaid vandaan om Ennis' hoofd tegen haar boezem te drukken, Madeleine foeterde nog steeds, Livia rende hysterisch schreeuwend rond de tafel en Ennis zelf vloekte en vloekte en vloekte.

Ik wist Livia bij haar lurven te grijpen en schudde haar aan haar schouders door elkaar om haar bij zinnen te brengen. Op het moment dat zij ophield met gillen, sloot iedereen met een hoorbare klap zijn mond. Vlug liet ik haar los.

'Mijn god,' zei Maman terwijl ze terug naar de bank onder het raam schuifelde. 'Het is maar een breuk. En zelfs dat weten we nog niet eens zeker. Snuit je neus, Livia.'

'Maar we zouden vandaag het gras verticuteren,' zei Madeleine. Onder de rand van haar muts stonden haar ogen dof van wanhoop.

Maman richtte zich op één elleboog op. 'Eerst het gebak van Hieke. Je gaat niet met een lege maag naar het ziekenhuis, Ennis. Het duurt daar misschien wel uren voordat je wordt geholpen.'

Ennis wierp een blik op de bordjes cake op tafel. 'Ben je vergeten wat de dokter gisteren zei, Maman? Je mag voorlopig helemaal geen vettigheid. Welke idioot doet er slagroom op een cake voor iemand die net aan haar galblaas is geopereerd? Echt weer iets voor Hieke.'

'Die onnozele gans,' zei Maman. 'Of zou ze het met opzet hebben gedaan?' Ze lachte waarderend. Toen zei ze scherp:

'Niet in je mouw snuiten, Livia. Zo heb ik je niet opgevoed. We zijn geen kinkels. En we hebben nog wel bezoek. Zeg, Sabine, eerlijk gezegd kom je als geroepen. Zou jij Ennis samen met Maddie naar het ziekenhuis kunnen brengen? Of is dat te veel gevraagd?'

'Dat doe ik natuurlijk graag,' zei ik.

'Zal ik jouw slagroom opeten, Maman?' vroeg Livia. 'Anders ga je misschien dood.'

'Er gaat hier niemand dood, Lili,' zei Madeleine. Ze trok haar zusje naast zich op haar stoel. Ze waren tenger genoeg om er samen op te passen.

Ennis zweeg. Misschien verging hij van de pijn, maar de gekwelde trek rond zijn mond had iets permanents, net als de andere plooien in zijn zonderling aantrekkelijke gezicht. Ik schatte hem begin vijftig. Zijn donkere haar was net iets te lang, het was van dat zeeroversha ar, het krulde over de boord van zijn flanellen overhemd en er zat genoeg grijs in om je het gevoel te geven dat zijn leven niet altijd over rozen was gegaan. Hij was het soort man bij wie onverstandige zwakkelingen zoals ik bijna automatisch denken: jou ga ik redden van jezelf.

'Ennis!' barstte Madeleine uit. 'Hoe moet ik alles nou oplossen? De schorseneren zijn nog niet eens gezaaid!'

'Wacht! We zijn iets vergeten! Hoei hoei en smakelijk eten!' Livia smeet haar taartvorkje op tafel en wilde Ennis' hand grijpen.

'Niet nu,' zei hij zachtzinnig.

'Nou, dan kunnen jullie net zo goed meteen gaan,' zei Livia boos. 'Ik zal wel voor Maman zorgen, hoor.'

'Als we jou toch niet hadden,' verzuchtte haar grootmoeder.

Ik zei tegen Madeleine: 'Jij rijdt, oké? Ik zou niet weten hoe ik mijn auto eruit moet krijgen.'

Ennis boog zich voorover. 'Je kunt de onze nemen.'

'O, maar ik heb nog nooit in een landrover...'

'Ik heb geen rijbewijs,' zei Madeleine.

Haar vader leunde weer terug. Terwijl hij zijn armen over elkaar sloeg, zag ik opeens iets van de boeman die ik eerder in hem had vermoed, de man voor wie de meisjes meer dan beducht hadden geleken. 'Waarvoor heeft onze Maddie nou een rijbewijs nodig?' vroeg hij me terwijl hij zijn tanden in een pijngrimas ontblootte.

15:50

In het ziekenhuis hield Madeleine, kauwend op haar onderlip, haar blik strak op de balie van de spoedeisende hulp gevestigd, alsof ze daarmee kon bewerkstelligen dat Ennis snel weer naar buiten zou komen. Soms stond ze abrupt op, liep een paar passen heen en weer en stond dan stokstijf midden in de wachtruimte stil, blijkbaar overvallen door nieuwe gedachten over de rampzalige consequenties van haar vaders blessure.

Naarmate de uren verstreken, trof haar gelijkenis met Ennis me steeds meer. De nerveuze trek om haar mond, de stand van haar schouders. Zat ze erover in dat er nog meer werk op haar neer zou komen? Of vroeg ze zich af, nu ze zo uit haar normale doen was gerammeld, waarom ze niet zoals iedereen van haar leeftijd een rijbewijs had, of een mobieltje?

Ik kreeg de indruk dat ze kwader en kwader werd. Maar wat wist ik van haar? Alleen dat zij en haar zusje blijkbaar door hun oma waren grootgebracht, Maman had iets gezegd wat daarop wees. Dat verklaarde wellicht ook de vervuilde staat van het veel te grote huis. De meisjes waren aangewezen op een stokoude grootmoeder en een tirannieke vader. Daar ging ik weer.

Ze plofte naast me neer. Ik sloeg het tijdschrift dicht waarin ik had zitten bladeren en legde een hand op haar knie. Meteen barstte ze in tranen uit. 'Het is allemaal mijn schuld!'

Aha, ze was kwaad op zichzelf. 'Welnee,' zei ik, 'ongelukken gebeuren nu eenmaal.'

'De geit wordt altijd bloedlink als ik hem niet op tijd zijn brokken geef.'

'Volgens mij werk jij al hard genoeg, hoor. En je hebt er ook nog de zorg voor je zieke oma bij, dus niemand zal het je kwalijk nemen als er daardoor andere dingen bij in schieten.'

'Maar het zijn mijn táken.'

'Kom op, joh. Iedereen maakt fouten. En taken, dat is ook maar een relatief begrip.' Ergens ter hoogte van mijn borstbeen ontstond een weldadig gevoel van dankbaarheid. Wat er verder ook allemaal aan me mankeerde, ik was in elk geval volwassen. Ik hoefde nooit meer twintig te zijn. Zelfs die bambihoer kon ik even uit het diepst van mijn hart vergeven. Wat snapte je nou helemaal, op die leeftijd?

'Mijn taken zijn mijn taken,' zei Madeleine. Het klonk bijna oudtestamentisch, alsof ze een last torste die ze dankte aan het zevende, zondige geslacht vóór haar. Ze schudde mijn begripvolle hand van haar knie.

'Waarom draagt je zusje geen schoenen?' vroeg ik, mezelf overvallend.

'Omdat ze nergens heen hoeft.'

'Zoiets zei je vader ook over jou.'

Verontwaardigd riep ze uit: 'Ik heb een fiets! Ik ga altijd naar het dorp als Ennis geen tijd heeft om boodschappen te doen. Maar verder kunnen we toch nergens heen, met

Livia.' Ze mompelde: 'En rijlessen zijn hartstikke duur, dus dat zou geldverspilling zijn.'

'Hoe bedoel je, dat jullie met Livia nergens heen kunnen?'

Ze rolde met haar ogen. 'Omdat ze alleen thuis veilig is. Buiten heeft iedereen meteen zijn oordeel over haar klaar. Ze zou geen leven hebben als ze van het erf af ging. Wat kijk je nou? Ze wil het zelf ook zo, hoor.'

Ik zag weer voor me hoe Livia het hek voor me had opengemaakt. Ze had zó naar buiten kunnen lopen. Ze was nog jong genoeg om zomaar, om welke vreemde reden dan ook, een magische cirkel om zich heen te laten trekken. Maar de tijd tikte onherroepelijk voort en opeens zou het nog maar een kwestie van seconden zijn voordat Livia oud genoeg was om de wijde wereld te willen leren kennen. 'Ik weet dat het mijn zaken niet zijn,' begon ik aarzelend.

'Hou je er dan ook buiten. En als je soms denkt dat dit een reden is om Jeugdzorg te alarmeren: daar zijn ze met de situatie bekend. Livia heeft haar eigen maatschappelijk werkster. Irma. Je kunt Irma bellen, hoor. Dacht je dat je een kind zomaar van school mag houden? Er zijn kilometers papierwerk nodig voor de manier waarop wij voor Livia zorgen. Iedereen is het erover eens dat het zo het beste is. We beschermen haar tegen zichzelf én tegen de buitenwereld.'

'Maar wat mankeert haar dan precies?'

'Wat kan het je schelen?'

Ik wist het zelf niet.

'Bespreek het maar eens met Ennis,' zei ze, haar stem laag van sarcasme.

Ik dacht: alles draait om Livia, en jouw leven schiet er daardoor helemaal bij in. Arme Maddie. Altijd de wijste moeten zijn.

'Zo, dat duurde even,' zei Ennis, die steunend op krukken ineens voor ons stond. 'Er was een file bij het röntgenapparaat.'

'Pápa,' zei Madeleine terwijl ze opsprong en haar armen om zijn middel sloeg.

'Ho, gooi me nou niet meteen omver. Het stelt niks voor. Een paar gebroken middenvoetsbeentjes.'

Ze liet hem los. Verloren zei ze: 'En nu?'

'Vier weken met krukken, dat is alles.'

Vlug zei ik dat ik de auto zou gaan halen. Vroeger had ik daar Vincent voor gehad, die wist dat parkeergarages me soms een acuut gevoel van claustrofobie bezorgen. O, iemand die rekening met je zwakheden hield, iemand die je zó van haver tot gort kende.

Toen ik in de parkeergarage achter het stuur zat, kreeg ik de landrover niet meteen in z'n achteruit. 'Koppelingspedaal,' zei ik hardop. Ik rijd mijn hele leven al in een automaat. Eenbenige bediening, dat zou voor Ennis nu ook een uitkomst zijn geweest.

Bij de ingang van het ziekenhuis waren Madeleine en hij in een verhit gesprek verwikkeld. Pas toen ik toeterde, keken ze op. Ennis stak een mobiele telefoon terug in zijn zak, hij wel. Terwijl hij zich in de auto hees, zei hij tegen zijn dochter: 'Oké, genoeg. Het is Mamans voorstel, en we gaan Maman niet tegenspreken.'

In de achteruitkijkspiegel zag ik dat Madeleine haar zwarte muts nog dieper over haar ogen trok. Stuurs keek ze uit het raam. Het motregende, ik moest de ruitenwissers aanzetten.

18:30

Zodra we bij Oldenhage arriveerden sprong Madeleine de auto uit. Ennis bleef naast me zitten. 'Merci voor je moeite,' zei hij, niet tegen mij maar tegen de voorruit. Hij keek erbij alsof hij zijn tong zowat afbeet. Tjonge, een bedankje was blijkbaar een hele opgave. Altijd weer die trots van dat soort alfamannen. Dat juist hém zo'n stom ongeluk was overkomen. En erger nog: zonder mij had hij lelijk in de nesten gezeten. Ik vond het wel grappig dat hij afhankelijk van me was geweest. Dat maakte hij vast niet vaak mee. Leerzaam hè, Ennis?

Hij maakte aanstalten om uit te stappen, onhandig met zijn krukken manoeuvrerend. 'En nu moet je er zeker vandoor?'

Mijn zelfgenoegzame stemming sloeg om. Er was niemand die op me wachtte. Niemand die naar me uitkeek, daar is ze, daar is ze eindelijk weer! Voor mij gold in feite hetzelfde als voor Madeleine en Livia: ook ik hoefde nergens heen.

'Of ga je nog even mee naar binnen?' Hij klonk nog net zo ontoeschietelijk, alsof hij hoopte dat ik nee zou zeggen.

Er werd op het autoraampje geklopt. Hij draaide het open.

Livia stak haar hoofd naar binnen. 'Maman vraagt of Sabine nog even wat komt drinken.'

Haar vader zei: 'Ik was net bezig om haar daartoe te verleiden, liefje, maar ze gaf nog geen antwoord. Probeer jij het eens.'

Giechelend liep Livia om de auto heen. Voordat ik me omdraaide om mijn raampje te openen, zag ik nog net hoe Ennis naar zijn jongste dochter keek. Er was een milde trek op zijn gezicht verschenen.

'Sabine,' zei Livia, 'wil je Maddies vlierbessenwijn komen proeven?'

'Ja,' zei ik, opgelucht omdat ik nog niet aan mijn eigen gezelschap overgeleverd zou zijn, maar direct voelde ik dat door dat ene woord de rollen werden omgekeerd: nu was ik degene die dadelijk bij de familie in het krijt zou staan, in plaats van andersom.

Ennis ervoer het blijkbaar net zo, want overdreven joviaal zei hij: 'Nou, schiet op dan.'

Man, kom van die apenrots af, dacht ik. Je weet niet eens wat er zich van de week onder je eigen dak heeft afgespeeld. Wie heeft er, toen jij niet thuis was, prinsheerlijk in Alicia's bed geslapen en in haar spiegel gekeken? Het was een bevredigende gedachte, die de balans wat mij betreft weer herstelde. Jammer dat ik haar niet hardop kon uitspreken.

In de keuken stond er voor Ennis een ingezakte fauteuil klaar, met een krukje bij wijze van voetenbankje. Madeleine was in geen velden of wegen te bekennen.

Op de tafel stonden drie wijnglazen, een fles ernaast.

'Omhoog met die voet,' zei Maman, die kromgebogen naderbij scharrelde, de gele plaid om haar schouders geslagen. 'Livialief, haal nog even een paar kussens van de deel, voor in je vaders rug.'

'Gaat u toch zitten, mevrouw Gilissen,' zei ik. 'U bent net geopereerd. Ik kan wel even...' Ik wist niet wat ik verder wilde zeggen, zo werd ik ingehaald door plaatsvervangende schaamte. Het was steenkoud in de keuken, er stond geen eten op het fornuis, er was al heel lang niet behoorlijk schoongemaakt en als je ondoordacht ging zitten, zouden de poten van je stoel onder je bezwijken. Geen wonder dat ze hier niet op vreemde ogen zaten te wachten.

Maman zei: 'Nou, schenk ons dan maar een glas in.' In plaats van terug te schuifelen naar de bank onder het raam nam ze plaats op een van de stoelen rond de keukentafel. Terwijl ze ging zitten hield ze haar buik met twee benige handen vast.

Livia kwam weer binnen, zonder kussens. Ze draaide haar voeten in de vilten slofjes een beetje naar binnen toen ze vroeg: 'Wat ging ik ook alweer doen?'

'Je huiswerk maken, poppetje,' zei Ennis op een toon die verried dat hij haar alles vergaf.

Zou hij al weten dat haar schommel op zolder een nieuwe zitting nodig had? Maar hoe zou hij die reparatie moeten verrichten? Hij kon onmogelijk de steile zoldertrap op.

Opgelaten pakte ik de fles vlierbessenwijn en schonk de glazen vol. Nu we met z'n drieën in de keuken waren achtergebleven, had het opeens iets van een toneelstukje zoals we erbij zaten. Ik had niet mee naar binnen moeten gaan, maar soms is het lastig om te onderscheiden waar je instincten eindigen en waar je behoeftes beginnen. En trouwens, ik had toch nog steeds een goede reden om hier te zitten? Oldenhage.

'Onze manieren zijn een beetje roestig geworden,' zei Maman. 'We krijgen niet vaak mensen over de vloer. Hieke zal haar oren niet geloven als ze hoort dat jij vandaag zoveel tijd met ons hebt doorgebracht.'

'Hopelijk hebt u de komende tijd wel wat hulp in huis.'

'Daar hebben wij geen goede ervaringen mee,' zei Maman. 'Maar we redden ons heus wel. We hebben ons altijd gered. Ook toen Ennis met twee kleine kinderen achterbleef. We hebben geleerd onze eigen boontjes te doppen.'

Er viel een stilte. Niemand had nog een slok van de wijn genomen.

Plotseling zei Ennis, alsof hij me een verklaring schuldig was: 'Mijn vrouw overleed heel jong, aan een aneurysma.' Hij klopte tegen zijn slaap. 'Livia was pas zes. Een buitenstaander begrijpt dat misschien niet, maar na zoiets krijg je een ongelooflijk hechte band met je kinderen.' Het woord 'ongelooflijk' sprak hij bijna met ontzag uit. Dit was een andere Ennis, een zachte Ennis.

Onzeker zei ik: 'Het lijkt me als ouder best zwaar als je kinderen alleen jou nog hebben.'

'Hoho,' zei Maman, 'ik was er ook nog. En ik ben er nog steeds.'

Ik zag dat het onderwerp haar nerveus maakte. Het was een kwetsbaar geheel, dit huishouden.

'Maar we praten alleen maar over onszelf. Geen manieren, ik zei het al. En jij, Sabine, hoe sla jij je door het leven?' vroeg ze.

'Wacht, we vergeten helemaal te toosten op jullie beider voorspoedige herstel!' riep ik uit, omdat ik niet wist welke versie van mezelf ik moest presenteren. De weduwe, de recent verlaten vrouw of een nieuwe variant? En zou het moeder en zoon imponeren als ik mijn stadse veren opstak, of kon ik me wat dat betreft juist beter inhouden? Dit waren geen onderontwikkelde, halfanalfabete boerenkinkels, zoals Maman zelf ook graag benadrukte. 'Proost,' zei ik, terwijl ik mijn glas omhooghield.

Ennis lachte zachtjes, op een niet erg aangename manier. 'Sabine praat blijkbaar liever niet over zichzelf, Maman. Ze vindt het leuker om ons uit te horen.'

Ik wilde protesteren, maar bedacht me. Ik hield mijn rug recht.

'Mijn dochters hebben ondanks alles een heerlijke jeugd gehad,' zei hij tartend. 'Ze zijn hier geboren en getogen, zoals iedereen in onze familie. Hier zijn ze geworteld. Hier zijn ze gelukkig.'

'Daar twijfel ik niet aan,' zei ik, het glas wijn nog steeds in mijn hand.

'O, jawel,' zei Ennis op zijn gemak. 'Jij vindt van alles over ons.'

'Nou, dat valt wel mee. Ik ken jullie niet eens.' O god, waarom ging ik hierop in? Die man wilde helemaal niet dat ik aan zijn keukentafel zat. Het was inderdaad een toneelstuk waarin ik was beland. Het zou me niet verbazen als ik alleen maar voor een glas was uitgenodigd opdat ik dat aan Hieke zou doorbrieven, daar had Maman net al iets te nadrukkelijk op gezinspeeld. Waarom Hieke dit zou moeten weten was me duister, maar Maman was niet te beroerd om hier en daar aan wat touwtjes te trekken, zoveel begreep ik wel.

'Ennis!' zei Maman. 'Doe niet zo lomp, jongen! Zo heb ik je niet opgevoed. Leven jouw ouders nog, Sabine?'

Ik schudde mijn hoofd. 'Ze zijn al meer dan twintig jaar geleden overleden, bij een verkeersongeluk. Een kettingbotsing in de mist.' Dat laatste zei ik er altijd bij, om duidelijk te maken dat mijn ouders geen blaam trof. Ze hadden alleen meer afstand moeten houden.

Maman keek alsof ze verder ging vissen. Om ervanaf te zijn zei ik: 'Geen broers of zussen, ook geen man, geen kinderen. Alleen op de wereld, zogezegd.' Alleen op de wereld. Nou ja, het was waar.

Mijn verhoor werd onderbroken doordat Madeleine de keuken in kwam, een mand aardappelen op haar heup. Ze zag er afgepeigerd uit. 'Als iemand de piepers even jast, kunnen we vanavond tenminste nog eten.'

'Heb je aan de hond gedacht?' vroeg Ennis haar, zonder zich om te draaien.

'Iemand zou dat beest moeten afmaken,' zei Maman. 'Daar voer ik al een hele tijd campagne voor. Maar ja, wie luistert er nog naar mij?'

'Maddie?' zei Ennis. 'Heb je de hond...'

'Nee,' zei Madeleine. 'Maar dat doe ik zo.'

'Levensgevaarlijk kreng,' zei Maman tegen mij.

'Hoe heet hij?' vroeg ik, omdat er iets van me verwacht leek te worden.

Maman zei: 'Daar beginnen we hier niet aan. Zo gauw je een dier een naam geeft, ga je je eraan hechten.'

'Livia heeft de kippen anders allemaal een naam gegeven, hoor,' merkte Madeleine luid op.

'Ja, Lívia!' zeiden Ennis en Maman toegeeflijk in koor.

Madeleine werd vuurrood. 'En de ganzen ook.'

'Als zij dat nou leuk vindt.' Ennis haalde zijn schouders op.

'Zelfs de bijen op het achterste veld noemt ze de familie Zoem en de familie...'

'Laat je zusje toch,' zei haar vader geïrriteerd.

De twee andere wijnglazen stonden nog steeds onaangeroerd op tafel. Zo steels mogelijk zette ik het mijne terug.

'Je gaat er toch nog niet vandoor?' vroeg Maman opmerkzaam.

'Nou en?' zei Madeleine bot, maar haar mond beefde. 'Alsof het hier zo leuk is, met een stelletje invaliden.'

'Madeleine!' zei haar vader waarschuwend.

'Niet dan? Iedereen hier is ziek, zwak of misselijk.'

Ik had nooit verwacht dat ze zo fel van zich af zou durven bijten. Maar ja, vanochtend had ik haar ook al tegen Ennis horen foeteren. Erg scherp waren de rollen in deze familie niet afgebakend, alsof er tussen haakjes achter ieders naam een tweede optie stond vermeld en het alleen een kwestie was van afwachten wanneer je je kans kon grijpen, sterker nog, die kans moest je niet laten lopen.

'Een paar extra handen zouden we hier gezien de omstandigheden goed kunnen gebruiken,' zei Madeleine terwijl ze me strak aankeek.

Ik raakte nog meer de kluts kwijt. Zij was toch degene die het meest gekant was tegen volk van buiten? Maman had vanochtend zelf gezegd dat er nooit bezoek zou komen als het aan Maddie lag. Maar misschien was Maman niet altijd helemaal eerlijk.

'Aan mijn handen mankeer ik toevallig helemaal niets,' zei Ennis. 'Hier met die aardappelen, Madeleine.'

Madeleine zette de mand pal voor mijn neus op tafel, buiten zijn bereik. Het daagde me dat ze me inzette in de krachtmeting met haar vader, die bullebak die het niet eens nodig had gevonden om me behoorlijk te bedanken voor de rit naar het ziekenhuis, het urenlange wachten daar. Ineens wilde ik hem alsnog op z'n knieën zien. Zonder jou, Sabine, had ik het nooit gered.

Ik pakte een aardappel uit de mand, een sponzig exemplaar, vast nog van vorig jaar. Door Madeleine gepoot, bemest, geoogst en toen van de moestuin naar een donkere, koele opslagplaats gebracht zonder dat Ennis daar ooit zijn waardering voor had uitgesproken. 'Geef me maar even een mesje,' zei ik.

Mamans reptielenogen schoten heen en weer tussen haar zoon en haar kleindochter alsof ze zich beraadde welke kant ze moest kiezen. Ze hield haar dunne lippen op elkaar geperst.

'Zeg nou zelf,' zei ik tegen Ennis. 'Jullie kunnen momenteel alle hulp gebruiken die je kunt krijgen.'

Bijna snuivend van triomf overhandigde Madeleine me een aardappelschilmesje en een oude krant. Terwijl ze een pan met water vulde, zei ze: 'Als je het leuk vindt, geef ik je wel een rondleiding door de moestuin. En als je tijd hebt, kun je me morgen misschien met een paar klusjes komen helpen.'

Het klonk heel natuurlijk. Dat meisje kon echt zó de

bühne op. 'Prima,' zei ik, half verwachtend dat ze nu zou voorstellen dat ik in Alicia's kamer kon blijven overnachten. Uitgestreken zouden we ons hele repertoire opnieuw afdraaien en daarmee de eerdere, clandestiene versie van ons samenzijn uitwissen, zodat niemand ons daar ooit meer voor zou kunnen laten boeten.

Ennis gaf een daverende klap op de tafel. Zijn haar viel ervan over zijn voorhoofd, hij veegde het weg alsof hij een zwerm muggen verjoeg. Zijn ogen, die tot dan toe een onbestemde grijsbruine kleur hadden gehad, waren gitzwart geworden. 'Dat gaat niet gebeuren. Dat kun je niet van een vreemde vragen.'

'Ze vindt het prima, zegt ze zelf.' Madeleine zette de pan voor me neer.

Maman zei: 'Een vrouwenhand en een paardentand, jongen. Ik heb dat zelf ook, dat weet je. Sommigen onder ons vinden het nu eenmaal prettig om zich nuttig te kunnen maken als de gelegenheid zich voordoet.'

'En ik heb toevallig tijd,' zei ik, meegesleept door mijn boosaardige verlangen om Ennis in de hoek te drijven.

'Ze heeft toch niets anders te doen. Ze is hier omdat haar man net...' Geschrokken hapte Madeleine naar adem. Ze hoorde niets van me te weten.

Soepel schoot ik haar te hulp. 'Maddie en ik hebben vanmiddag in het ziekenhuis heel wat afgekletst, hè Maddie?'

'Wat is er dan met je man, kind? Ik dacht dat je zojuist zei dat je...' begon Maman nieuwsgierig.

Gelukkig sneed Ennis haar de pas af. 'Sabine, je brengt ons in verlegenheid,' snauwde hij. 'Hoe kunnen we dit nou accepteren?' Woedend begon hij met zijn tanden te knarsen. Die man vrat zichzelf nog liever op dan dat hij genadebrood at.

Stoïcijns schilde ik de slappe aardappel, sneed hem in

vieren en gooide de parten in de pan.

Ergens in het karkas van het huis klonk Livia's stem. 'Hoe laat gaan we eten?' Ze stond waarschijnlijk boven aan de zoldertrap te roepen.

Maman, die eventjes ingedut leek, smakte met haar lippen en riep terug: 'Zo meteen!'

'Ben je niet iets vergeten, Ennis?' vroeg Madeleine die weer bij het aanrecht stond, in een houding die zo overduidelijk sloverig was dat het bijna een provocatie leek. 'Wat heeft Irma laatst nou gezegd? Het is niet de bedoeling dat we Livia helemaal isoleren. Dat is schadelijk voor haar resocialisatie.'

'Precies,' riep Maman uit. 'Daarom, Ennis, zei ik ook tegen je: Neem Sabine straks nog even mee voor een glas wijn, dat is goed voor Livia.'

'We riskeren nogal wat als we tegen Irma's wil ingaan,' zei Madeleine.

Haar vader deed iets wat ik nooit had verwacht. Hij hees zich op zijn krukken overeind en strompelde naar haar toe. 'Ik weet het,' zei hij, terwijl hij een kus op haar voorhoofd drukte. 'Papa weet het.'

20:26

Het regende nog steeds toen ik in mijn auto stapte. Hopelijk was de keuken in het café nog open en had Antie nog een daghap voor me. Ik had in Oldenhage nauwelijks iets van het eten durven opscheppen, er was lang niet genoeg geweest voor vijf personen.

Nu moest ik noodgedwongen in z'n achteruit omhoog het pad op, zonder in de hoge bermen vast te komen zitten. Ik had weinig zicht en voelde de banden steeds slippen.

Soms gleed ik een heel eind weer omlaag, alsof Oldenhage een grote magneet was die me naar zich toe zoog. Ik moest iedere meter bevechten. Door de spanning ademde ik in korte stoten. Gekkenwerk. Morgen zou ik het heel anders aanpakken. Morgen liet ik mijn auto gewoon vóór het hek staan.

Elders, diezelfde avond

'Asjemenou,' zei Hieke hardop tegen zichzelf, nadat haar gast de deur van de woonkamer achter zich had dichtgetrokken om naar bed te gaan. En toen nog een keer 'Asjemenou', tegen de houten ganzen in de vensterbank. De wonderen waren de wereld niet uit, dat wist ze, maar ze maakte er niet vaak zelf eentje mee. Ze dacht: nood breekt wet, dat zal het wel zijn. Een andere verklaring was er niet.

Ze keek op haar horloge. Zou ze haar dochter bellen? Morgenochtend zagen ze elkaar ook, de oppas van de tweeling was nog geveld door haar griep. Oma kon weer aan de bak. Je kinderen gingen ervan uit dat ze altijd een beroep op je konden doen. En gelijk hadden ze. Als ouder bleef je levenslang hulpeloos aan hen overgeleverd.

Haar dochter zei weleens vinnig dat het juist andersom was: dat kinderen geen andere keuze hadden dan van hun ouders te houden. De onvoorwaardelijke liefde en trouw van kinderen, zei ze, was de oorzaak van heel wat wantoestanden achter gesloten voordeuren. Die stellige woorden staken Hieke altijd een beetje, maar dan hield ze zichzelf snel voor dat haar dochter een beroepsdeformatie had. In het maatschappelijk werk was je nu eenmaal getuige van dingen die in normale gezinnen niet voorkwamen.

Natuurlijk moest ze haar bellen, wat zat ze nou te teuten?

'Met mama,' zei ze. 'Moet je horen...'

'Ik stond net op het punt om naar bed te gaan, mam. Morgen weer een lange dag.'

'Ik heb morgen ook weer een lange dag,' zei ze veelbetekenend. 'Maar luister nou even. Mijn gast heeft net nog een paar nachten bijgeboekt.'

Er klonk een onderdrukte zucht. 'Fijn, mam. Zo in je stille periode.'

'Ze blijft wat langer omdat ze in Oldenhage om haar hulp hebben gevraagd.'

Er viel een perplexe stilte.

'Irma? Ik vond dat je dat toch even moest weten.'

'Allemachtig,' zei haar dochter.

Hieke ging er eens goed voor zitten. Het ongeluk van Ennis. En haar gast die – door haar toedoen – tijdens het voorval net ter plekke was met die cake voor Adelheid. Goed bekeken mocht Irma haar moeder wel dankbaar zijn, maar dat zei ze niet hardop. Irma kon heel knorrig uit de hoek komen als zij erop zinspeelde dat ze namens haar in Oldenhage een oogje in het zeil hield. Dat was niet professioneel, of zo. Maar als moeder had je het beste met je kind voor en ook met haar carrière. Het was een gecompliceerde zaak, daar op de boerderij, daar kon Irma wel een beetje hulp bij gebruiken, al zou ze het nooit erkennen. Gezien de lange vriendschap tussen Adelheid en haar eigen moeder was Hieke onverdacht als spion. Het was een ideale situatie, zo natuurlijk als een versgelegd ei.

'Dus nu gaat ze er morgen meteen na het ontbijt weer heen,' zei ze geanimeerd, 'want Ennis mag zijn voet niet belasten en Adelheid is natuurlijk nog geen knip voor de neus waard.'

Het was nog niet eerder gebeurd dat ze Irma relevante informatie had kunnen doorspelen; goede werken vereisten nu eenmaal geduld.

Opnieuw zweeg haar dochter. Misschien zat ze aantekeningen te maken.

'Anders zou alles op Madeleine neerkomen. Ik heb het al eerder tegen je gezegd, Irma, de situatie daar is precair, en nu zie je het zelf. Bij het minste of geringste...'

'Wat voor type is die vrouw? Straks is het nog een journalist.'

'Nee hoor, dat geloof ik niet.'

'Mama, wat heeft dat mens anders in Oldenhage te zoeken? Waarom zou ze zich daar naar binnen wurmen en zich gaan lopen uitsloven voor wildvreemden? Dat is toch niet normaal?'

'Maar het is... Hoelang is het nu al geleden? Ruim twee jaar, toch?'

'Er is nog nooit over geschreven, dat weet je best. In Livia's belang hebben we alles toegedekt gehouden. Tot nu toe, dan. Die vrouw gaat het verhaal van haar leven scoren. Je had die cake zelf naar Adelheid moeten brengen.'

'Nou ja! Ik werd bij jou verwacht om op de tweeling te passen!'

'Morgen ga ik meteen poolshoogte nemen,' zei Irma. 'Dat is toch mijn vaste dag. Ik moet Livia beschermen en het zou meehelpen als mijn eigen moeder de pers niet op haar afstuurde.'

'Doe niet zo zot,' prevelde Hieke, maar haar dochter had al opgehangen. Met een wee gevoel in haar maag kwam ze overeind om alvast de ontbijttafel te dekken. Irma kon zo onhebbelijk doen. Maar ja, als je beroepsmatig alles moest geven, hield je uiteraard weinig ruimte over om ook nog eens aardig te zijn voor je moeder. Die Sabine met haar onverzorgde haar een journalist? Nooit van z'n levensdagen. Dat zou Irma morgen zelf in één oogopslag zien.

Het was alleen maar goed dat er in Oldenhage weer eens iemand over de vloer kwam. Ze had het al zo vaak tegen Irma gezegd: 'Ze zijn daar al veel te lang op zichzelf.' Vanwege Livia, vanzelfsprekend. Alleen zou de wereld van de Gilissens weleens wat minder om Livia mogen draaien. Ze zouden moeten proberen om dat meisje te leren om te leven met wat ze op haar geweten had. Wie oud genoeg was om zo'n daad te begaan, mocht ook oud genoeg worden geacht om de consequenties onder ogen te zien.

Was het eigenlijk niet haar taak om Sabine te vertellen wat voor vlees ze met Livia in de kuip had? Was zij niet net zo verantwoordelijk voor het welzijn van haar gast als Irma dat was voor het belang van haar pupil? Als Sabine in Oldenhage iets overkwam, zou ze het zichzelf nooit vergeven. O, had ze die cake inderdaad maar zelf naar Adelheid gebracht! In dat geval had ze ongetwijfeld ook wat eieren meegekregen, want voor wat hoort wat, en Adelheid was iemand die de boekhouding van gunsten nauwgezet bijhield om anderen niet nodeloos dankbaar te hoeven zijn.

De gedachte dat ze Sabine morgenochtend nu niet eens een ei zou kunnen serveren, gaf bijna de doorslag. Nóg meer gloeiende as op haar hoofd: zo'n slechte gastvrouw was ze nooit eerder geweest. Maar als Irma er lucht van zou krijgen dat zij haar mond voorbij had gepraat waren de rapen gaar, op een onherstelbare manier. Ze zou nooit meer worden opgetrommeld om op de tweeling te passen. Niets anders dan het eindeloos wassen en strijken van lakens en handdoeken zou haar dagen vullen, totdat zelfs dat niet meer nodig was omdat het B&B-bordje op de bungalow allang was verbleekt en zijzelf, in een leunstoel die naar urine rook, dof zat af te wachten totdat haar laatste uur zou slaan.

Ze draaide een versgestreken linnen servet tot een piramide en zette die op Sabines ontbijtbord. Eén ding stond gelukkig vast. Ennis had een uitgesproken smaak, en Sabine was beslist niet zijn type. Dat scheelde vast alles.

10 maart

09:01

Tijd voor koffie was er in Oldenhage niet toen ik er arriveerde. Madeleine nam me direct mee naar buiten. Ze was opvallend praterig. De haveloze bedoening die zich voor mijn ogen ontrolde, was voor haar overduidelijk een bron van trots. 'Moet je die klei voelen,' zei ze terwijl ze in de moestuin een handje grond oppakte, 'nog uit de ijstijd.'

In de bedden stonden wat overgeschoten stronken boerenkool tussen de karige rijen nieuwe aanplant. Toen ik hardop opmerkte dat ik geen van de jonge gewassen herkende, moest Madeleine lachen. 'Ga weg!' zei ze, terwijl ze me een spottend duwtje met haar elleboog gaf. Het was voor het eerst dat ik haar zo vrolijk zag.

Vuilgele kippen stapten op hoge poten rond, pikkend in de modder, of ze zaten onder stapels bemoste dakpannen te schuilen tegen de wind. 'Livia gaat over de kippen,' zei ze. 'Daarom is het zo'n zooitje hier.' Maar het klonk toegeeflijk, vergoelijkend zelfs.

Op het ommuurde terrein stond ook nog de kas waarachter we Ennis gisteren hadden aangetroffen, het glas was beslagen. Er was een kierende houten schuur met een tractor en andere machines en gereedschappen, een met golfplaat betimmerd afdakje dat op een bushalte leek en waaronder de geit sikkeneurig stond te zijn, een scheefgezakt hok voor de houtopslag, een walmende composthoop en, naast de smeedijzeren poort in de muur, een kooi die de geketende hond huisvestte. Zodra het beest ons gewaarwerd, kwam het grommend overeind, zwart van vacht, kort op de poten en met een imposante borstkas. 'Nooit recht in z'n ogen kijken, denk erom,' zei Madeleine.

Ze liep alweer verder. We staken de tuin schuin over, tot waar er in de ommuring een gat was gehakt, als bij een dijkdoorbraak. Een roestig hek gaf toegang tot de achterliggende ganzenwei, althans zo noemde Madeleine het kaalgevreten veld. Het was maar goed dat ik standaard een paar kaplaarzen in mijn auto had liggen, want we stapten door een dikke laag vogeldrek. De ganzen maakten haast nog meer misbaar dan de helse hond, maar ze hielden op met gakken zodra ze Madeleines stem hoorden. 'Zie je die vijver? Die heeft Ennis samen met onze opa gegraven.'

'Heeft je vader zijn geluk nooit elders willen beproeven?'

Verontwaardigd zei ze: 'Hij was hun enige kind! Maman heeft hem vreselijk gemist toen hij op de landbouwhogeschool zat. Ze heeft het er nog over.'

Achter de vijver lag een boomgaard waarvan zelfs ik kon zien dat hij generaties geleden al moest zijn aangeplant. Goudrenetten, peren, kersen, reine-claudes: Madeleine wees ze stuk voor stuk aan, al die bomen die ooit door een Gilissen-telg in de grond waren gezet, verzorgd, gesnoeid, geplukt. Halverwege onderbrak ze zichzelf: 'O, dat moet je straks ook nog zien: mijn voorraden in de bijkeuken. Ik sta me elke zomer de blaren te werken, met al dat fruit.'

'Wat een rijkdom,' zei ik. Het regende alweer, en de kale fruitbomen boden geen enkele beschutting.

Madeleine liep door. 'En dit is Mamans hobby. Bijen. Kom

maar, hoor. Het is nog veel te koud voor ze om te zwermen.'

De bijenkasten op het aangrenzende veld waren ooit in verschillende vrolijke kleuren geschilderd. Misschien wist een bij op die manier bij welk volk hij hoorde. Nu was de verf afgebladderd. Langs de achterste bijenkasten liep een afrastering waaraan een bordje hing: PAS OP, SCHRIKDRAAD.

'Houdt het hier op? Is dat land dáár van iemand anders?' Ik knikte in de richting van een kale akker die zo immens was dat hij tot over de glooiing van de volgende heuvel leek te verdwijnen. Er waren geen voren in geploegd. Het land lag erbij alsof het vergeten was.

Madeleine schudde haar hoofd: 'Vroeger verbouwden we er uien. Daar is mijn betovergrootvader mee begonnen. Hij moest het werk nog met zeven knechten doen. Zeven! Nu huur je één dag een combine, en klaar. Supermooi gewas hoor, uien. En ik mocht altijd met Thieu Erkelens meerijden op de combine.'

Heel langzaam ging me een licht op. Dit was niet altijd een keuterboerderij geweest. Ooit was het een volwaardig landbouwbedrijf. Ooit? Nog niet eens zo lang geleden reed Madeleine met rode wangen van opwinding mee bij de oogst. Toen had de familie blijkbaar nog deel uitgemaakt van de agrarische bedrijvigheid in deze streek. 'Waarom zijn jullie met die uien gestopt?'

Ze haalde haar schouders op. 'Afzetproblemen. Als je je oogst aan de straatstenen niet meer kwijt kunt, houdt het op.'

'En iets anders verbouwen?'

'We kijken het nog even aan. Wat voor werk doe jij eigenlijk?'

Ik wist niet of ze alleen maar van onderwerp wilde veranderen of dat ze echt geïnteresseerd was. Hoe dan ook, haar vraag bood me een welkome kans. Ik haalde mijn telefoon uit mijn kontzak en zocht mijn site op. 'Kijk, ik doe in historisch erfgoed op unieke locaties. Die gebouwen zijn voor de bewoners tegenwoordig bijna allemaal te groot en te duur in onderhoud geworden. Ik zoek dan voor die mensen uit of ze een deel ervan als B&B kunnen exploiteren, zodat ze er toch kunnen blijven wonen. Bij het verbouwen van monumentaal vastgoed heb je te maken met allerlei regelgeving, bijna niet te doen voor particulieren. Maar ik weet de weg, dus ik begeleid het hele traject, inclusief fiscaliteit en mogelijke subsidiëring, en aan het einde van de rit verzorg ik de infrastructuur voor de verhuur, en dan...' Ik realiseerde me dat ik met termen stond te strooien die Madeleine vast niets zeiden. Ze tuurde naar de fraaie foto's op mijn site alsof die geen enkel verband met mijn woorden konden hebben. Toen gaf ze me de telefoon terug. 'Daar moet je toch niet aan denken, vreemde mensen in je badkamer?'

'Nee, het gaat om luxe accommodaties, met gescheiden voorzieningen,' zei ik machteloos.

'Dat je van zoiets je werk kunt maken!' Het klonk ronduit meewarig. Kennelijk kwam het geen tel bij haar op dat Oldenhage geknipt was voor mijn portfolio.

'Nou, gaan we aan de slag?' vroeg ze. 'Als jij de laatste boerenkool snijdt en aan de ganzen geeft, dan ga ik even de kas in voor de tomaten, en dan kunnen we daarna aan de schorseneren beginnen. Met een beetje geluk krijgen we ook de sjalotten nog gepoot.'

10:45

Al na een halve ochtend bukken, buigen en strekken was ik geradbraakt. Ik had mijn hulp wel erg onbezonnen toegezegd omdat ik Ennis wilde zien kronkelen van dankbaarheid. Nou ja, niet alleen dat, ook uit zakelijk oogpunt had het me een mooie binnenkomer geleken om hier even de handen uit de mouwen te steken, al kon ik mezelf onmogelijk wijsmaken dat dat een erg professionele aanpak was. Ik had linea recta ter zake moeten komen. Het leek opeens achterbaks dat ik met Maman en Ennis geen open kaart had gespeeld.

Een bijzonder honkvaste familie, die Gilissens, dat was wel uit Madeleines verhaal gebleken. Ennis' leven had een totaal andere wending kunnen nemen als hij na zijn studietijd niet naar Oldenhage was teruggekeerd. Zijn plichtsgetrouwheid strookte met de rechtlijnigheid die ik in zijn karakter vermoedde, maar het had ook iets tragisch. Misschien had Maman hem als stamhouder domweg geen keuze gelaten. Maar later had zijn huwelijk dus ook niets aan de situatie veranderd. Kennelijk had zijn vrouw het hier naar haar zin gehad. Zo'n blakend, aards karnemelksepaptype met stro in haar haren en een korenbloem achter haar oor. Was Ennis een man die zich door de vrouwen in zijn leven de wet liet voorschrijven? Dat zou je op het eerste gezicht niet denken, maar iedereen heeft nu eenmaal diepere gronden. Zeker stuurse, zwijgzame mannen.

Terwijl ik met mijn vuisten in mijn lendenen gedrukt pauzeerde, bleef Madeleine onvermoeibaar richels in de moestuin maken, haar tengere rug over de bedden gebogen. Je zou het niet verwachten van zo'n fragiele jonge vrouw, maar ze was werkelijk zo sterk als een paard.

Ik probeerde mijn schouders los te rollen. De spieren in mijn bovenarmen brandden. 'Ik ga even naar de wc,' zei ik.

Binnen leek de deel verlaten, maar in het passeren zag ik dat Livia roerloos op het trappetje naar Alicia's opkamer zat. Ze hield haar ogen gesloten. Als ze geen sjaal met kleurige kwastjes had gedragen, had ik haar niet eens opgemerkt.

'Hé, Livia,' zei ik. 'Wat ben je aan het doen?'

Traag sloeg ze haar ogen op. 'Ik zit te wachten totdat Ennis mijn huiswerk heeft nagekeken,' fluisterde ze.

'Oef, spannend.' Ik ging naast haar zitten.

Net als op de avond van onze eerste ontmoeting kwam ze een beetje tegen me aan hangen. Haar kruin raakte mijn schouder; ik kon ruiken dat ze haar haar nodig moest wassen. In mijn toilettas die bij Hieke in de B&B lag, zaten allerlei miniflaconnetjes met shampoo en badschuim die ik me her en der op locatie had toegeëigend. Misschien zou Livia die kleine flesjes grappig vinden. Wat kon Madeleine toch hebben bedoeld toen ze zei dat haar zusje tegen de buitenwereld beschermd moest worden? Wie, in hemelsnaam, zou dit meisje kwaad willen doen? Ze was juist iemand over wie je je graag wilde ontfermen. Ze riep dat verlangen automatisch op, net als een schriel, uit het nest gevallen vogeltje. Alles wat op eigen kracht nog niet ver kan komen, is zo vertederend.

'Het komt wel goed,' mompelde ik.

'Nou,' zei ze dubieus, 'geschiedenis is niet mijn beste vak, hoor.'

Uit de keuken kwam het aroma van koffie. Ik stelde me voor hoe Ennis achter een dampende mok aan de keukentafel zat en rode strepen in Livia's schrift zette. Of zou hij haar fouten juist door de vingers zien?

De koffiegeur maakte me ongedurig. Ik ging verzitten, waarbij het hout van de traptrede kraakte. In een opwelling vroeg ik: 'Wie was Alicia eigenlijk?'

'Een slet,' zei Livia.

'Wat zeg je?'

'Echt waar. Vraag maar aan Maman. Ze deed het met iedereen in het dorp.'

Van opzij nam ik haar op. Er lag een volmaakt vredige uitdrukking op haar kinderlijke gezicht. Ze wist misschien niet eens precies waar ze het over had.

'Hoe was ze hier bij jullie terechtgekomen?'

'Ennis en Maman dachten dat het een goed idee was om iemand in huis te hebben voor het schoonmaken en zo. En zij zocht woonruimte. Ze kwam uit de Randstad.' Dat laatste woord sprak Livia uit alsof algemeen erkend was dat er op aarde geen grotere poel van verderf bestond. 'Ze snapte niet hoe de dingen hier gaan.'

'En toen?'

'O, ze is hier maar kort geweest, hoor. Een half jaar of zo. Maman werd gek van haar, ze kon haar niet om zich heen verdragen. Dus het was maar goed dat ze al snel weer vertrok.'

'Wacht even,' zei ik. 'Vertrok?'

Livia giechelde achter haar hand. 'Ja, op een ochtend was ze gewoon verdwenen. Poef, weg.'

De deur van de serre rinkelde. Met driftige stappen kwam Madeleine op ons af. 'Wat zitten jullie hier nou te zitten?' zei ze, terwijl ze haar handen in haar zij zette. Nee, dankbaarheid zat niet in de familie.

'Ik kom eraan,' zei ik.

Ze wendde zich tot haar zusje. 'En jij? Je hebt vanochtend nog niet eens eieren geraapt.' Haar stem schoot uit van verontwaardiging.

'Meisjes!' riep Ennis vanuit de keuken. 'Zijn jullie daar? De koffie staat klaar.'

'Hoei hoei!' riep Livia terug. Ze was al bezig op te staan, haar knieën een beetje knikkend, alsof ze moeite had haar evenwicht te bewaren.

'Nou dat weer,' zei Madeleine met een zucht. 'Dat gaat ons een half uur kosten.'

11:15

Op tafel stonden vijf mokken koffie, met ernaast een grote stapel sneden brood. Amicaal zei Ennis tegen me: 'Van werken in de buitenlucht krijg je honger, hè?'

'Zeker,' zei ik neutraal. Hij mocht nog wel iets meer zijn best doen.

'Vandaag hebben we er boter op!' stelde Livia verheugd vast.

Gegeneerd keek ik naar de resten zwarte klei uit de ijstijd onder mijn nagels. Ik had eraan moeten denken om een paar boterhammen van Hiekes royale ontbijt in mijn tas te steken, zodat ik niemand hier tot last zou zijn. Maar dan had ik die vast onnadenkend met ham of kaas belegd en had ik daarmee nu de hele familie de ogen uitgestoken.

'Vergeten we niet iets?' vroeg Livia.

Zodra we het ritueel van roepen en bonken hadden afgewerkt, viel iedereen op het brood aan. Het was nog warm, het smolt in mijn mond. 'Wat ontzettend lekker,' zei ik.

Het was kennelijk net zo'n overdreven compliment als mijn opmerking over de wijn in het dorpscafé, want niemand ging erop in. Tersluiks keek ik naar Maman, die liggend op de bank onder het raam met beide handen beverig een stuk brood naar haar mond bracht. Ze zag er oud en ziek uit. Vermoedelijk was het Ennis geweest die vanochtend vroeg op haar aanwijzingen het deeg had gekneed en in de oven geschoven, en niet zijn moeder, die Alicia's overlijdensbericht uit Stines plakboek had ondertekend.

Misschien had ik Livia daarnet niet goed begrepen.

'En wat hebben we vandaag tot dusverre geleerd?' vroeg Ennis aan zijn dochters op een toon die verried dat die vraag bij het dagelijkse elfuurtje hoorde. Hij deed zijn best om de boel hier bij elkaar te houden, dat moest ik hem nageven.

'Dat ik een negen voor geschiedenis heb gekregen,' zei Livia vol verwachting.

'Dat is een gok en geen feit, laat staan een leermoment,' zei Ennis. 'En jij, Maddie?'

'Dat Sabine heel gek werk doet. Laat die foto's op je telefoon nog eens zien?'

Oké, dan. Nu of nooit. Ik begon het hele verhaal weer af te draaien, met zorg mijn woorden kiezend omdat ik niet wilde overkomen als een sprekende verkoopbrochure.

'Interessant,' zei Maman, terwijl ze me vanaf de bank als een boa constrictor aanstaarde.

Droogjes zei Ennis: 'Misschien kom je hier in de buurt nog iets interessants tegen voor je... portefeuille, of hoe noem je dat?'

Ik wist zeker dat hij en Maman dwars door me heen keken. Dus daarom is ze zo vriendelijk en behulpzaam, die vreemdeling. Daarom slooft ze zich zo voor ons uit: ze aast op Oldenhage. Blijf af van andermans huis en haard, net zoals je dat hoort te doen bij andervrouws man.

'Als ik het goed begrijp,' hernam Ennis, 'dan ben jij voor de eigenaren van dat soort panden dus een reddende engel?'

'Ja,' beaamde Maman, direct weer helemaal in het fluweel. 'Dat zeg je helemaal goed, Ennis.'

Knappe Ennis. Al z'n hele leven door Maman aangemoedigd. Dik vijftig, en nog nooit op eigen benen gestaan. De geur die van die twee opsteeg had ik al honderden keren geroken. Soms stuitte je bij een bezichtiging zelfs nog op een overgrootmoeder die vanuit een bedstee alles met ijzeren hand bestierde. Als ik het aan mijn vriendinnen vertelde, dachten ze dat ik maar wat verzon. Zelf woonden ze in glazen appartementen en kenden ze hun eigen buren niet eens. 's Avonds keken ze naar de lichtjes van de stad, terwijl ze keer op keer hongerig hun WhatsApp checkten.

'Een huis is zoveel meer dan vier muren en een dak,' begon ik. Toen wist ik niet hoe ik verder zou gaan. Er was een ontheemd gevoel over me gekomen. Ik moest iets overredends verzinnen zodat ik weer onbezwaard aan deze tafel kon zitten, als onderdeel van het tableau, als iemand over wie de anderen toegeeflijk zouden denken: o ja, Sabine is er ook nog.

'Mag ik er nog een?' vroeg Livia, begerig naar het brood kijkend.

'Ja, hartje,' zei Ennis.

'Nee, Lili,' zei Madeleine. 'Ik zei het net al tegen je. Eerst eieren rapen!'

Ik verwachtte dat de volwassenen Madeleines gecommandeer ogenblikkelijk ongedaan zouden maken. Dat gebeurde niet. Maman had haar enorme oogleden alweer laten zakken, Ennis keek humeurig naar de koffiepot.

Livia was op haar slofjes de keuken nog niet uit of Madeleine kwam pardoes ter zake. 'Kun jij dat stuk land niet voor ons verkopen, Sabine? Die oude uienakker waarin je vanochtend zo geïnteresseerd was?'

Ik kreeg niet eens de tijd om van verbazing met mijn ogen te knipperen.

'Geen sprake van,' zei Maman, overeind schietend alsof ze door een spiraal in de zitting van de bank omhoog werd gekatapulteerd.

Ennis had zijn dochter bij haar bovenarm gegrepen. 'Waar bemoei je je mee? Dat land is van je grootmoeder. Zij heeft het van je opa geërfd! Hoe durf je!'

Met opgetrokken bovenlip rukte Madeleine zich los. 'Het ligt al meer dan twee jaar braak.'

'Je weet waarom,' zei Maman.

'Ja, omdat niemand meer zaken met ons wil doen. Omdat ze ons allemaal met de nek aankijken.'

'Reden te meer om ons niet met ze in te laten. Waarom zouden we ons land aan dat tuig verkopen?'

'We hebben het geld nodig,' zei Madeleine koppig. 'We hebben nooit meer ergens geld voor sinds...'

'Dat geteisem krijgt nog geen vierkante meter. Ze horen zich allemaal de ogen uit de kop te schamen.'

'Maar misschien kan Sabine er een koper van elders voor vinden. Iemand die ons niet kent en die...'

'Dat kan Sabine vast wel,' onderbrak Ennis op gevaarlijk zachte toon. 'En dan krijgen we naast de deur een vakantiepark met boerderettes.'

'Als dat volk daar gaat zitten barbecueën, hou ik geen bij meer over,' snauwde Maman. 'Waar zit je verstand, Madeleine Gilissen? O, wacht eens even, wil je ons huis soms ook maar meteen in de verkoop gooien? Luister goed, kind. Ik laat me niet van onze grond verjagen omdat een stel zwakzinnigen in dit dorp ons het liefst kwijt wil. De betovergrootmoeder van je opa is hier geboren! Toen ik met je opa trouwde, was hij de laatste Gilissen! Hij huilde van dankbaarheid toen Ennis werd geboren! Ik heb de lijn voortgezet. Dankzij mij heet jij Gilissen. Besef ten minste wat dat betekent en gedraag je daarnaar!'

Witjes mompelde Madeleine: 'Ik wilde alleen maar helpen.'

Ik dacht: het arme kind vecht voor een beter leven. Maar ik kon me onmogelijk in het gesprek mengen. Als Ennis en Maman het idee kregen dat ik dit met Madeleine had voorgekookt, was ik nog niet jarig. Het was niet fair van me, maar ik nam het haar kwalijk dat ze dit onderwerp had aangesneden. Meteen merkte ik hoe natuurlijk het voelde om Madeleine iets kwalijk te nemen. Vraag me niet waarom, maar sloverige types zoals zij wekken dat gevoel vanzelf op. Ze lijken iets op hun geweten te hebben, het maakt niet eens uit wat, het is in elk geval voldoende om je te laten vermoeden dat je beschuldigingen altijd wel ergens hout zullen snijden.

Abrupt kwam het gesprek tot een einde doordat er buiten een heidens kabaal uitbrak, een mengsel van panisch gekrijs, gekef, gekakel, gegil.

'De hond is los!' ademde Madeleine. Ze sprong zo snel op dat haar stoel omviel.

Ook Ennis stond al en wist zich met een paar machtige zwiepen van zijn krukken nog vóór haar de keuken uit te werken. Zelfs Maman dribbelde ervandoor, beide handen tegen haar middenrif geklemd.

Even weigerde mijn lichaam dienst. Eerst dat ongeluk van Ennis en nu blijkbaar weer nieuw onheil: vanaf het moment dat ik in Oldenhage een voet over de drempel had gezet, was het hier misgegaan. Weet je wat jouw probleem is, Sabine? Je maakt je eigen aandeel in de gebeurtenissen altijd veel te groot.

Toen lukte het me om, met stramme benen van angst, achter de anderen aan te gaan.

In de tuin vloog de hond als een furie achter klapwiekende, krijsende kippen aan, veren vlokten in het rond, in de gauwigheid was niet te zien hoeveel kadavers er al lagen. De muil van de hond droop van het bloed. Een kip waarvan de kop was afgebeten, rende op stuiptrekkende poten nog een paar passen door de modder alvorens om te vallen. De hond zwenkte, als een projectiel geleid door duistere machten, telkens precies op het juiste moment van links naar rechts om zijn volgende prooi te grijpen, waarbij hij met alle vier zijn poten van de grond loskwam. De ketting waarmee hij had vastgezeten, slingerde achter hem aan.

'Roep hem!' schreeuwde Ennis naar Madeleine. Ze waren het bloedbad op nog geen vijf meter afstand genaderd, ze bevonden zich vlak bij het groentenbed waaruit ik 's ochtends de laatste boerenkool had gesneden. 'Roep hem!'

'Livia!' kermde Maman. 'Livialief! Livia?' Ze hield Ennis bij de achterkant van zijn broekriem vast terwijl ze verwilderd om zich heen keek. Automatisch greep ik de oude dame beet om haar te ondersteunen. Of om zelf houvast te hebben.

De hond ging zo op in zijn moordlust dat hij ons niet eens opmerkte. De primitieve geur van angst en dood en bloed en stront was overweldigend, het tumult oorverdovend. Madeleines schrille stem kwam er bij lange na niet bovenuit. 'Hier! Hier! Hier komen, jij!'

Toch vertraagde het ondier. Er trok een siddering door het lijf dat bijna breder was dan lang. De nekharen kwamen als een borstel overeind, de drijfnatte rugharen volgden, de oren gingen plat.

'Hierrr!'

In een flits wendde het beest zich naar ons, sneller dan voor het oog waarneembaar, als in een film waarin een beeldje ontbreekt. Hijgend, enigszins door de voorpoten gezakt, nam het ons met troebele ogen op. Toen zette het zich met rinkelende ketting af. Zijn razernij gaf het monster zoveel vaart dat het even leek of hij over ons heen zou vliegen, en we alleen maar te vrezen hadden dat de ketting ons in het gezicht zou slaan. In een reflex trok ik mijn hoofd tussen mijn armen, maar ik zag nog net dat Ennis een van zijn krukken als een speer in stelling bracht.

Er klonk een krakende, bijna splijtende klap. Het volgende moment lag de hond versuft aan onze voeten. Meteen probeerde hij zich weer op te richten, grommend en kwijlend.

'Au, godverdomme.' Terwijl Ennis op zijn gebroken voet ging staan, smeet hij Madeleine de kruk toe. 'Sla hem lens. Sla hem helemaal lens!'

Madeleine hief haar schriele armen. 'Nou, tabee, dan,' zei ze met iets wonderlijk teders in haar stem. Toen liet ze haar vaders kruk met een dreun neerkomen op de schedel van de hond.

Al leek hij nu buiten westen, zijn verschrikkelijke borstkas bewoog nog steeds. Hoe krijg je iets of iemand ooit dood als levenskracht zoiets onverwoestbaars is?

'Sleep hem naar z'n hok, voordat-ie bij z'n positieven komt,' beval Ennis.

De kippen gingen nog steeds tekeer als het Laatste Oordeel. Ze waren in de resten van hun broeders en zusters gaan pikken. Behalve bloed, veren en aangevreten ingewanden lag er overal struif, en her en der lagen de kapotte schalen van de eieren die Livia had moeten rapen.

'Livia!' riep ik.

'Dat zeg ik,' jammerde Maman. 'Dat zeg ik al de hele tijd!'

Geïrriteerd zei Ennis: 'Livia heeft zich heus wel tijdig uit de voeten gemaakt, daar is ze heel goed in. Schiet op met die hond. Madeleine. Sabine.'

Madeleine pakte de hond kordaat bij zijn achterpoten en kwakte hem op z'n rug. Met een rilling van afgrijzen nam ik een van de poten van haar over. De pels was glibberig van bloed en modder, en daaronder voelde ik spieren als scheepskabels. Er was in het hele lichaam niets wat meegaf, zelfs bewusteloos bood het beest nog weerstand.

'Ik ben hier!' riep Livia. 'Ik ben hier, hoor.'

Ze zat op haar knieën in de hondenkooi die tegen de tuinmuur was gebouwd, haar vuisten om de spijlen geklemd, haar ogen opengesperd. 'Slim van mij, hè?' Ze beefde van top tot teen.

'O, jij rekel!' zei Maman. 'En dan te bedenken hoeveel zorgen ik me altijd om je maak. Ik lijk wel gek.'

Ennis begon met een opgeschroefd geluid te lachen.

'Kom er nou maar uit, dan kan hij er weer in,' zei Madeleine nuchter.

'De ring in de muur, je weet wel, waar zijn ketting aan vastzat, die is helemaal doorgeroest,' zei Livia, terwijl ze naar buiten kroop. 'Daardoor is hij ontsnapt. Hij stoof zó langs me heen.' Toen ze zich oprichtte en het slachtveld ontwaarde, betrok ze. 'O,' zei ze alleen maar.

Uit alle macht duwden Madeleine en ik het beest terug zijn hok in. Er steeg een doordringende lucht van schimmel en urine op uit het stro. 'Verdomd, ja,' zei Madeleine, terwijl ze een ontwricht stuk ijzer bestudeerde dat in de tuinmuur was vastgeschroefd. Na een moment voegde ze er verslagen aan toe: 'Alles vergaat hier, zie je wel? Alles en alles en alles.'

'Het had veel erger kunnen aflopen,' zei ik dom. Ik voelde na het aanraken van het monster een haast perverse aandrang om aan mijn vingers te ruiken. De geur van iets barbaars is misschien wel even verleidelijk als afstotend. Snel kroop ik de kooi uit en deed mijn handen achter mijn rug.

Op het erf was Livia bezig de gevallenen te identificeren. 'Annie van Truus,' mompelde ze, 'Alfred Jodocus, nee, Willem de Zwijger. Suus. Mathilde. Goudlokje, misschien. Ach, ach.' Met een ouwelijk gebaar trok ze haar sjaal met de vrolijke kwastjes wat vaster om zich heen.

Maman, die op een stapel groentenkratten was gaan zitten, constateerde met hese stem: 'Dat wordt een hoop kippensoep de komende tijd.'

'En kluifjes,' zei Ennis. Hij hield zijn blik op Madeleine gevestigd, die bezig was de kooi af te sluiten.

Livia's ogen begonnen te schitteren. 'Maddie, kom gauw, we moeten kippen plukken!'

Voor een stedeling zoals ik is het altijd weer een schok om te merken hoe praktisch mensen op het platteland denken. Hoe weinig sentimenteel ze uiteindelijk zijn. Die luxe kunnen ze zich eenvoudigweg niet permitteren.

15:30

De meisjes en ik brachten de dode kippen naar de serre. We haalden een paar emmers heet water om ze daar vóór het plukken in onder te dompelen en gingen toen, met een stuk zeildoek over onze knieën, aan het werk. Ik probeerde de meest aangevreten exemplaren te vermijden, maar ze waren allemaal gehavend.

Na een tijdje zei Madeleine stug: 'Dat doe je best handig.'

'Sommige dingen verleer je niet. Ik heb vroeger ooit een vakantiebaantje bij een poelier gehad.'

Livia keek vol belangstelling op. 'Maar stel nou dat je bent vergeten dat je iets hebt geleerd?'

'Dan zit de herinnering nog altijd ergens in je lichaam opgeslagen. Je geheugen werkt op allerlei verschillende manieren, dus je raakt iets niet gauw blijvend kwijt. Er zijn mensen die zich onder hypnose opeens van alles herinneren terwijl ze zouden hebben kunnen zweren...' Te laat besefte ik dat ik me op gevaarlijk terrein had begeven.

'Onzin,' merkte Madeleine op. 'Vergeten is vergeten. Weg is weg, Lili.'

'Ja, dat dacht ik ook,' zei Livia. 'Anders zou ik het toch merken?'

'Nou en of,' zei Madeleine.

'Dieren hebben dat ook, hoor,' zei Livia tegen mij. 'Die zijn alles meteen vergeten. De hond weet nu al echt niet meer dat hij...'

'Luister,' zei Madeleine, 'de hond moet worden afgemaakt. Nu hij bloed heeft geproefd, is hij levensgevaarlijk.'

'Jemig,' zei Livia. Ze gooide een geplukte kip in de plastic krat aan onze voeten. 'Krijgt Maman toch weer haar zin. Nemen we een nieuwe?'

'Eerst zien hoe we deze kwijtraken.'

'Wat is Maman trouwens aan het doen?'

'Die zit op Irma te wachten. Het is vandaag Irma-dag.'

'Blèh!' zei Livia hartgrondig. Toen schreeuwde ze: 'Ennis! Waar ben je? Maddie zegt dat de hond moet worden ingeslapen!' Dat moest ze uit een of ander televisieprogramma hebben opgepikt.

Ennis kwam uit de keuken op één kruk aangehinkt. In zijn vrije hand hield hij een emaillen schotel. 'Ik was er al mee bezig. Hier, Maddie, geef hem dit maar.'

'Is het gif?' vroeg ik.

'En dan handen wassen, jullie allebei. Irma kan ieder moment arriveren. Sabine doet de kippen verder wel.'

Anderhalf uur geleden was ik nog zowat in ongenade gevallen, en nu kwam ik opeens goed van pas. Toch was ik gevleid. Sabine doet de kippen verder wel.

Vastberaden boog ik me over mijn werk. Zonder het geklets van de meisjes hoorde ik de regen opnieuw monotoon op het serredak vallen. Daar, buiten, was iets wat de gewone wereld heette, met z'n vaste wetmatigheden. Hier, binnen, leek een soort betovering te hangen, alsof alles stilstond, allang vaststond, ondanks de enerverende gebeurtenissen van de afgelopen dagen.

Had Alicia dat ook ervaren, toen ze hier woonde?

Blijkbaar nogal een feestbeest, die Alicia. In de korte tijd dat ze onder dit dak verbleef had zij, als Livia tenminste gelijk had, het dorp kennelijk goed op stelten gezet. Misschien was ze uit pure verveling met 'iedereen' naar bed geweest.

Ik dacht: ze heeft het ook gedaan met die man met die planeten op zijn wang, Marcel. Daarom heeft zijn vrouw zelfmoord gepleegd. Jaloezie drijft mensen tot waanzin. Het is zo'n ondraaglijk mengsel van schaamte en razernij. Dat hoefde niemand mij uit te leggen.

Dus Alicia was 'de andere vrouw' geweest, dat vreselijke wezen dat je in één klap zou willen vermorzelen. Zo'n bambi die louter voor haar eigen plezier leefde, zonder zich te bekommeren om de gevolgen die dat voor anderen had.

Niet zo handig in een kleine gemeenschap, waar de mensen elkaar allemaal kennen. Daalt er niet een soort communale schaamte neer als al je bedpartners beseffen dat hun buren, zwagers, neven en broers óók tussen jouw benen hebben gelegen? En zullen de rijen zich dan niet vanzelf tegen je sluiten?

Ik liet een halfgeplukte kip in mijn schoot zakken. Onwillig bedacht ik dat te veel seks heel gevaarlijk kan zijn voor een vrouw. Het luistert allemaal nauw. Want je bent net zo verdacht wanneer je in de bloei van je leven als seksuele partner wordt afgedankt. Dat is even stigmatiserend.

16:57

'We zijn weer door Irma's wekelijkse keuring gekomen,' zei Madeleine cynisch toen ze de serre binnenkwam. 'En jij bent ondertussen lekker opgeschoten, zeg.'

Livia zei: 'Ik vind Irma stom.'

'Pak een bezem en ruim die zwijnenstal hier op. Dan gaan Sabine en ik in de keuken verder.' Ze tilde de krat met geplukte kippen op en was alweer verdwenen.

'Maddie heeft altijd haast,' zei Livia. Met een verloren uitdrukking op haar gezicht frunnikte ze aan haar sjaal.

'Waarom vind je Irma stom?' vroeg ik.

Livia kneep haar ogen samen. 'Ze denkt dat ze in mijn hoofd kan kijken.' Toen draaide ze zich om en stampte de serre uit.

In de keuken lag Maman onder haar plaid op de bank. Bij de gootsteen hield Madeleine een opengesneden kip onder de kraan terwijl ze hem in één handomdraai van zijn ingewanden ontdeed. Ennis was er niet.

Ik had geen idee hoelang het bezoek van die Irma had geduurd, laat staan wat er was besproken. De uitbraak van de hond was vast verzwegen, dat leek me niet iets om mee te koop te lopen tegenover iemand die blijkbaar Livia's voogd of toezichthouder was. Het moest vervelend zijn om zo op de vingers te worden gekeken, maar blijkbaar had de familie geen andere keuze.

'Hopelijk ben je hier net zo goed in als in plukken,' zei Madeleine terwijl ze me een mes aanreikte.

'Slavendrijver,' zei Maman vanonder haar plaid.

'Ik doe het graag,' zei ik.

'Het zijn mijn zaken niet,' zei Maman, omhoogkomend, 'maar vreemd vind ik het wel.'

Dat was het zeker. Voor mijzelf was het ook even een raadsel wat ik hier nog bij deze mensen deed, tussen al die dode kippen, met een rug die stijf was van het werk in de moestuin, met rauwe handpalmen en een drijfnatte spijkerbroek waar ik de bloedvlekken vast nooit meer uit kreeg.

'Irma was bang dat jij voor een krant werkte. Gelukkig konden we haar uitleggen dat je een professionele huizenjager bent,' zei Maman venijnig.

'Wat raar,' zei ik vlug. 'Waarom zou iemand denken dat ik journalist ben?'

'Vanwege Livia.'

'Maman!' waarschuwde Madeleine.

'Ach kind, ze komt het toch wel te weten. Onze trouwe weldoenster Hieke houdt haar mond heus niet. Die onnozele hals, die denkt dat ik niet in de gaten heb waarom ze hier om de haverklap op de stoep staat. Ik kan die zoetsappige tronie van haar niet meer zien. Enfin, Sabine, ik kan het je beter zelf vertellen dan dat zij het je influistert. Livia heeft twee jaar geleden een dodelijk ongeval veroorzaakt.'

Mijn knieën knikten even. Verzon ze dit ter plekke om me te verstaan te geven dat er met de Gilissens niet te spotten viel?

'We hadden een hulp in huis gehaald omdat ik het zware werk niet langer aankon.' Maman zweeg een moment. 'Op een avond lag ze dood onder aan de zoldertrap.'

Vragend keek ik naar Madeleine, in de verwachting dat ze zou zeggen: 'Het was een ongeluk.' Maar ze stond met haar rug naar me toe een kip af te spoelen alsof ze zich door maar verder te gaan met haar werk, kon distantiëren van wat haar grootmoeder me vertelde.

'Volgens de lijkschouwer moest ze geduwd zijn. Ze had verse blauwe plekken op haar borst en aan haar beide armen iets wat hij een afweerverwonding noemde. En nou ja, Livia had er nooit een geheim van gemaakt dat ze Alicia niet kon luchten of zien. Alicia, zo heette ze. Livia ging in die tijd natuurlijk nog gewoon naar school, en ze is altijd nogal een kletser geweest. Ze was net elf. Maar goed, haar leeftijd was een geluk bij een ongeluk, want als ze ouder was geweest, hadden ze haar in hechtenis genomen. Dan was ze veroordeeld en voor god weet hoelang opgesloten.'

De oude vrouw was geëmotioneerder dan ze wilde laten blijken: ik zag haar handen in de plaid klauwen. 'We mochten haar thuishouden, al is ze wel onder toezicht gesteld. We worden op de voet gevolgd, want het kind is en blijft natuurlijk een gevaar voor de samenleving.' Ze hijgde van verontwaardiging. 'Gelukkig kan Livia het zich allemaal niet meer herinneren. De menselijke geest is soms heel barmhartig. In haar beleving is die meid, onze hulp, er op een dag gewoon vandoor gegaan. Voor Livia's eigen bestwil laten we dat zo.'

Achter ons kraakte Madeleine de volgende kip open.

'Die imbeciel van een maatschappelijk werkster met wie we opgescheept zitten, vindt dat we Livia's geheugen moeten reactiveren. Daar zien wij het nut niet van in. Wat ons betreft herinnert Livia zich nooit meer iets van het voorval. Wie zou daar wijzer van worden?' Met opgeheven kin keek ze me uitdagend aan. 'Wat sta je me nou aan te staren?'

'Ik weet niet wat ik moet zeggen,' stamelde ik.

'En je weet blijkbaar ook niet dat je op mijn vloer druipt, mens. Je bent helemaal doorweekt van het plukken. Maddie, neem haar mee naar Ennis' kamer en kijk of daar een broek ligt die haar past.'

Madeleine hield haar handen onder de kraan en droogde ze daarna zorgvuldig af. Zonder me aan te kijken gebaarde ze dat ik met haar mee moest gaan. We waren de keuken nog niet uit of ze siste: 'Denk maar niet dat je nu iets te weten bent gekomen wat niemand weet. Het hele dorp is op de hoogte, hoor. Het was meteen bekend.'

'Wat afschuwelijk,' zei ik lam. Het feit dat iedereen behalve Livia zelf de waarheid kende, ging mijn verstand te boven.

'De kinderen uit haar klas hebben hier voor de deur staan roepen. Livia moordenaar. De politie moest erbij komen. Nou, dat maakte ons niet populairder. Gelukkig heeft ze het zelf allemaal verdrongen.'

Ik moest bijna rennen om Madeleine bij te houden, zo vloog ze de deel over, de gang in, de trap op. Omdat ik niet wist waar Livia uithing, dempte ik mijn stem. 'Maar stelt ze dan nooit vragen over waarom ze niet naar school mag en waarom die Irma hier iedere week komt?'

Over haar schouder wierp Madeleine me een woedende blik toe. 'We hebben haar uitgelegd dat ze een ziekte aan haar geheugen heeft, dat is de waarheid, en dat we daarom samen met Irma voor haar zorgen. Het gaat om haar gevoel van veiligheid, en ze snapt donders goed dat je beter thuis kunt zijn wanneer je dingen zou kunnen doen die je je later niet herinnert.'

'Is het huisarrest, wat ze heeft? Heet dat niet zo?'

Nu stond Madeleine stil. Haar ogen blonken geel op, als die van de geit die haar vader een trap had gegeven. 'Wat dacht je dan? Dat wíj haar hier gevangen willen houden?'

Ik zag mezelf weer samen met Livia naar de zolder klauteren. Die smalle, steile trap. Een elfjarige wist best wat er gebeurde als je iemand op die trap een harde duw gaf. Was Livia soms bang geweest dat Alicia haar charmes ook op Ennis zou loslaten? Zij en haar zus hadden een band met hun vader die kinderen uit twee-oudergezinnen doorgaans niet hebben. Daar kun je geen concurrentie bij gebruiken. Had ze gehandeld uit jaloezie, die vreselijke duivel die je van je verstand berooft zodra hij zijn drietandige vork in je hart steekt?

Hoe dan ook, aandoenlijke Livia, het schriele vogeltje dat mij zo gemakkelijk voor zich had gewonnen, had Alicia's dood op haar geweten. Ze was helemaal niet het weerloze kind dat ik in haar had gezien, om vage redenen beperkt tot een bestaan tussen vier muren. Of ze haar daad nou expres, per ongeluk of per ongeluk expres had begaan, ze had hem begaan. Bij nader inzien draaide dat de rollen in dit huis finaal om. Want door Livia's huisarrest of hoe het formeel ook heette, waren haar zusje, haar vader en haar grootmoeder tot haar veroordeeld, en zaten zij met haar in Oldenhage opgesloten, van alles en iedereen afgezonderd. Zij was, alles welbeschouwd, hún cipier.

17:30

Ennis' slaapkamer was een ruim, maar spartaans ingericht vertrek. Misschien was dit van jongs af aan al zijn kamer geweest en had hij hier vroeger met blokken en brandweerwagens gespeeld totdat Maman binnenkwam om hem in bed te stoppen. Er stond nu een tweepersoonsbed, wat erop wees dat hij hier de nachten met zijn vrouw moest hebben doorgebracht, toen zij nog leefde. Daarna had hij blijkbaar schoon schip gemaakt, want ik zag verder niets wat aan haar bestaan herinnerde. Het maakte op de een of andere manier pijnlijk voelbaar dat zijn huwelijk maar een korte episode in zijn leven had beslagen.

Zou het geen gelukkige relatie zijn geweest? Het leeftijdsverschil tussen de zusjes kon duiden op een periode van verwijdering. Misschien was zijn vrouw helemaal niet iemand met een korenbloem achter haar oor geweest en had ze in Oldenhage zitten wegkwijnen, aan het einde van die vrijwel onbegaanbare weg, onder al die bomen die het daglicht tegenhielden, en met Maman als schoonmoeder. Kon je van opgekropte frustratie een aneurysma krijgen?

Aan die toegangsweg zou ik in de nabije toekomst trouwens niets veranderen. Hij vormde het perfecte decor voor een romantisch weekendje uit. Er zou alleen wel een parkeerplaats moeten komen. Mamans braakliggende uienakker kon een optie zijn.

Maar mijn zakelijke gretigheid was niet meer zo groot. Er was in dit huis wel erg veel aan de hand. Nou ja, ieder stuk monumentaal erfgoed heeft z'n geschiedenis. Familievetes, een trapgat waar ooit een zelfmoordenaar aan zijn strop bungelde, een bezwangerde dienstmeid die haar baby in de waterput op het erf had gegooid, bloederig uitgevochten kwesties met pachtboeren, verdwenen juwelenkistjes, hou op. Misschien was dat zelfs wel de voornaamste reden waarom ik zo van oude huizen hield: ze zijn bewoond geweest door generaties en generaties die er ook maar op los modderden. Maar waar wij mensen twijfelen of zwak zijn, daar blijven de muren van onze huizen onverstoorbaar overeind; ze omhullen ons, omhelzen ons.

Toen Vincent me verliet, twee maanden, een week en vier dagen geleden, had ik heel lang met gespreide armen tegen de muur van onze slaapkamer gestaan, zoekend naar troost.

'Probeer deze maar,' zei Madeleine, terwijl ze uit een wanordelijke kast een beige corduroy broek van Ennis trok.

Ik moest de pijpen omslaan. Toen ik mijn handen in de broekzakken stak, kwam er een beetje gruis tussen mijn nagels.

Beneden stond Ennis ons op te wachten. 'Mag ik even je hulp vragen?' vroeg hij me op formele toon.

'Heb je al gekeken of de hond verdoofd is?' wilde Madeleine weten.

'Ja, maar dit is geen werkje voor jou, Maddie.'

'Hoe ga je het doen?'

Hij knikte naar een rol touw die op het dressoir lag. 'Zo deed je opa het vroeger ook.'

'Dat we niet eens meer een geweer in huis hebben,' zei Madeleine treurig. 'Het is allemaal...'

'Kom eens hier.' Hij strekte een arm naar haar uit.

Ik wendde me wat af. Het was liefdevol van Ennis dat hij zijn dochter het opknopen van de hond wilde besparen, maar ik voelde me bepaald niet tegen die taak opgewassen.

Onmachtig sjorde ik de broek wat omhoog, waarvan het kruis alweer halverwege mijn dijen hing.

Madeleine stond tegen haar vader aan geleund. Hij fluisterde iets in haar oor terwijl hij door haar haar woelde. Ze lachte, half onwillig. 'Goed,' zei ze.

Ennis zette zich in beweging, het aan mij overlatend om het touw mee te nemen.

Buiten lag de hond roerloos achter de spijlen van zijn kooi. Zijn voerbak was leeg. Ondanks de verschrikkelijke klap die Madeleine hem had gegeven, was hij dus toch weer bij bewustzijn geweest. Ik rilde.

'Geen zorgen,' zei Ennis. 'Ik heb hem genoeg gegeven. Voldoende om een paard mee buiten westen te krijgen.'

Hij sprak op geruststellende toon, maar omdat ik geen idee had hoelang hij deze geduldige stemming zou volhouden, zei ik stoer, mezelf direct vervloekend: 'Aan de slag dan maar.'

'Pak die kruiwagen daar, dan hoef je niet te sjouwen,' zei hij, terwijl hij het hok openmaakte met een grote ouderwetse sleutel die met een kettinkje aan het slot hing.

Hoe sneller ik handelde, hoe eerder ik hier vanaf zou zijn. Aan zijn achterpoten sleurde ik de hond de kooi uit. Zijn kop bonkte over de grond. Het was onmogelijk dat hij er niets van merkte. Hij zou wakker worden.

Met één hand hield Ennis de kruiwagen scheef, maar ik kreeg het beest er bijna niet in gesleept, zijn gewicht leek verdubbeld. Ergens in dat monsterlijke, verdoofde brein drong gegarandeerd het besef door dat alles op alles gezet moest worden om aan de dood te ontkomen.

'Naar de schuur,' zei Ennis kalm.

Ik tilde de handvatten op en begon de kruiwagen door de modder voor me uit te duwen. Meteen voelde ik de broek opnieuw afzakken. Ik trok hem met zo'n ruk op dat het kruis mijn schaamlippen raakte. Zag Ennis het? Van gêne sloegen de vlammen me uit.

In de schuur moest ik om de tractor heen slalommen. Als de hond uit de kruiwagen viel, kreeg ik hem er nooit meer in.

'Niet huilen,' zei Ennis. 'Je doet het prima.'

Ik veegde het snot van mijn bovenlip. 'En nu?'

Hij boog zich voorover en draaide het touw in een paar lussen om de nek van de hond. Toen gooide hij het andere uiteinde van het touw over een van de balken onder het dak. 'En dan takelen we hem nu op,' zei hij, zo ongeveer op de gezellige toon die Livia ook kon aanslaan. En dan hebben we nu soep.

'Je moeder heeft me over Livia verteld,' barstte ik uit. 'Het leek haar beter dat ik het van haar hoorde dan van...'

'Trekken,' zei hij achter me. 'En op de derde tel geven we samen een harde ruk.'

Ik hoorde zijn krukken, die hij nu moest loslaten, op de vloer kletteren. Ik voelde zijn armen om mijn middel en toen zijn onderlichaam tegen het mijne, zoekend naar steun of evenwicht. Buiten mijn wil om spande ik automatisch mijn billen aan en drukte ze in zijn kruis. Als vanzelf versnelde mijn adem.

Het was waar wat ik vanmiddag tegen Livia had gezegd: ook fysiek sla je al je herinneringen op. Ennis was een man, ik was een vrouw. Wat Vincent kon, kon ik ook. Ik zou die bedrieger eindelijk uit mijn systeem verdrijven, ik zou hem wissen, ik zou mezelf van hem verlossen als ik gewoon gebruikmaakte van deze omstandigheid. Je moest ergens beginnen jezelf terug te veroveren.

Ennis vouwde zijn handen om de mijne om het touw, waarbij de mouwen van zijn overhemd wat opstroopten. Zijn onderarmen waren gespierd maar niet overdadig behaard. Zijn adem kronkelde mijn oor in toen hij fluisterde: 'Kijk maar niet. Een, twee...'

Ik keek inderdaad niet. Ik hoorde de nek van de hond met een droge knap breken.

'Merci,' zei hij laconiek. 'Kun je me mijn krukken even aangeven?'

'Hier.' Ik ontweek zijn blik. Mijn wangen brandden.

'Oordeel niet te snel, Sabine. Wat gebeurd is, is gebeurd. En nu proberen we Livia een zo beschermd mogelijk leven te bieden.' Hij bond het uiteinde van het touw vast aan een schuine stutbalk.

O ja. Livia. We hadden het over Livia. Ik was zelf over Livia begonnen. 'Het moet voor jullie allemaal een drama zijn,' zei ik onhandig.

Steunend op zijn krukken draaide hij zich om en liep weg. Zijn strakke rug maakte duidelijk dat hij niet op mijn medeleven zat te wachten.

Er was een wind opgestoken die overal in de schuur geklepper veroorzaakte. Ook ik stapte naar buiten, voordat de bungelende hond in mijn nek geblazen zou worden. Moesten de hoge schuurdeuren niet gesloten worden? Het kadaver zou anders misschien roofvogels aantrekken. Maar ik kreeg geen beweging in de zware houten delen.

Weifelend stond ik op het erf, mijn handen in de zakken van Ennis' broek. Hoe zag hij mij? Als een verwende stadse kakmadam? Ik beet op mijn kiezen. *Get real.* Dat zeiden mijn vriendinnen ook al een tijdje. Als ik bij Ennis een blauwtje liep, zou mijn zelfvertrouwen nog verder kelderen. Zo leeg als ik me plotseling voelde. Wat had ik hier nog te zoeken? Onder andere omstandigheden was het me zeker gelukt om de Gilissens te overtuigen van mijn plannen met hun huis. Maar gezien Livia's situatie was dat ronduit onmogelijk.

Ik schrok op toen een windvlaag de openstaande deur van de hondenkooi greep en die met een daverend gerammel tegen de stijl smeet. Kippenvel trok langs mijn armen. Wacht even, wacht eens even, de sleutel van de kooi, het slot van de kooi! De manier waarop Ennis vanmiddag naar Madeleine had staan kijken toen zij de kooi met het bewusteloze monster erin weer zorgvuldig had afgesloten. Had hij op dat moment ook gedacht wat ik nu opeens dacht?

Als de kooi vergrendeld was geweest, had het ondier nooit kunnen ontsnappen, zelfs al was de ring van zijn ketting honderd keer doorgeroest.

Opnieuw rilde ik. Want terwijl ik vanochtend met Livia op het trappetje bij Alicia's kamer had gezeten, vlak voordat we koffie gingen drinken, was Madeleine nog in haar eentje buiten geweest. Ze zou toen toch niet opzettelijk...

Ik bracht mijn handen naar mijn hoofd. Madeleine moest een jaar of achttien zijn geweest ten tijde van Alicia's ongeval. Klaar om aan haar eigen leven te beginnen. Op die leeftijd wil je uitvliegen en niet thuis blijven hangen bij je oma, je vader en je kleine zusje. En uitgerekend dat kleine zusje had een spaak in het wiel gestoken en Madeleine van haar vrijheid beroofd.

Maddie, die tot twee jaar terug een doodnormaal leven moest hebben geleid, die haar middelbare school gewoon had afgemaakt en in de pauze met vriendinnen vast lipgloss bij het Kruidvat had gekocht, die precies in de heerlijk hoopvolle periode had verkeerd dat de wereld voor haar openging en die volop over haar toekomst had gedroomd, alles was mogelijk, alles, haar echte leven zou gaan beginnen.

De abrupte manier waarop ze tijdens het elfuurtje met het beboterde brood had bevolen: 'Ga eieren rapen, Livia.'

Elders, diezelfde avond

De tweeling bleef de hele avond uit bed komen, wanhopig van de waterpokkenjeuk. Irma beklopte de warme kinderlijfjes met mentholpoeder, deelde ijsjes uit, beloofde dat morgen het ergste echt voorbij zou zijn. Heus.

Ze had zoals altijd meteen na haar bezoek aan Oldenhage haar bevindingen willen vastleggen, maar het liep al tegen tienen toen de tweeling van pure ellende eindelijk in slaap viel en zij haar laptop kon openklappen.

Ze onderdrukte een zucht. De Gilissens waren een uitzonderlijke familie, meer een organisme dan een verzameling individuen, een weefsel dat zo hecht was dat je niet rechtsonder aan een draadje kon trekken zonder dat er linksboven een gat viel. Het was zelfs nog erger dan dat. Al hun raderen waren op elkaar afgesteld en grepen in elkaar. Je kreeg er geen vinger tussen.

Dat was van meet af aan lastig geweest. Toch was het haar gelukt het vertrouwen te winnen, dat kon ze aan alles merken. Maar nu het tijd werd om, volgens het behandelplan van justitie, te beginnen aan Livia's resocialisatie, voelde ze dat ze op een nieuwe weerstand stuitte. Alsof de Gilissens alles het liefst wilden laten zoals het was, onder de benauwende stolp van hun isolement. Durfden ze domweg niet meer terug te keren naar het gewone leven? Of hoopten ze Livia op deze manier voor altijd jong te houden, en daarmee in zekere zin onschuldig? Want wat kun je een driftige elfjarige aanrekenen?

Ze stond zichzelf ditmaal wel een zucht toe. Livia moest uit haar halfslaap worden gewekt. Nu ze een paar jaar ouder was, moest ze onder therapeutische begeleiding de gelegenheid krijgen onder ogen te zien wat ze had aangericht. Dat stond in haar vonnis. Een normaal bestaan in de maatschappij zou anders nooit voor haar zijn weggelegd. Je kon iemand niet straffeloos van haar verleden afsnijden, dat had uiteindelijk alleen maar misvormende gevolgen. Al was Livia's geheugenverlies voor haarzelf momenteel nog een zegen, dat zou niet zo blijven. Bovendien stond ze als inmiddels dertienjarige op de rand van puberale rebellie. Ze zou haar opsluiting niet veel langer zonder vragen accepteren. Ze zou dingen willen wéten, dat hoorde bij die leeftijd.

Maar haar vader en haar grootmoeder leken voornemens om het kind tot het einde der tijden tegen de waarheid te beschermen. Ook vanmiddag hadden die twee weer ontelbare redenen aangevoerd om alles bij het oude te laten en beslist niet te beginnen met het afbouwen van Livia's medicatie. Irma's vingers bleven boven haar toetsenbord hangen: wat hadden ze ditmaal gezegd? Als zij in Oldenhage op huisbezoek was, hadden alle redeneringen waarnaar ze luisterde nog iets logisch, maar om de een of andere reden vervloog dat zodra zij in haar auto stapte.

Om ten minste wat te noteren tikte ze een paar zinnen over Madeleine, die zichtbaar op breken stond, met Ennis en Adelheid allebei op non-actief. Daar kon overigens ook een gunstige kant aan zitten: het zou iedereen in Oldenhage nu duidelijk worden dat de huidige situatie een houdbaarheidsdatum had. Dat zou alles op een organische manier kunnen bespoedigen.

Over Madeleine dacht ze meestal niet graag na. Ze was een beetje bang voor die oudste. Het zou beslist een hoop hebben gescheeld als de Gilissens zich na het ongeval een nieuwe hulp in de huishouding hadden kunnen veroorloven – als ze dat al hadden aangedurfd, en als ze iemand hadden kunnen vinden die in de precaire omstandigheden paste. Nu was Maddie thuis onmisbaar geworden. Daardoor moest dat meisje, zeker voor een twintigjarige, veel opofferen. Zij was de zwakste schakel in het justitiële behandelplan dat Irma bestierde. Regelmatig verdacht ze Maddie van sabotage. Aan de andere kant – god, waarom bracht alles in dit dossier haar toch steeds weer aan het twijfelen? – had Madeleine zich in zekere zin wél aan het protocol van het behandelplan gehouden door voortvarend een wildvreemde in huis te halen die het ziekelijke isolement van de familie doorbrak.

Die Sabine, die net zo onverwachts uit de blauwe hemel was getuimeld als Alicia destijds, met wie het hele drama was begonnen.

11 maart

08:27

'Vandaag vertrek ik,' zei ik plompverloren toen Hieke de theepot op de ontbijttafel neerzette. Het was niet zozeer een besluit dat ik zelf had genomen, het was afgedwongen door de gebeurtenissen. Ik wist niet eens of ik opgelucht moest zijn.

Tot mijn verbazing legde Hieke even een hand op mijn schouder en kneep erin. Daarna haalde ze uit het dressoir een kasboek tevoorschijn. 'Drie overnachtingen met ontbijt. Wil je een reçu?' Ze was al in de weer met een blauwe balpen.

Terwijl ze schreef, dacht ik aan de onaardige dingen die Maman over haar had gezegd. Ik had Hieke op geen enkele indiscretie kunnen betrappen.

'Ik hoop dat alles naar wens was,' zei ze.

'Absoluut. Dank voor je goede zorgen.'

Hoeveel Hiekes zou ik nog ontmoeten in de ene B&B na de andere, totdat ik zelf was getransformeerd in een vrouw zoals zij, te jong om al te gaan zitten niksen maar allang te oud voor echte avonturen? Ik zag ooit een akker, in de Achterhoek geloof ik, waar na de oogst nog één vergeten maiskolf op zijn stengel stond te rammelen in de wind, een bleek, onguur beeld dat zich opeens weer aan me opdrong. Die overgeschoten kolf, dat was ik.

Nadat Hieke naar haar dochter was vertrokken, at ik twee beschuiten en een krentenbol. Ongenaakbaar strekte de dag zich voor me uit, een zee van tijd en het kon niemand iets schelen wat ik ermee zou doen.

Ik ging naar mijn kamer en stopte de miniflaconnetjes die Livia vast leuk zou hebben gevonden in mijn toilettas. Zorgvuldig vouwde ik de corduroy broek van Ennis op en legde hem boven op mijn stapeltje kleren. Thuis zou ik er een pakje van maken en het naar Oldenhage sturen. Mijn eigen spijkerbroek zou daar waarschijnlijk vergeten in een hoekje blijven liggen. Er zouden muizen in nestelen die instinctief hun eigen jongen zouden opvreten, opgehitst door de geur van kippenbloed in het textiel.

Wat zouden ze met Alicia's bezittingen hebben gedaan, na haar fatale val?

In een opwelling sloeg ik het vergeelde plakboek van Hiekes moeder nog eens open. Daar was de overlijdensadvertentie weer, door Maman ondertekend. Had Alicia geen familie gehad, was er domweg niemand anders geweest om de wereld te berichten over haar overlijden dan de vrouw onder wier dak zij, ver van huis, was beland? Een onverschillige werkgeefster die fatsoenshalve had gedaan wat er gedaan moest worden. Al leek Maman me niet iemand die maalde om fatsoen. En die sentimentele formulering: 'Aan ons ontrukt.' Alsof Alicia een dierbare huisgenoot was geweest.

Ik beet op mijn lip. Ook ik had geen familie, behalve een stokoude achternicht die ik in geen eeuwen had gezien. Ook ik was een vrouw alleen, die bij onbekenden overnachtte. Uiteindelijk zou het mij net zo kunnen vergaan als Alicia.

Plotseling had ik haast om weg te komen. Ik ging naar huis, waar ik mijn vriendinnen snel voor een etentje zou uitnodigen. We zouden tot diep in de nacht aan mijn keukentafel zitten en bespreken wat we allemaal samen hadden meegemaakt en wat we voor elkaar betekenden. Ik was iedereen veel te lang alleen maar tot last geweest.

09:30

Ik zat nog niet achter het stuur of ik voelde een weeë kramp in mijn buik. Mijn menstruatie overviel me de laatste maanden wel vaker: ik begon onregelmatig te worden. Het was een kwestie van tijd voordat mijn oestrogeenproductie zou stoppen, mijn haar dunner zou worden, mijn huid slap. Ik verbeeldde me altijd dat ik het aan vrouwen kon zien wanneer ze in de overgang waren geraakt: hun taille verdween en de contouren van hun gezicht werden weker, als van een breedbekkikker.

Maar het was nu niet het moment om in te zitten over mijn naderende verval, ik had tampons nodig. Ik zette koers naar de apotheek met de voorbarige Ambre Solaire-uitstalling, schuin tegenover Anties café.

Er rinkelde een ouderwetse deurbel toen ik over de drempel stapte. De toonbank was onbemand, ik was de enige klant. Ik vond een pakje OB en pakte bij nader inzien ook een grote flacon bodylotion. Goed smeren, wie weet wat daar nog mee te redden viel.

Achter me klonk de deurbel, en als vanzelf keek ik over mijn schouder.

'O,' zei Madeleine. Ze had blossen op haar wangen van het fietsen. Ze droeg een olijfgroene regenjas die haar slecht stond. In gedachten zag ik de sleutel van het hondenhok weer bungelen in de wind. Had zij Livia kwaad willen berokkenen?

Ze keek naar de tampons in mijn hand. Er verscheen een opgelucht glimlachje op haar gezicht. 'Ik dacht al, waar blijf je nou?'

Ik stond er betrapt bij. Daar ging mijn kans om zonder enige verklaring of groet te verdwijnen.

Achter de toonbank doemde de apothekeres op. Ze had een overduidelijk postmenopauzaal voorkomen, maar haar trekken verhardden zodra ze Madeleine zag. 'Ja?'

'Er staat nog een herhalingsrecept voor mijn zusje in de computer,' zei Maddie zachtjes.

De vrouw snoof. Ze rammelde iets op haar toetsenbord en keek langdurig naar het scherm. 'Het vorige heb je pas vorige week opgehaald. Jullie moeten je houden aan de voorgeschreven dosering. Tranquillizers zijn geen snoepgoed.'

'We hebben nieuwe nodig,' fluisterde Madeleine.

De apothekeres negeerde haar en wendde zich tot mij. 'Mevrouw, zegt u het eens.'

Ik legde mijn aankopen neer. Bijna buiten mijn wil om zei ik: 'Het is een noodgeval.'

'Dan kunt u er misschien beter ook nog inlegkruisjes bij nemen.'

'Nee, ik bedoel...' Mijn hersens waren nog aan het verwerken dat de hond gisteren buiten westen moest zijn gebracht met Livia's pillen, waarvan ik niet eerder had beseft dat het tranquillizers waren. Dus daarom liep ze er zo suf bij.

De vrouw keek me plotseling scherp aan. 'Logeert u niet bij Hieke van Stine? U bent degene die de deur platloopt bij de Gilissens!'

'Ze helpt ons even uit de brand, ja,' zei Madeleine. 'Maar ze heeft gisteren per ongeluk dat hele doosje pillen in het afwaswater laten vallen. U hoort toch wat ze zegt: het is een noodgeval.'

Er was niets meer over van haar onderdanige houding. Uitdagend sloeg ze haar armen over elkaar.

'Inderdaad,' zei ik bij gebrek aan beter.

'Hm,' deed de vrouw, terwijl ze me zo'n vuile blik toewierp dat ik even achteruitdeinsde. Zóveel vijandigheid leek me nu ook weer niet nodig. Wat maakte het haar uit wie ik was of wat ik deed? Wat kon er voor haar persoonlijk op het spel staan?

Ze gaf een paar vinnige tikken op het toetsenbord, liep naar achteren en kwam even later terug met een wit doosje waar ze slordig een etiket op plakte. Aan haar gezicht te oordelen betreurde ze het nu al dat ze overstag was gegaan. De rest van de dag zou ze zich afvragen wat haar had bezield om zich door een vreemde te laten koeioneren.

Ik gaf Madeleine het doosje pillen, pinde het bedrag van mijn aankopen, propte die in mijn tas en verliet de apotheek.

09:45

'Kan mijn fiets bij jou achterin?' vroeg Madeleine op de stoep. 'Dan hoef ik niet dat hele eind heuvelop.'

Aan de overkant zag ik dat in het café de gordijnen al geopend waren. 'Ik moet eerst dringend een wc opzoeken.'

'Dan wacht ik wel even.'

Ik hoorde open kaart met haar te spelen. Ik ga terug naar huis, Maddie. 'Loop even mee voor een kopje koffie,' zei ik ferm. 'Ik vind het geen stijl om ergens de wc te gebruiken en er dan zonder consumptie vandoor te gaan.'

Er waren nog geen andere gasten. Met de rug naar ons toe stond Antie aan de toog glazen te spoelen. Op zo opgewekt mogelijke toon wenste ik haar goedemorgen.

'Hé, Sabine,' zei ze, zonder zich om te draaien.

Gedurende een kort moment was ik in de ban van de heerlijke wetenschap dat ik hier gekend was. Toen draaide Antie zich om.

'Twee koffie,' zei ik tegen haar ontstelde gezicht.

Na een ogenblik zei ze: 'Omdat jij het bent.'

Ik dirigeerde Madeleine naar een tafeltje in de hoek. Nu de kleur van het fietsen van haar wangen was verdwenen, maakte de olijfgroene jas haar zo bleek als een geest. 'Ben zo terug,' zei ik.

Antie smeet twee kopjes koffie op tafel en schoot achter me aan toen ik het gangetje naar de wc's in liep. 'Ik ging ervan uit dat Hieke het je wel zou hebben verteld,' siste ze me toe. 'Die van Gilissen zijn...'

Ik haalde het pakje OB uit mijn tas. 'Mag ik even?'

De wc was sinds gisteravond nog niet schoongemaakt. Er was geen papier, behalve dat wat de pot verstopte. Op één bil balancerend op de plakkerige bril vond ik in mijn tas een pakje zakdoekjes. Met mijn tanden scheurde ik het plasticje van een tampon en bracht hem in. Daarna drukte ik vruchteloos een paar keer op de doorspoelknop.

Antie stond nog in de gang. 'Ze hebben een moord gepleegd, de jongste van het hele stel nog wel. Ze zijn daar van de duivel bezeten.'

'De duivel, maar liefst.'

'Ja, God sta ze bij.'

'Ik heb gehoord dat er iets vreselijks is gebeurd, maar wat ik niet snap is waarom er zo hardvochtig over de familie wordt geoordeeld. Het is voor henzelf toch ook een drama?'

'Dat hebben ze over zichzelf afgeroepen. Een mensenleven is niet niks.' De aderen in Anties hals waren opgezwollen.

Ik riep mezelf tot de orde. Nu niet bezwijken voor de verleiding om meer te weten te willen komen. Het waren mijn zaken niet. Ik ging naar huis.

In de gelagzaal zat Madeleine met haar grote handen om haar koffiekopje gevouwen alsof ze het koud had. 'Nog even over de hond,' fluisterde ze zodra ik tegenover haar ging zitten. Ze trilde helemaal.

Ik roerde in mijn koffie.

'Ik had Livia gisteren niet in haar eentje naar buiten moeten sturen. Ze doet de laatste tijd steeds gekkere dingen.'

Ik bleef roeren. 'Hoe bedoel je?'

Ze leek ten prooi aan tweestrijd. Toen fluisterde ze: 'Hoe denk je dat de hond heeft kunnen ontsnappen? Zijn kooi zat altijd op slot. Altijd. Ze moet toevallig hebben gezien dat de ring van zijn ketting was doorgeroest. En toen heeft ze de kooi opengezet.'

'Waarom zou ze dat doen?'

Ongelukkig tuurde ze naar het tafelkleed. 'Ik denk dat ze... Ennis lachte me uit toen ik het tegen hem zei. Hij steekt liever zijn kop in het zand. Hij wil gewoon niet zien dat Livia... Laatst heeft ze ook al zomaar een ruit ingegooid. Kattenkwaad, zei Maman. Maar ik denk dat ze... Ik denk dat ze expres rare dingen doet om te kijken of ze zich die later nog kan herinneren.'

Ik probeerde mijn stem in bedwang te houden. 'Heb je het haar gevraagd, van de hondenkooi?'

'Nog niet.'

'Waarom niet? Het zou toch juist geweldig zijn als ze weer greep op haar geheugen kreeg?'

Madeleine begon nog harder te beven.

'In elk geval beter dan haar de rest van haar leven vol pillen te stoppen.'

Even dacht ik dat ze woedend zou opspringen. Maar ze

bleef zitten. 'Je begrijpt het niet,' siste ze. 'Je begrijpt er helemaal niets van!'

'Leg het me dan uit.' Ook ik begon van streek te raken. Je hoefde geen psycholoog te zijn om te snappen dat Livia soms het gevoel moest hebben dat ze hulpeloos in de mist ronddoolde. Het was best plausibel dat ze zichzelf testte. Ze was geen klein kind meer, ze stelde zichzelf vragen over wie ze was. En haar familie wilde haar uit alle macht tegen haar herinneringen beschermen! Is er iets tragischer dan de beste intenties die faliekant verkeerd uitpakken?

'Je dacht zeker dat ik het had gedaan, hè, de kooi openzetten,' zei Madeleine, niet eens bitter, eerder berustend. 'Omdat het ook al mijn schuld was van Ennis en de geit.'

'Je moet jezelf geen schuldcomplex aanpraten,' zei ik beschaamd. 'Daar heeft niemand iets aan.'

Ze boorde haar ogen in de mijne. Om de een of andere reden zocht ik houvast aan het tafelblad. O god, ze ging me iets verschrikkelijks vertellen, het stond op haar vertrokken gezicht geschreven. Ze moest al heel lang op knappen staan, en kennelijk was de behoefte om haar hart te luchten plotseling sterker dan ze zelf was, misschien domweg doordat ze even niet tussen de muren van Oldenhage zat.

'Ik was het,' zei ze bijna onhoorbaar. 'Met Alicia.'

Ze had iets glazigs over zich gekregen, als iemand die een enorme krachtsinspanning heeft geleverd. 'Waarom zeg je dat?' vroeg ik hees.

Ze boog zich een fractie voorover. 'Omdat we zo niet kunnen doorgaan. De hond had Livia wel kunnen verscheuren. En wat wordt haar volgende geheugenexperiment? Ze heeft geen idee wat ze doet, en Ennis en Maman willen dat niet zien.'

Ik kreeg mijn blik niet van haar losgerukt. Was het de bedoeling dat ik met die twee ging praten? Pas toen begon de betekenis van Madeleines woorden tot me door te dringen. Maman, die gisteren zei dat Livia's leeftijd een geluk bij een ongeluk was geweest, want een meerderjarige dader zou de gevangenis in zijn gegaan. Nee. Dit was pervers. Dit was zo verknipt zelfs, dat geen normaal mens het zou kunnen bedenken, laat staan doorzien. Madeleine zou voor jaren achter de tralies zijn verdwenen als zij als de schuldige was geïdentificeerd. Door alles af te wentelen op hun jongste telg was het de Gilissens gelukt om het gezin intact te houden. Misschien hadden ze gehoopt dat ook het dorp milder over het ongeval zou oordelen als het een roekeloze kinderdaad was geweest.

'Jij?' fluisterde ik. 'En dus niet...'

'Livia sliep. Die pit nog door een aardbeving heen.'

Hoe koortsachtig moest het die nacht in Oldenhage wel niet zijn toegegaan? Hoe snel waren de mogelijkheden afgewogen, de rollen verdeeld, voordat ze 112 hadden gebeld terwijl Livia sliep, haar armen vol knuffels. Onschuldig. Onwetend van het feit dat zij de reddende engel zou moeten zijn en moeten blijven. Livia herinnerde zich niets van het ongeval omdat ze er geen herinneringen aan hád. En precies daarom had Maman me toegebeten dat niemand er beter van zou worden als Livia's geheugen zou worden opgepord.

Ik begon te zweten. Het geheim dat Madeleine me had toevertrouwd, was veel te groot voor mij alleen. Als zij besefte wat ze eruit had geflapt, als ze zich realiseerde wat een krankzinnige macht ik ongewild over de hele situatie had gekregen, wat dan? Ik grabbelde in mijn tas naar een tientje terwijl ik opstond.

O, waarom ik? Alleen maar omdat ik toevallig de eerste was met wie zij in de afgelopen paar jaar had kunnen praten? Misschien loog ze. Feiten en verzinsels waren vloeibare begrippen bij de familie Gilissen, dat was zojuist in de apotheek ook weer duidelijk geworden. Maar waarom zou Madeleine liegen over Alicia's ongeval?

Ze trok de ceintuur van haar lelijke jas strak om haar smalle middel. 'Gaan we?'

'Gaan we wat?'

'Naar huis.'

Dit was het moment. Wat weerhield me? De eenzaamheid op haar gezicht? De gedachte aan Livia, die kennelijk probeerde haar geheugen op te frissen, niet wetend dat daar niets aan mankeerde? De hopeloosheid van deze Gilissen-onderneming, die zo schrijnend te maken had met liefde en verbondenheid, op een maniakale manier die ik persoonlijk niet kende en die daardoor iets benijdenswaardigs had? 'Hoe is het mogelijk,' bracht ik uit, 'dat de recherche en hoe heet ze, Livia's maatschappelijk werkster, dit niet te weten zijn gekomen?'

Madeleine glimlachte flauwtjes. 'Als mensen eenmaal iets geloven, komen ze daar niet gauw meer van af. In hun hoofd is het verhaal rond. Kom. Ik heb je spijkerbroek vanochtend voor je gewassen.'

Met het gevoel dat ik door een heupdiepe kreek met snelstromend water waadde, werkte ik me het café uit. Aan de overkant van de straat, bij de apotheek, stond mijn auto, met daarin mijn hele tijdelijke hebben en houden. Ik kon in Oldenhage zó mijn intrek in Alicia's kamer nemen. Alicia's bed, haar gebarsten spiegel, ze wachtten op me. Wat mij betreft konden ze tot het einde der tijden tevergeefs blijven wachten. Ik zette me schrap om vastberaden te zeggen: Ik ga niet met je mee, Maddie.

Ik kuchte. 'Ik heb vanochtend uitgecheckt bij Hieke, omdat ik...'

'Nee,' zei Madeleine. 'Niet weer, hè?' Ze hurkte bij haar

fiets, die tegen de pui van de apotheek leunde. Allebei de banden waren lekgestoken.

'Ach,' zei ik, geschrokken om me heen kijkend. De straat was verlaten. Achter de flacons Ambre Solaire in de etalage was geen beweging waarneembaar. Achter de keurige vitrages in de woonhuizen ernaast evenmin.

'Ennis fikst het wel. Ik leg hem bij je achterin.' Ze gebaarde naar de klep van de kofferbak.

Bedrukt opende ik het achterportier, gooide mijn handtas in de auto en bukte me om de achterbanken in te klappen en mijn weekendtas opzij te schuiven. Het bezorgde me een onbeschut gevoel om in die lege straat met mijn hele bovenlichaam in mijn auto te verdwijnen. Ik geloofde bijna dat ik ieder moment een schop tegen mijn achterste zou voelen, of een steen door de voorruit zou horen rinkelen. Maar wat je vreest gebeurt gelukkig meestal niet. Of in elk geval lang niet altijd.

10:37

Onderweg zeiden we niet veel. Hoe minder ik over het drama van Alicia wist, hoe liever het me was. Want Madeleines versie van de werkelijkheid begon steeds onthutsender proporties voor me aan te nemen. Maman had gelijk gehad toen ze zei dat de menselijke geest heel barmhartig kan zijn: schokkende informatie komt maar in kleine, afgepaste doses tot je. Slaap, kindje, slaap, het valt allemaal best mee. Maar aan de mokerslag van het besef is uiteindelijk niet te ontkomen. Waar het bij Livia nog een kinderlijke opwelling had kunnen zijn, moest het in Madeleines geval eerder een kwestie van berekening zijn geweest. Van koelbloedige planning zelfs. Het kon niet anders of ze had erover nagedacht hoe ze het ging aanpakken, hoe ze Alicia met een smoes op zolder kreeg.

Tersluiks keek ik naast me, naar haar sterke handen die op haar knieën rustten. Zonder enige logica vroeg ik me af welke kleren ze die dag had gedragen en of ze die nog steeds weleens aantrok. Waren er woorden gewisseld of had alles zich pijlsnel voltrokken? Had Alicia gezien wie haar belaagster was, of was het in het donker gebeurd?

De weg heuvelopwaarts was bezaaid met takken, alsof er vannacht een storm had gewoed waarvan ik niets had gemerkt terwijl ik bij Hieke naar het plafond had liggen staren.

Bij het hek stond Livia op de uitkijk. Ze begon met beide armen te zwaaien toen ze zag dat Madeleine naast me zat.

'Hier zet ik je eruit,' zei ik zonder opzij te kijken.

Livia kwam naar de auto toe gehold en trok het portier aan Maddies kant open. 'Waar bleef je nou? Waarom was je zo lang weg? Ik was bang dat je niet meer terug zou komen!'

'Lili toch. Alsof ik zoiets zou doen. Help even met mijn fiets en met Sabines bagage. Ze logeert niet meer bij Hieke.'

'Hoho,' begon ik.

Ze hoorden me niet eens, zo fanatiek waren ze al bezig alles uit de auto te sjorren. Ik was te dicht bij de hoge berm gestopt om zelf uit te kunnen stappen. Machteloos zag ik ze het pad naar de boerderij af lopen, Madeleine met de fiets, mijn weekendtas aan het stuur, en Livia die mijn handtas om haar schouder had gehangen. Hij reikte zowat tot aan haar enkels.

Verwensingen mompelend reed ik achteruit van het hek terug naar boven, zodat ik op mijn vaste plek langs de weg kon parkeren. Bij het uitstappen verloor ik bijna een schoen in een massa losgeranselde takken die als een hinderlaag op me lag te wachten. Toen liep ik het terrein van Oldenhage op.

De meisjes hadden de loopdeur in de poort voor me open laten staan. Terwijl ik de koer overstak, verbaasde ik me erover dat ik niet eerder had opgemerkt hoe armoedig die erbij lag, vol afgedankte huisraad en rommel: een paar groen uitgeslagen plastic tuinstoelen, een stapel autobanden, een emmer met slijmerig water, een in tweeën gebroken klomp. En overal uitpuilende vuilniszakken die een sterke stank van bederf afgaven, alsof zelfs de gemeentelijke vuilniswagens Oldenhage meden als de pest.

Ook op de deel knipperde ik met mijn ogen. Ik had het steeds al een ongezellige ruimte gevonden, maar hoe kon ik ooit hebben gedacht dat de kloostermoppen glansden als stenen in een beek, en hoe bestond het dat de haveloze balkenzoldering mijn hoofd op hol had gebracht? Het was alsof Oldenhage al z'n pretenties had laten varen en er niet langer op uit was om mij nog te charmeren.

'Sabine, kom je? Er is koffie en brood!'

'Livia,' zei ik zachtjes, 'heb jij de hond gisteren losgelaten?'

Uit haar hals kroop een felle blos omhoog.

'Hij had je lelijk te grazen kunnen nemen.'

'Nee hoor. Hij kon me heus niks doen, want toen hij z'n kooi uit was, ben ik daar meteen in gekropen.'

'En nou is hij dood.'

Ze schokschouderde. 'Hij had niet eens een naam,' zei ze, alsof dat alles verklaarde.

'Vond je het niet zielig voor je kippen?'

Weer kwamen haar schouders omhoog. Zielig was zo te zien geen doorslaggevend criterium voor haar.

'Je weet het dus allemaal nog precies,' zei ik.

'Natuurlijk wel.' Het kwam er triomfantelijk uit. 'Ik ben echt niet zo stom als iedereen denkt.'

'Niemand vindt je stom.'

'Nou, Irma wel. Als Ennis en Maman er even niet bij zijn, kijkt ze me soms opeens heel raar aan. Met van die ronde ogen. Zó. En dan zegt ze dat ik meer moeite moet doen om in mijn geheugen te graven. Ze vindt me een sukkel.'

Ik wilde mijn armen naar haar uitstrekken. Livia, Livia. Er is helemaal niets wat jij je zou moeten herinneren. Jij was het niet die Alicia van de trap duwde. Een golf van misselijkheid overspoelde me. 'Irma is zelf een sukkel. Jij weet alles toch nog van de hond?'

'Dat mag je tegen niemand zeggen, hoor!'

'Waarom niet?'

'Dan hebben wij samen lekker een geheim,' zei ze gedempt. 'Kom, er is koffie en brood.'

Ze pakte mijn hand, en ik voelde hoe dun en breekbaar haar botten waren toen ze me mee naar binnen trok. In het voorbijgaan zag ik dat mijn weekendtas en mijn handtas op het trappetje naar Alicia's opkamer stonden.

14:45

Het kostte Madeleine en mij meer dan twee uur om de hond te begraven. Het had me overrompeld hoezeer de bewoners van Oldenhage op mijn hulp waren gaan rekenen. En nu? Mijn onderonsje met Livia had bevestigd dat zij inderdaad bezig was te onderzoeken wat er met haar aan de hand was. Die wetenschap gijzelde me. Ik kon me niet meer omkeren en verdwijnen; ik zou op een of andere wijze moeten ingrijpen. Er was hier iets buiten z'n oevers aan het treden. Maar waar en bij wie moest ik beginnen?

O, kom op, zeg. Ik kon best terug. Het streelde alleen maar mijn gevoel van eigenwaarde dat mijn aanwezigheid zo goed van pas kwam. Iedere bedrogen vrouw zou het me nazeggen: Kijk eens hoe onmisbaar ik ben, kijk dan! Jij dacht dat je zonder me kon, maar er zijn mensen die daar anders over denken. Heel anders. Ik ben de moeite waard, en jij hebt het nakijken, zielenpoot.

Het graven in de oeroude klei was zwaar werk, wat in elk geval een goed excuus bood om niet te hoeven praten. Ik had de indruk dat Madeleine met net zulke tegenstrijdige emoties worstelde als ik, alsof ze zich nu eens voor het hoofd kon slaan over haar loslippigheid, en dan weer opgelucht was dat ze haar hart had uitgestort. Vertrouwde zij er net als Livia op dat haar ontboezeming bij mij veilig was?

'We moeten nog zeker tien centimeter dieper,' zei ze, met beide armen een moment rustend op haar schop. 'Man, wat een hoop werk voor dat kreng.' Ze keek naar het kadaver van de hond, in de kruiwagen naast de kuil die we schep voor loodzware schep groeven, als middeleeuwse grafdelvers.

'Zijn jullie bijna klaar?' vroeg Ennis, die op zijn krukken naar buiten kwam.

'Ja. Jij ook met mijn fiets?' vroeg Madeleine. Ze had het niet onaardiger kunnen zeggen.

'Die is weer helemaal opgelapt. Maar Sabine moet even met Maman naar het ziekenhuis. Ze moest meteen terugkomen als ze onder haar operatiewond een zwelling kreeg, want dat zou een inwendige breuk kunnen zijn.'

Ik dacht: je hebt me nodig, Ennis. Kijk me aan.

Maar dat deed hij niet.

En ik dacht aan wat zijn dochters me buiten hem om hadden toevertrouwd. Hemel, ik was nogal wat over dit gezin te weten gekomen. Ik was iemand die hij maar het beste te vriend kon houden. Iemand die hij het naar de zin zou moeten zien te maken. Maar daar kon ik moeilijk op hinten. Ik wilde niet dat hij van mij zou horen dat de meisjes hun mond voorbij hadden gepraat. Mak zei ik: 'Ik moet me alleen even omkleden. Gelukkig heeft Maddie mijn andere spijkerbroek net gewassen.'

Madeleine grijnsde. 'Goed dat ik dat heb gedaan, hè papa? Op mij kun je rekenen.'

Daarna reed ik met Maman naar het ziekenhuis. We moesten er lang wachten, waarbij ik me schaamde voor mijn gebrek aan medeleven met die bevende oude vrouw. Ik las drie beschimmelde *Libelles* en vulde diverse quizzen in over de vraag of ik mijn liefdesleven de laatste tijd had verwaarloosd of juist tot een hoogtepunt had opgestuwd, en toen bleek Maman geen inwendige breuk te hebben, alleen een ophoping van wondvocht. Maar héél goed dat we waren gekomen.

Terwijl we ons in slakkengang weer naar buiten begaven, kwam ons door een van de lange gangen een jonge verpleegkundige tegemoet. Ze was ons al bijna gepasseerd toen ze ineens stilstond en zei: 'Mevrouw... Gilissen, toch? Hoe is het met u? Ik had avonddienst toen u hier laatst voor uw galblaas was.'

'O ja?' zei Maman wantrouwig.

'Ik ben Persis, weet u nog? Ik heb u nog extra morfine gegeven omdat u zo onrustig was. U lag maar te woelen en te praten, te praten, te práten!' Ze hief haar handen. Tegen mij zei ze: 'Dat doen patiënten na een narcose soms.'

'Wat zei ik dan? Waar had ik het over?' vroeg Maman op schrille toon.

De verpleegster trok haar wenkbrauwen op. 'Dat weet ik echt niet meer, hoor. Meestal is het onsamenhangend gebrabbel. U hoeft niet bang te zijn dat u per ongeluk een geheim hebt verklapt.' Haar gezicht sprak boekdelen: van zo'n broze, bejaarde dame hoefde je geen interessante geheimen te verwachten.

Ik was inmiddels wijzer. Iederéén kan met een stalen gezicht dingen achterhouden, zelfs je eigen echtgenoot. Maar je moet nooit denken dat je de baas bent over je eigen geheimen. Ze hebben de hardnekkige neiging uit te willen komen, dat zit in hun aard. Ze willen worden doorverteld. Ze willen worden onthuld. Ze willen schokken en verbazen. Het is slechts een kwestie van tijd en ze grijpen hun kans. Dat had Madeleines bekentenis ook weer bewezen.

19:15

Pas halverwege de avondmaaltijd viel me op hoe weinig er aan de keukentafel werd gepraat. Zat de familie in woordeloze eendracht bijeen, zoals ook Vincent en ik ooit in elkaars gezelschap urenlang comfortabel hadden kunnen zwijgen? Of hing er een vreemde spanning in de lucht?

Madeleine had een stamppot gemaakt die er fantasieloos uitzag, maar die verrassend rijk van smaak was. Zelf at ze er weinig van. Misschien speelde haar geweten op, sinds haar biecht.

'Mag ik de pan leegmaken?' vroeg Livia.

'Ja hoor. We boffen maar als Maddie heeft gekookt,' zei Ennis.

'Ik ben er ook nog,' merkte Maman afgemeten op. 'Of zijn jullie soms van plan me op een ijsschots te zetten, net als bij de eskimo's of hoe heten die tegenwoordig? Jullie zitten gewoon te wachten op mijn dood.'

Livia liet de opscheplepel geschrokken zakken.

'Zo is het toch? Je vader denkt dat hij dan eindelijk zijn eigen gang kan gaan, Livia. Hoe eerder ik onder de zoden lig, hoe liever het hem is.'

'Doe niet zo dramatisch,' zei Ennis. Aan zijn gezicht te

oordelen was het niet de eerste keer dat dit onderwerp ter sprake kwam.

Maman wendde zich tot mij. 'Als het aan die ezel lag...'

'Mag ik tv gaan kijken?' vroeg Livia terwijl ze haar bord snel nog eens vulde en ermee opstond.

'Eerst je zus helpen met de afwas,' zei Ennis.

'Dat hoeft ze anders ook nooit.' Maman klonk woedend.

'Het is nooit te laat om met een goede gewoonte te beginnen,' zei Ennis.

Livia trok een pruillip. 'Sabine is er nu toch om te helpen?'

'Dat zou ik ook zeggen.' Maman leek zich niet in het minst te schamen voor haar eigen woorden. 'Lááť Livialief toch televisiekijken. Ze heeft al zo weinig.'

Ennis negeerde hen allebei. 'Ik ga even met Sabine naar buiten.'

Zijn moeder verschoot zichtbaar van kleur. Maar voordat ze de kans kreeg om iets te zeggen, nam Madeleine het woord. 'Ik heb je bagage alvast in de opkamer gezet,' zei ze tegen mij. 'En er liggen schone handdoeken klaar op het bed.'

'Dank je,' zei ik confuus.

'Wát gebeurt er hier allemaal achter mijn rug om?' stoof Maman op.

Ennis was al gaan staan. 'Kom, Sabine.'

Gedwee liep ik achter hem aan. Hij kwam harder vooruit dan ik. De vanzelfsprekendheid waarmee hij zijn krukken gebruikte bezorgde me het gevoel dat ik zelf een ledemaat miste. Hij bewoog zich voort alsof een mens eigenlijk voor krukken was gemaakt. Dit was een man die weigerde zich slachtoffer te voelen. Hij zou ook nooit zeggen: Maar ik kon het niet helpen, Sabine, het overkwam me gewoon, ik had geen verweer toen Bambi zo sluw was om bij Starbucks koffie op mijn broek te morsen, ik was verloren, totaal verloren, ik had geen enkele keuze meer. Zoiets slaps zou je Ennis niet horen zeggen.

Het was een milde avond. Zo'n avond waarop je eindelijk de langverwachte omslag van het seizoen denkt te voelen. Nog even en de merels zouden gaan zingen, de bijen zouden gaan zwermen en de mensen zouden Ambre Soleil op hun gezicht smeren.

Soms, en meestal totaal onverwachts, kan de wereld zo harmonieus en zo vol beloften zijn dat je verbaasd denkt: God bestaat.

In de schuur waar we samen de hond hadden opgehangen ging Ennis ergens zitten met de trefzekerheid van iemand die ook in het donker zijn weg weet te vinden. Ik bleef staan.

'Je zult wel denken,' zei hij na een moment.

'Wat bedoel je?'

'Maddie heeft vanochtend toch haar hart bij je uitgestort?'

Ik moest steun zoeken aan iets wat voelde als de halfvermolmde band van de tractor.

'Het heeft haar enorm opgelucht om met je te kunnen praten.'

Ik had de neiging wat achteruit te deinzen. Zijn rustige reactie kon alleen maar een pose zijn. Om tijd te winnen vroeg ik volstrekt overbodig: 'Heeft ze je dat verteld toen ik met je moeder naar het ziekenhuis was?'

'Ja. Kun je de situatie begrijpen, of is dat te veel gevraagd? We zouden Maddie anders zijn kwijtgeraakt. Ik kon niet toestaan dat mijn gezin uit elkaar zou worden gerukt door één moment van...' Zijn stem stierf weg. Hij kuchte even. 'Je vindt misschien dat we Livia hiermee iets vreselijks aandoen. Maar denk je niet dat ze het later zal begrijpen?'

Ik kon de woorden niet binnenhouden. 'Wat? Dat jullie

haar jarenlang hebben afgezonderd of dat jullie haar hebben opgezadeld met een verschrikkelijke leugen?'

'Ons isolement zou niet minder zijn geweest als de waarheid bekend was geworden. We moeten het nog even zien vol te houden totdat Livia oud en wijs genoeg is om te beseffen dat ze in staat is gesteld het leven van haar zus te redden. En oud en wijs genoeg om te beseffen dat Maddie voor haar precies hetzelfde zou hebben gedaan. Zo hoort een gezin te functioneren. Je neemt het voor elkaar op. Je houdt elkaar de hand boven het hoofd. Wij zijn verantwoordelijk voor elkaar. In die gedachte breng ik mijn kinderen groot.' Hij sprak op redelijke toon, zonder enige stemverheffing.

Mijn handen waren klam geworden. Ik wist niet of ik naar een krankzinnige luisterde of naar iemand die alleen maar het juiste probeerde te doen. 'Maar hoelang kan dat goed gaan? Voor Livia is het geen eigen keuze. Waarom vertellen jullie haar niet gewoon de waarheid?'

'Omdat Maddie meer tijd nodig heeft.'

Na een moment zei ik: 'Dat begrijp ik niet.'

'Dat is waar het allemaal om draait, Sabine! We mogen Maddie niet de kans ontnemen om boete te doen. Voor het oog van de wereld kun je je vonnis ontlopen, maar niet voor jezelf. Madeleine voelt heel sterk de behoefte aan penitentie. Daarom is ze, terwijl ze vrij is om te gaan en te staan waar ze wil, in Oldenhage gebleven. Het is haar overtuiging dat ze alleen door deze zelfopgelegde straf uiteindelijk een schone lei verdient. Daar ben ik trots op. We zullen haar helpen deze beker tot de laatste druppel te ledigen, totdat ze het gevoel heeft dat ze haar schuld heeft ingelost en ze haar leven kan vervolgen. Voor haar is dit de enige weg naar bevrijding. Anders kan ze zichzelf later nooit meer recht in de ogen kijken.'

Ik slikte. 'Maar dat is toch...'

Zijn toon veranderde. 'Waarom denk je dat ze jou vanochtend in vertrouwen heeft genomen? Je had misschien de indruk dat ze in een zwak moment haar mond voorbijpraatte, maar zo zit ze niet in elkaar. Dan had ze Irma allang iets verteld. Nee, ze koos jou welbewust. Ze wilde iemand van buiten de familie deelgenoot maken van haar schuld. Iemand die haar niet zou verraden, maar die haar ook niet zo vanzelfsprekend vergeeft als wij dat doen.'

Ik kon hem in het donker niet onderscheiden, maar ik voelde een lichte luchtverplaatsing, alsof hij zich naar me toe boog. 'Zoals ik het zie, en ik ken mijn dochter, heeft ze de hele zaak naar een hoger plan willen tillen door zich aan jou bloot te geven. Veroordeel me maar, zal ze hebben gedacht, veroordeel me en erken daarmee dat ik schuldig ben. Begrijp het dan toch, Sabine! Ze kan haar schuld alleen maar delgen door zo diep mogelijk te buigen. Maddie is geen slecht mens, ze is iemand die één vergissing heeft begaan en die bereid is daarvoor te boeten. Er berouw voor te tonen, om weer vrede met zichzelf te krijgen. We móéten haar de kans geven die vrede te vinden. Ze werkt er zo ontzettend hard voor.'

Ik drukte mijn nagels in mijn handpalmen om te voorkomen dat ik willoos zou blijven zwijgen. 'Mij vertelde ze iets heel anders. Ze wilde dat ik wist hoe de vork in de steel zit omdat ze zich zorgen over Livia maakt en jij dat wegwimpelt. Die toestand met de hond...'

'Natuurlijk heeft Livia dat beest losgelaten. Wie anders? Livia zit in een fase waarin ze grenzen opzoekt. Zelf was Madeleine op die leeftijd precies zo.'

Ik wilde zeggen dat er grenzen en grenzen bestaan en dat Livia ernstig in haar bewegingsvrijheid was beperkt. Maar ik zou klinken als Vincent, toen die ineens, van de ene dag op de andere, beweerde dat ik zijn vrijheid inperkte en dat hij ons huwelijk als beknottend ervoer, als een vorm van opsluiting bijna.

Onverwachts sloot Ennis' hand zich om de mijne. Zijn vingers waren gortdroog en eeltig. Eerder de hand van een doener dan die van een dromer. Er zat gruis in zijn broekzakken. Aardser kon het niet. Hij was een realist. Een man die zijn halve leven al zijn best deed om de boel bij elkaar te houden. Iemand die niet bij het minste of geringste al op de loop ging, zoals Vincent had gedaan. Iemand die nadacht over de verantwoordelijkheden die je jegens elkaar hebt.

'Sorry,' bracht ik uit. 'Het is mijn zaak niet hoe je de dingen met je dochters oplost. Maar stel nou dat Livia ontdekt dat ze alleen maar in de waan wordt gelaten dat haar geheugen gammel is? Dat is waar Maddie over in zit.'

Hij gaf een kneepje in mijn hand. 'Livia,' zei hij, 'is echt de laatste over wie we ons zorgen moeten maken.'

21:45

De behoefte om alleen te zijn en mijn gedachten te ordenen maakte dat ik me al vroeg in Alicia's kamer terugtrok. Zo ontsnapte ik bovendien aan de mand verstelwerk waarmee Maman ostentatief zuchtend aan de keukentafel zat.

Bij het porseleinen fonteintje in de opkamer dronk ik een groot glas water. Vragen die in de nabijheid van Ennis niet bij me waren opgekomen, begonnen door mijn hoofd te tollen. Als ik een kind had, zou ik dan toestaan dat het zichzelf zo strafte als Maddie kennelijk deed? En zou ik Livia dan net zo doelbewust van een deel van haar jeugd beroven omdat dat in de gegeven omstandigheden nu eenmaal een hoger doel diende?

Ik kon al niet eens meer reconstrueren wat de ontrafeling van het familiegeheim in gang had gezet. Gisteren nog had ik slechts hetzelfde geweten wat ook de rest van de wereld met succes op de mouw was gespeld. En nu... Waren buitenstaanders de afgelopen jaren misschien vooral uit Oldenhage geweerd omdat zij onbedoeld als katalysator hadden kunnen werken?

Gek trouwens dat Ennis verder met geen woord over Alicia had gerept. Alsof haar dood maar bijzaak was, in plaats van de kern van het hele drama. Het maakte me op een onbestemde manier treurig en zelfs boos. Het kon wel wezen dat ik Madeleine als boeteling in een nieuw, heilig licht moest bezien – maar door haar toedoen leefde Alicia niet meer. En Maddie kon ook best om een heel andere reden in Oldenhage zijn gebleven dan om 'haar straf uit te zitten'. Bijvoorbeeld uit wroeging jegens Livia, die onwetend en zonder overleg de taak had gekregen om haar zusjes hachje te redden.

Mijn hoofd gloeide. Ik maakte de luiken open. Erachter was de spanjolet van het venster verroest, maar na een beetje wrikken kreeg ik het raam toch open. Terwijl ik me naar buiten boog om de frisse nachtlucht in te ademen, zag ik dat het vanaf de vensterbank niet meer dan een sprongetje naar het erf zou zijn. Mooi, een nooduitgang. Je kunt om de vreemdste redenen ergens hopeloos opgesloten raken, toch? Alicia's kamerdeur had weliswaar geen slot, maar iemand hoefde aan de buitenkant maar een keukenstoel onder de klink te schuiven en ik was de sjaak. Nu ik zeker was van een veilige vluchtroute stond alleen een volle blaas mijn nachtrust nog in de weg. Ik drukte de deurklink naar beneden, even stokte mijn adem, maar de deur klemde gewoon een beetje. Ongehinderd stapte ik de deel op. In de serre zag ik licht branden. Madeleines fiets stond er nog, rustend op stuur en zadel. Livia zat ernaast op de vloer, haar benen onder zich gekruist. Over haar pyjama droeg ze haar te krappe denim jackje.

'Livia,' fluisterde ik. 'Kun je niet slapen?'

Langzaam draaide ze me haar gezicht toe. Ik zag dat ze had gehuild. 'Ik ging bijna iets heel ergs doen,' fluisterde ze terug. 'Maar ik heb het niet gedaan, hoor.'

'Goed zo.' Ik liet me naast haar op de grond zakken. 'En trouwens, het was misschien alleen maar een droom.'

Luidruchtig haalde ze haar neus op.

'Dromen zijn bedrog,' zei ik.

Ze gaf een tik tegen het voorwiel van Madeleines fiets zodat het met zoemende spaken begon te draaien. Toen het stilstond zei ze: 'Net de kermis.'

Levendig zag ik haar voor me als een jonger kind, haar warme wangen plakkend van de suikerspin, opgewonden van de botsautootjes naar de zweefmolen kijkend terwijl ze de zweterige munten in haar hand in gedachten telde en telde. Flitsende neonbalken, flarden schetterende muziek, de gestreepte luifel van de nougatkraam, opgeschoten jongens met een halve liter bier in de hand.

Na een hele tijd zei ze zorgelijk: 'Ik mag er pas weer heen als ik groot genoeg ben om in Maddies schoenen te staan. Maar misschien vind ik er dan niets meer aan.'

'Zal ik je naar bed brengen?' Ik dacht aan de steile, smalle zoldertrap. Maar Livia was niet degene die Alicia een duw had gegeven. Ik kwam overeind. 'Kom op.'

'Ze zitten over ons te praten,' zei ze gedempt. 'Hoor je dat niet?'

Uit de keuken kwam het onverstaanbare rijzen en dalen van stemmen. Het kon over van alles gaan. 'Kom,' zei ik nogmaals.

'Mag ik niet met jou mee?'

Ineens schoot Mamans stem uit. 'Over mijn lijk, Ennis. Over mijn lijk!'

'Mag ik met jou mee?' vroeg Livia opnieuw, terwijl ze wat dichter naar me toe schoof.

Ik trok mijn vest om me heen. 'We passen niet samen in dat bedje in de opkamer, Livia. Je zou de hele nacht...'

'Als je hier weggaat, bedoel ik. Mag ik dan met je mee?'

Elders, diezelfde avond

Het was al de hele avond rustig in het café, wat Antie de gelegenheid bood om haar gedachten de vrije loop te laten, of beter gezegd, dat deden die zelf op hinderlijk autonome wijze, nu zij niet in beslag werd genomen door zaken van praktische aard. Terwijl ze een natte lap langs de kranen van de tap haalde, verscheen voor haar geestesoog opnieuw de smalle gestalte van Madeleine Gilissen, schuw ineengedoken achter haar koffie, aan het tafeltje in de hoek. Gelukkig waren er verder geen gasten geweest, anders had ze die tekst en uitleg moeten geven. Aan de andere kant had hun aanwezigheid kunnen voorkomen dat ze vanochtend een Gilissen had bediend. Het was oneindig veel makkelijker om samen een front te vormen dan om in je eentje oog in oog te staan met dat gebrandmerkte kind, dat feitelijk alleen maar kon worden aangerekend dat ze Gilissen heette.

Voor het eerst vroeg ze zich af of ze met z'n allen niet waren doorgeschoten in hun harteloosheid jegens de familie. Daaraan lag natuurlijk wel een geschiedenis ten grondslag: in het hele dorp was er niemand die zich niet, uit eigen ervaring of uit overlevering, een streek van de oude Adelheid herinnerde. Die bulldozer. Adelheid kende geen ander belang dan haar eigen belang en geen ander gelijk dan haar eigen granieten gelijk. Waar zij haar hoef plantte, ontbrandden er vetes zonder doel of zelfs maar zonder herleidbare oorsprong.

Adelheid vergat graag dat zij louter door haar huwelijk onderdeel was geworden van een machtige familie. Koppig negeerde ze het gegeven dat het tijdperk van de voorouders van haar man, met hun akkers tot ver voorbij de horizon en hun onderdanige pachters, allang voorbij was. Ze dacht dat het nog steeds heel wat betekende om de oudste hoeve van de streek te bezitten, maar wat kon je daar tegenwoordig in hemelsnaam aan ontlenen? En wat was er trouwens over van Oldenhage?

Tja, in Adelheids ogen blijkbaar nog altijd genoeg om zich boven iedereen verheven te voelen, haar eigen wetten te stellen, mensen zonder krimp te schofferen en te provoceren.

Het plaatsen van de overlijdensadvertentie van Alicia was ook een provocatie geweest. Er viel maar één reden te bedenken waarom Adelheid Alicia's dood zo pontificaal wereldkundig had gemaakt. Het had, gezien de omstandigheden, veel meer voor de hand gelegen als ze het overlijden stilzwijgend en met gebogen hoofd had laten passeren. Dat zou de fatsoenlijkste oplossing zijn geweest. Maar Adelheid Gilissen van Oldenhage had, zoals altijd, haar eigen agenda gehad. Haar advertentie was niet minder dan een beschuldigende vinger naar het hele dorp geweest. De tekst tussen de regels door was: 'Zonder jullie allemaal zou dit fatale ongeval nooit zijn gebeurd. Neem daar nota van.'

Antie tapte een biertje en dronk het in twee, drie teugen op. Haar eigen aandeel in de gebeurtenissen was weliswaar slechts passief geweest, maar het was waar: ze had liever de andere kant op gekeken dan in te grijpen. En dat wordt ook van je verwacht als je een café uitbaat. Aan de toog gebeuren soms dingen die in ieders belang beter binnenskamers kunnen blijven. Maakt het je medeplichtig als je beroepsmatig nu eenmaal overal getuige van bent?

Ook destijds met Marcel Mulders escapade had ze de andere kant op gekeken. Net als haar vriendinnen, die dat volstrekt onberoepsmatig hadden gedaan, haar buurvrouwen, haar drie zusters. Je was allang blij dat het niet je eigen man was die buiten de pot piste. Je was allang blij dat het blonde roofdier een andere prooi had gevonden. Als Marcels vrouw, vermurwd door jaloezie en onmacht, geen zelfmoord had gepleegd, hadden ze de achteloosheid van hun wegkijken nooit ingezien. Pas op dat moment waren ze bij zinnen gekomen. Zou Livia Gilissen Alicia niet van de trap hebben geduwd, dan had een van hen dat wel gedaan.

Geschrokken tapte Antie nog een half glas. Eigenlijk viel het niet te ontkennen dat Livia had gehandeld in de geest van de vele dorpelingen die Alicia liever kwijt dan rijk waren geweest, haast alsof zij dat letterlijk uit hun naam had gedaan. Alleen was iemand dood wensen van een compleet andere orde dan wat Livia daadwerkelijk had aangericht. En bovendien, waarom zouden de vrouwen uit deze gemeenschap zich schuldig moeten voelen terwijl het hun kerels waren geweest die hun poten niet thuis hadden kunnen houden? Het hele drama was hún verantwoordelijkheid. Antie en haar vriendinnen waren misschien wel laf geweest, maar in elk geval niet zo gek dat ze zich met omgekeerde bewijslast lieten opzadelen. Dat was vrouwen al in de hele geschiedenis van de mensheid overkomen.

'Mannen!' zei ze hardop, half verontwaardigd, half verwonderd. Zou het op de een of andere manier helpen als je elkaar beter begreep, of zou er tussen de geslachten juist niets meer mogelijk zijn bij een reëel inzicht in elkaar?

Hoe dan ook, als de Gilissens Alicia niet in huis hadden gehaald, hadden heel veel mensen in het dorp nu geen reden gehad zich bezwaard te voelen over wat er was gebeurd. Ze zouden niet nog steeds krom van schaamte hoeven te lopen, die afschuwelijke emotie die net als water het laagste punt opzoekt en die je daarom wanhopig probeert te kanaliseren, om te leggen naar iets buiten jezelf.

En zo was de cirkel weer rond, en zo was het dus ook te rechtvaardigen dat Madeleine Gilissen, die part noch deel aan de gebeurtenissen had gehad, demonstratief met de nek werd aangekeken wanneer ze in het dorp een boodschap kwam doen: ze was nu eenmaal een Gilissen.

12 maart

08:45

Ik had het rijk alleen. Buiten waren Madeleine en Livia eindelijk de sjalotten aan het poten, Ennis zat in de bijkeuken aan de wasmachine te sleutelen en Maman was na het ontbijt weer terug naar bed gegaan omdat ze zich niet lekker voelde. Ik besloot de gelegenheid te baat te nemen om Oldenhage eens flink uit te mesten. In een gangkast vond ik alles wat ik daarvoor nodig had.

Eerst leefde ik me met de mattenklopper niezend uit op de banken op de deel. Daarna haalde ik de stofzuiger langs de bovenkanten van de kasten. Ik zou ze eigenlijk een stukje van de muur moeten schuiven alvorens de vloer te moppen. Als je iets doet, moet je het ook goed doen.

Het verplaatsen van de kasten ging makkelijker dan ik had verwacht, alsof ze halfleeg waren. Misschien hadden er vroeger antieke serviezen en andere erfstukken in gestaan die de familie de afgelopen jaren noodgedwongen had moeten verkopen. Er werden massa's taaie spinnenwebben zichtbaar, zo lang was er hier al niet schoongemaakt. Juist daardoor viel het me op dat er achter de derde of vierde kast veel minder vettige, zwarte draden zaten. De muur bleek daar volgekladderd met kindertekeningen in viltstift.

Automatisch gingen mijn ogen naar linksboven, de gebruikelijke kijk- en leesrichting, maar al snel had ik door dat ik juist onderaan moest beginnen met het ontcijferen van de muurtekeningen: daar waren de lijnen het scheefst, het klunzigst. Daar was een jong kind gewoon op haar eigen ooghoogte begonnen, om vervolgens van onderen naar boven te werken.

Ik ging op mijn hurken zitten. 'Het hus van Livia, Maddie, papa en oma', stond er onder de eerste tekening, een plompverloren vierkant met een driehoek erbovenop. Uit de schoorsteen dreef een rookwolk. Het leek me het werk van een kind van een jaar of zes. Ennis had gezegd dat dat Livia's leeftijd was toen zijn vrouw overleed. Het leek erop dat het meisje op deze manier had geprobeerd haar nieuwe universum in kaart te brengen: dit was zoals het voortaan zou zijn.

Madeleine was ongeveer even oud geweest als Livia nu, toen de meisjes hun moeder verloren. Voor haar moest het gemis het felst zijn geweest: zij had met haar mama al echt een gezamenlijke geschiedenis opgebouwd, terwijl Livia veel minder herinneringen kon koesteren. Misschien was het daardoor ook gelukt Livia in haar geheugenverlies te laten geloven: als je je zelfs al amper meer kon heugen wie je moeder was geweest, hoe zij had geroken, hoe haar stem had geklonken...

Ik bestudeerde de tekeningen. Ze werden steeds vormvaster en gedetailleerder. Ennis die zijn twee dochters voorttrok op een slee, hij met een rode muts op, zij allebei met een blauwe. Maman met een verjaarstaart in haar handen. De zusjes samen onder een boom met appels zo groot als meloenen. Madeleine op haar fiets. Ennis en de meisjes in een roeiboot waarboven een krans vlinders danste. Portretten van de hele familie. In alle groepstableaus was

Maman de figuur die het grootst was afgebeeld, terwijl ze in werkelijkheid een kop kleiner was dan Ennis. Gaandeweg viel me op dat ik alleen maar lachende monden zag en ik besefte dat Ennis gelijk had: hij was erin geslaagd zijn kinderen een gelukkige jeugd te bezorgen.

Maar nu? Wat betekende het dat een kind aan een relatief onbekende volwassene vroeg: 'Mag ik met jou mee?' Stelde dat niet zoveel voor, of was Livia's vraag een blijk van hoe diep ongelukkig ze thuis was?

Moest ik dit met Ennis bespreken? En Ennis zelf, wat had hij precies beoogd met zijn confidenties van gisteren? Zo openhartig sprak je niet tegen iemand die je op afstand wilde houden. Ik voelde zijn hand nog steeds om mijn vingers. Kon het een toenaderingspoging van zijn kant zijn geweest? Een soort avance, zelfs, en was ik nu aan zet?

Achter me hoorde ik lichte voetstappen. Ik kwam overeind.

'Livia's tekeningen!' riep Madeleine uit.

'Ik ben aan het schoonmaken,' zei ik geschrokken. 'Daarom heb ik de kasten van de muur geschoven.' Zou ze aan me merken hoe ingewikkeld ik het vond om normaal met haar om te gaan nu ik wist wat ze had gedaan? Maddie moordenaar.

'Ach,' zei ze, zichtbaar vertederd. 'Hier, moet je kijken, Ennis met die buil op zijn voorhoofd. Hij had een bal van Livia gemist.'

Direct zag ik een zonnig tafereel voor me. De ganzenwei op een zomerse namiddag, Ennis en zijn jongste telg die met een tennisracket tegenover elkaar lachend van het ene been op het andere sprongen. Ik kon het zorgeloze geluid van het plokken van de bal bijna horen.

'Er zijn er nog meer, hoor,' zei Madeleine. 'Ergens achter die andere kasten. Er is een heel grote van mij, op de combine van Thieu, die is echt geweldig.'

'Wat jammer dat die kasten ervoor staan,' zei ik.

'O, dat wilde Livia zelf. Opeens vond ze het kinderachtig, tekeningen op de muren. Ze heeft geprobeerd ze met een sopje uit te wissen, maar dat is geen doen met viltstift. Dus toen hebben we de kasten maar zo neergezet.'

Zonder overgang zei ik: 'Jij zult je moeder wel erg hebben gemist.'

'Ja,' zei ze eenvoudig. Ze begon aan een andere kast te sjorren. 'Kijk! Deze tekening bedoel ik. Fantastisch toch, voor iemand van... negen was ze toen, geloof ik. We hebben mama's kist ook beschilderd, samen.'

'Wat mooi.'

'Weet je wat Livia na mama's begrafenis deed?' vroeg Madeleine, terwijl ze zich weer afwendde van de tekening van een vuurrode combine die als een prehistorisch monster over de rand van een heuvel rolde, met haarzelf in de cabine. Het was inderdaad ongelooflijk knap gedaan. 'Ze kwam aanzetten met het meetlint van Ennis en wilde dat hij precies opmat hoe groot de deel was. En die maten moest hij op de muur schrijven, daar, bij de deurpost met onze groeiturfjes. De volgende dag zei ze dat ze het nu een keer zelf zou doen. Maar Ennis was blijkbaar niet erg zorgvuldig geweest, of waarschijnlijk was Livia dat niet, dus bij haar kwamen er andere maten uit. "De deel is gekrompen!" riep ze. "De deel is gekrompen!" En dat is dagen zo doorgegaan, nee, weken. Soms was de deel groter geworden, maar soms ook weer kleiner. Ik weet niet meer wat ze het ergst of het prettigst vond.'

Ik keek naar de lange rij getallen naast de deurpost. Wekenlang moest Ennis dat ritueel iedere dag met zijn dochtertje hebben uitgevoerd. Hij had haar niet tegengesproken, hij had haar de kans gegeven om op haar eigen manier in het reine te komen met een wereld die plotseling onbetrouwbaar was geworden. Als hij haar eenvoudigweg had uitgelegd dat het om stomme meetfouten ging, zou hij haar weliswaar de waarheid hebben verteld, maar haar een veel grotere waarheid hebben onthouden: dat je op niets in je leven vast kunt rekenen.

'Ik ga wentelteefjes voor bij de koffie maken,' zei Madeleine. 'Hou je daarvan?'

'Heerlijk,' zei ik, met ineens het gevoel dat ze haar uiterste best deed om het me naar de zin te maken. Probeerde ze zo haar bekentenis van gisteren te verzachten? Hoopte ze dat ik haar niet in een al te slecht licht bezag? Maar het was toch juist de bedoeling dat ik dat wel deed, zodat zij voor haar schuld kon boeten? Misschien wilde ze het wel allebei tegelijk. Het moest geen sinecure zijn om in haar schoenen te staan.

'O, shit,' mompelde ze, 'daar heb ik niet meer genoeg eieren voor. Nou, dan rooster ik het brood wel. Want er is vandaag geen vers brood, sorry. Roep jij Maman even?'

'Doe ik.'

Maar eerst kwam ze met nog een confidentie. 'Weet je wat Maman na mama's begrafenis zei? Ze zei: "Ik was zó zelf in dat graf gaan liggen als ik jullie daarmee dit alles had kunnen besparen."' Ze keek er opnieuw vertederd bij.

Wilde ze haar familieleden zo gunstig mogelijk afschilderen om het contrast met haar eigen slechtheid aan te zetten?

'Maman kon het ook niet helpen dat Ennis nu nog wel een moeder had, en wij niet meer. En trouwens, ze heeft ontzettend lang op Ennis moeten wachten. Opa en zij hadden de hoop al bijna opgegeven. Het had niks gescheeld of zij waren de laatste Gilissens geweest. Maman was al tweeenveertig toen ze eindelijk zwanger werd.'

Was er nog een andere reden te verzinnen waarom ik in al deze familieverhalen werd ingesponnen? 'Tweeënveertig,' zei ik, 'moet je nagaan.'

Madeleine hief haar ogen dramatisch ten hemel. 'Precies! Maar zoals Maman altijd zegt: "Daardoor krijg je wel een heel speciale band met je kind."'

10:59

Er kwam niet meteen antwoord toen ik op Mamans deur klopte. Behoedzaam ging ik haar slaapkamer in, waar het rook alsof er lang geen raam had opengestaan. Wel waren de luiken geopend, waar het wasbleke maartse licht onverschillig door naar binnen viel.

De soberheid die in de rest van de hoeve heerste, was op Mamans kamer ver te zoeken. Over de kap van een schemerlamp hing een rode doek, bestikt met lovertjes. Pauwenveren omkransten een kaptafel met daarop een enorme collectie bestofte parfumflesjes. Overal stonden bijzettafeltjes, beladen met waaiers, boa's en schalen tuttifrutti waarvan de geur allang was verdwenen. Aan de muren hingen posters van de bevallige danseresjes van Degas, verdiept in het strikken van hun spitzen en het strekken van hun wreven, en op de monumentale schouw prijkte een glazen bokaal waarin een paar waxinelichtjes dreven.

Het stoffige boudoir werkte op mijn zenuwen. Snel liep ik naar het bed waarin Maman en opa Gilissen ooit ten langen leste Ennis hadden verwekt. Het was bedekt met een dieppaarse zijden sprei. Daaronder lag, op haar zij en met haar rug naar me toe, de schamele gestalte die op Livia's tekeningen een reuzin was geweest. Maman is gekrompen! Maman is gekrompen!

Luid zei ik: 'We gaan koffiedrinken.'

Ze reageerde niet. Met tegenzin raakte ik haar schouder aan. Nog steeds geen reactie. Ineens gealarmeerd draaide ik haar op haar rug. Haar gezicht had een vreemde, vlekkerige kleur. Ze ademde oppervlakkig. Toen ik aan haar voorhoofd voelde, was dat kokendheet.

Ik deinsde achteruit. In het ziekenhuis hadden ze gisteren nog gezegd dat er niets met haar aan de hand was. Maar dat was gisteren geweest.

13:45

Terwijl we in de keuken gespannen bij de telefoon wachtten, overhoorde Ennis Livia een eindeloze lijst Franse woorden, vermoedelijk niet alleen om haar bezig te houden, maar ook om zelf afleiding te hebben.

Madeleine, en niet hij, was na kort beraad in de ambulance meegegaan naar het ziekenhuis, omdat zij tenminste op eigen kracht weer met de bus naar huis kon komen. Ze had de mobiele telefoon van Ennis meegekregen om het thuisfront van de ontwikkelingen op de hoogte te houden.

Ik zou barmhartig genoeg moeten zijn om me zorgen te maken over Maman, die buiten bewustzijn het huis was uit gedragen, vastgegespt op een brancard. Ik had ook met de ambulance mee kunnen gaan, maar Ennis had me nadrukkelijk gevraagd hier te blijven. En dat moest toch iets betekenen? Telkens als hij tegenover me aan de keukentafel zijn mond opendeed, verwachtte ik dat hij zou vragen of hij me even apart kon spreken, maar hij zei alleen maar 'La maison?' of 'Le chien?'

Ik drukte een plotselinge, onbehaaglijke gedachte weg. Zolang ik bij hem in Oldenhage zat, kon ik weinig kwaad uitrichten met alles wat hij me had toevertrouwd. Bij nader inzien knarsetandde hij misschien van spijt. De consequenties zouden verschrikkelijk zijn als uitkwam dat de Gilissens iedereen, inclusief Justitie, een rad voor ogen hadden gedraaid. 'Ik ga maar even verder met schoonmaken, dan doe ik nog iets nuttigs,' zei ik terwijl ik mijn stoel naar achteren schoof.

'Au revoir,' zei Livia.

'Au revoir, madame,' corrigeerde Ennis.

Op de deel schoof ik de laatste kasten van de muur en verwijderde ik de spinnenwebben die zich erachter hadden verzameld. Er kwam nog een serie tekeningen van Livia tevoorschijn. Ze waren enigszins uitgelopen. Hier moest de poging met het zeepsop hebben plaatsgevonden. Maar de inkt van viltstiften is hardnekkig en alle afbeeldingen waren nog goed te herkennen. Een schoolbus met zwaaiende kinderen achter de ruiten. Een draaimolen met ernaast een schiettent. Een zonsondergang boven zee. Wat was Livia's wereld toen nog groot geweest, en dichtbevolkt bovendien, want ik kwam een hoop portretten van onbekenden tegen. Soms was er een onderschrift, 'meester Huib', meestal niet. En wat had ze een scherp, bijna vilein oog voor karikaturale trekken in een gezicht ontwikkeld. Hier, deze: een blondine met overdreven lange wimpers die zowat tot halverwege haar voorhoofd reikten en felrood gestifte wulpse lippen van oor tot oor.

Alicia.

Het kon natuurlijk net zo goed een leerkracht zijn. Of de moeder van een vriendinnetje. Of iemand uit het dorp. Maar ik wist met iedere vezel in me dat het Alicia moest zijn.

Ze hadden al haar sporen in huis uitgewist, maar dit was het bewijs: ze was hier geweest.

Allicht was ze hier geweest. Hier was ze om het leven gebracht.

Ineens werd ik bang. Er was hier niet alleen een moord gepleegd, ik wist als enige van buiten de familie wie de echte dader was. Ik had me uit de voeten moeten maken voordat iemand me deelgenoot had kunnen maken van de belastende feiten. Of anders had ik dat ten minste meteen daarna moeten doen. Of in elk geval nu! Jezus, ik moest hier weg.

Mijn ogen schoten over de deel naar de deur van de opkamer. Daarachter lagen mijn spullen, alleen kon ik daar beter niet opzichtig mee gaan lopen zeulen. Ik kon ze gemakkelijk missen, en nieuwe tampons waren zó gekocht. Maar mijn handtas met mijn autosleutels erin? Hing die nog in de keuken aan een stoelleuning?

Ik hoorde de telefoon overgaan. Dat kon alleen maar het ziekenhuis zijn; de telefoon in Oldenhage had nog niet één keer eerder gerinkeld zolang ik er was. Ennis zou kortstondig zijn afgeleid, in beslag genomen door het nieuws over zijn moeder. Dit was mijn kans. En daarna zou ik Ennis nooit meer zien.

Bedaar, hart, houd je kop.

Eén tel verlamming maar. Eén tel en toen kwam Ennis de deel al op gestrompeld, de draadloze telefoon tegen zijn oor gedrukt. Hij mimede 'Maddie' naar me. Livia rende achter hem aan en wierp zich zo onstuimig tegen me aan dat ik bijna omviel. 'Maman heeft de waterpokken!'

'Stil maar, Lili,' fluisterde ik tegen het trillende kind. Waterpokken? Had ik via de tweeling van Hiekes dochter het virus naar Oldenhage gebracht?

'Sabine?' Livia had haar armen om mijn heupen heen geslagen. 'Gaat Maman dood?'

Ik hurkte bij haar neer. Moeders gingen dood, oma's gingen dood, het leven was genadeloos. 'Eerst even luisteren naar wat Maddie te vertellen heeft.'

'Ja,' zei Ennis geconcentreerd in de telefoon. 'Oké, duidelijk.' Hij drukte het gesprek weg.

Na een ogenblik vroeg ik onhandig: 'Wil je niet even gaan zitten?'

'Waarom?'

'Papa, gaan we naar Maman toe?'

Ik zag hem schrikken. Met Livia naar buiten? Er was ook nog zoiets als het huisarrest van zijn dochter, haar opgelegd voor een moord die ze niet had gepleegd. 'Dat is niet nodig, poppetje. Toen Maman gisteren in het ziekenhuis was, heeft ze de waterpokken opgelopen, dat heerst op het moment. Maar ze is nu in goede handen. Ze hebben haar een infuus tegen de koorts gegeven. We kunnen niets doen, behalve wachten. Ze bellen ons zodra er nieuws is. Maddie kan daar verder ook niets uitrichten, dus die komt naar huis.'

Ik zag mijn kans schoon. 'Bel haar maar en zeg dat ik haar kom ophalen.'

'Ze neemt de bus.'

'Dat duurt uren! En dan zul je net zien dat zij nog onderweg naar huis is als jij hoort dat je naar het ziekenhuis moet omdat... er nieuws over je moeder is.'

Hij fronste. Als dat gebeurde, wat god verhoedde, moest ik hem rijden. Zou hij in dat geval besluiten Livia mee te nemen, of haar thuis in haar eentje op Madeleine laten wachten? Hemel, alle praktische problemen die je krijgt als je in geheimen verstrikt zit! Op effen toon zei ik: 'Het levert hoe dan ook alleen maar tijdwinst op als ik haar ga ophalen.'

Zonder zijn blik van me af te wenden toetste hij een nummer in. 'Maddie, blijf waar je bent. Sabine komt je halen.' Toen zei hij tegen mij: 'Zet dit nummer even in je telefoon. En geef me ook het jouwe. Je weet maar nooit.'

Dat klonk logisch. Terwijl ik zogenaamd onderweg was naar het ziekenhuis, konden de omstandigheden veranderen. Hij wilde het natuurlijk niet zeggen waar Livia bij was, maar we wisten allebei dat hoge koorts niet ongevaarlijk was bij een stokoude vrouw die al verzwakt was door een operatie.

'Ik pak mijn vest even,' zei ik, om nog iets van mijn bagage te redden.

In de opkamer keek ik voor het laatst in Alicia's spiegel. Ik zou de precieze toedracht van haar dood nooit te weten komen.

Ik haalde mijn handtas uit de keuken. Ennis en Livia stonden nog steeds op de deel, alsof ze tijdelijk door de gebeurtenissen verlamd waren. 'Tot straks,' zei ik zo luchtig mogelijk.

Onverwachts stormde Livia op me af. 'Ik mocht toch met je mee? Dat had je gisteravond beloofd!'

'Belóófd?' bracht ik uit. 'Ik...'

'Wat?' zei Ennis. 'Wát heb jij Livia beloofd?'

'Dat ik mee mocht met haar auto,' riep Livia. Ze ging aan mijn arm hangen.

'Praat geen onzin,' snauwde ik. 'Je weet best...'

'Ben je niet goed bij je hoofd, mens?' siste Ennis. Steunend op zijn ene kruk kwam hij naar me toe, in zijn andere hand had hij nog steeds de telefoon.

'Jij en Maddie en Maman zijn al mee geweest in haar auto, alleen ik nog niet,' riep Livia. 'Omdat ik nooit wat van jullie mag. Maar zij heeft me beloofd...'

'Dat was niet in mijn auto, maar in jullie landrover.' Ik schudde haar van me af. Op één kruk kon Ennis me nooit achternakomen of tegenhouden.

'Hoe durf je Livia zoiets te beloven? Heb je geen hart? Onverantwoordelijk rund!'

Ik draaide me om en rende naar de deur van de koer.

'Hier blijven, jij!'

'Ze verzint maar wat,' riep ik over mijn schouder en toen vloog ik al over de koer met al z'n treurige rommel. Ik rende over het pad naar boven, waar achter het hek mijn auto geparkeerd stond. Het was als in zo'n nachtmerrie waarin je niet vooruitkomt, al malen je benen nog zo hard. Maar ik bereikte het hek en het volgende moment liet ik me in mijn auto vallen. Ik startte de motor en gaf gas. Zonder in mijn spiegels te kijken stoof ik de holle weg op.

De hele rit naar de top van de heuvel zat ik te hyperventileren. Daar waren de vijfsprong en het kruisbeeld met de tekst 'Red ons, Heer'. Het leek weken geleden dat ik vanaf deze plek was gevlucht voor het onweer. Ik zette mijn navigatie aan en tikte op 'Thuis'. Op dat ogenblik hoorde ik de ringtone van mijn telefoon. 'Stik er maar in, Ennis,' zei ik hardop.

15:32

Als de spits in de Randstad straks meeviel, kon ik binnen tweeënhalf uur thuis zijn. Ik moest nodig weer aan het werk. In geen dagen had ik de moeite genomen mijn voicemail of e-mail te checken, ik wist niet eens of ik wel een *out of office reply* had ingesteld toen ik halsoverkop was vertrokken naar de zuidelijkste punt van Nederland om het faillissement van mijn huwelijk te ontvluchten en zo ver mogelijk weg te zijn van Vincent, die ik alleen maar door van hem te houden zo had beknot en ingeperkt dat zijn lot vergelijkbaar was geweest met dat van de opgesloten Livia.

Vanavond nog zou ik achter mijn bureau schuiven om te kijken wat mijn klanten allemaal van me nodig hadden, een kleuradvies voor het houtwerk, hulp bij een formulier van zestig pagina's van Monumentenzorg, een geruststelling, een resolute toezegging, een belofte. 'Wat fijn dat je er weer bent, Sabine. We begonnen ons al bijna zorgen om je te maken, weet je dat?'

Zodra ik alles op de rails had, zou ik een reisje naar Friesland plannen. Daar had ik twee aanpalende, charmante dijkhuisjes op het oog. Fries erfgoed moet qua logies-exploitatiepotentieel niet worden onderschat. Het eerste kievitsei. Het skûtsjesilen. De Elfstedentocht fietsen of misschien zelfs schaatsen. Het jaar rond, zogezegd.

Ik ging snoeihard werken, en wanneer ik weer in tranen dreigde uit te breken omdat dit nu mijn hele leven was, dan kon ik altijd nog met een beker chocolade-ijs onder een deken op de bank gaan zitten of een vriendin bellen met wie ik er samen om zou kunnen lachen. Wie van ons had er nooit pijn geleden, wie van ons had nooit geworsteld met een gebroken hart?

Opeens had ik zin in een sigaret.

Langs de snelweg hoef je nooit lang uit te kijken naar een benzinestation. Net toen ik er een zag opdoemen, ging mijn telefoon opnieuw over. Ik nam de afslag, reed langs de pompen, hoorde de bliep van mijn voicemail, parkeerde mijn auto en liep naar binnen, waar ik mezelf trakteerde op een saucijzenbroodje dat droop van het vet. Mijn taille kon wel wat hebben, ik moest in Oldenhage beslist zijn afgevallen.

Daarna ging ik in de auto zitten roken, telefoon in de hand.

Mijn nieuwsgierigheid won het. Ik belde mijn voicemail.

'Sabine,' zei Ennis met schorre stem. 'Sorry, ik ging mijn boekje daarnet ver te buiten. Aanvaard alsjeblieft mijn excuses. Ik ben... momenteel mezelf niet. De toestand van mijn moeder grijpt me verschrikkelijk aan. Ik hoop dat je daar begrip voor kunt hebben. Maar vooral: vergeef het me dat ik zo... redeloos tegen je tekeerging. Dat heb je nergens aan verdiend. Ik wou dat ik het ongedaan kon maken. Het spijt me. Rij veilig. Tot zo.'

Ik was zo perplex dat ik de verbinding bijna verbrak. Kijk eens aan: op de valreep had ik hem dus toch op de knieën gekregen. Dit bericht ging ik minimaal drie keer afspelen om te zwelgen in triomf, leedvermaak, en wat ik verder nog meer aan minderwaardige emoties kon mobiliseren. Ik koos direct 'opnieuw beluisteren'.

Nee, hij speelde geen toneel. Er was iets deemoedigs in zijn stem wat nieuw voor me was. Het was alsof ik zelfs kon horen hoe om hem heen heel Oldenhage probeerde niet te kraken terwijl hij de woorden van de bodem van zijn ziel schraapte. De boerderij leek de adem in te houden bij dit ongebruikelijke vertoon van nederigheid van haar toekomstige heer en meester.

Mijn verstandige vriendinnen zouden zeggen: 'Hij kan wel zoveel beweren. Hoe weet je nou zeker of hij het meent? Geloof je dat zomaar?'

Ach, ik zat helemaal niet te wachten op de verontschuldigingen van die bullebak. Ik had me niet voor niets uit de voeten gemaakt. In mijn oor was Ennis inmiddels voor de tweede keer halverwege zijn boodschap. 'Tot zo,' zou hij straks op ootmoedige toon eindigen.

Stel dat het Vincent was geweest die een dergelijk bericht had ingesproken. Stel dat mijn ontrouwe echtgenoot de boodschap had achtergelaten dat het hem speet. Dat hij wenste dat hij zijn daden ongedaan kon maken. Vincent zou precies weten hoe hij me weer om zijn vinger moest winden. Die kende mij als zijn broekzak. 'Ik heb je nodig, Sabine.'

Maar het was Vincent niet die me had gebeld. Dat was Ennis geweest, die mijn achilleshiel gelukkig niet kende.

'Tot zo,' hoorde ik hem weer zeggen.

Om de een of andere reden zuchtte ik even. Toen pas merkte ik dat zijn groet helemaal niet het einde van het bericht was: ik hoorde Oldenhage nog steeds om hem heen suizen, zoals alleen stilte kan suizen. Ik kon haast horen hoe er stof neerdaalde – ik had vanochtend met de balken op de deel moeten beginnen, in plaats van met de kasten, ik had die augiasstal veel grondiger moeten uitmesten. Ik hoorde bijna hoe Livia op haar slofjes geagiteerd heen en weer trippelde, nog altijd boos omdat ik haar niet in mijn auto had meegenomen, nog altijd onwetend van de schuld die haar familie haar in de schoenen had geschoven, en meteen zag ik ook Madeleine voor me, die bij de ingang van het ziekenhuis op me wachtte, een onopvallende twintigjarige van wie niemand zou kunnen raden wat ze op haar kerfstok had.

'Sabine,' zei Ennis. Weer pauzeerde hij enige tijd. 'Wat ik nog even wilde zeggen: we kunnen hier echt niet zonder jouw hulp.'

15:58

Ik reed hard om de verloren tijd in te halen. Zeker, er waren nog steeds genoeg redenen om huiswaarts te keren, maar de meest doorslaggevende was verdampt: Ennis beschouwde me dus niet als een gevaar of een risico, nu ik de geheimen van de familie kende. En hij had me inderdaad nodig, ja, zelfs een kind kon begrijpen waarom. Zijn hoogbejaarde moeder lag in kritieke conditie in het ziekenhuis, zelf kon hij geen kant op en zijn dochters waren in feite tot net zo weinig in staat. Ik had geen lulliger moment kunnen kiezen om ertussenuit te knijpen.

Aldus sprak ik, terwijl ik sukkelende auto's rechts inhaalde, mezelf toe om een hatelijke instantie in mij te overstemmen die maar bleef jengelen: 'O ja? O ja? Of wil je nog steeds indruk op die man maken, slappeling?' Aan mijn karakter ging ik later wel schaven, op dit ogenblik was er werk aan de winkel.

Autoritten zijn ideaal om zaken aan de orde te stellen waarover je eigenlijk niet goed durft te beginnen. Dus straks, op de terugweg, zou ik tegen Madeleine zeggen: 'Ach, Maddie. Zou het uiteindelijk niet verstandiger zijn geweest als jij na Alicia's dood schuld had bekend? Waarom toch hebben jullie zo'n heel spiegelpaleis van leugens opgetuigd?'

Misschien zou ze simpelweg antwoorden: 'We moesten wel. Want Ennis, Livia en Maman kunnen toch niet zonder mij?' En dan zou ik haar benijden om haar onmisbaarheid.

Het was gaan regenen toen ik bij het ziekenhuis arriveerde. Er stond geen mens buiten, iedereen die op een lift wachtte was achter de glazen draaideur samengedromd. Ik toeterde. En nog eens. Ik liet mijn koplampen flitsen. Kom op, Maddie. Achter me stuikten de auto's van andere ophalers al op.

Ik parkeerde clandestien op de brede stoep en rende het ziekenhuis in, mijn hoofd tussen de schouders getrokken.

In de hal geen spoor van Madeleine. Was ze nog bij haar grootmoeder? Terwijl ik achteraan aansloot bij een tergend lange rij voor de informatiebalie, checkte ik mijn telefoon. Geen nieuwe berichten. 'Waar ligt Adelheid Gilissen?' bracht ik uit toen ik eindelijk aan de beurt was.

Er werd op een scherm gekeken, er werd gefronst. 'Op de intensive care, mevrouw. Daar mag alleen familie heen. Bent u familie?'

'Ja,' zei ik.

'Lifthal B, tweede etage. Kamer 215.'

Boven liep ik door een klapdeur de intensive care op. De glazen cabine waarin Maman lag, was meteen aan mijn rechterhand. Ik was zo gefocust op het vinden van Madeleine dat het pas daar weer tot me doordrong hoe zorgelijk de situatie van Maman was. Ze lag aan een wirwar van slangen en draden, zo te zien niet bij bewustzijn. De rode puntjes van de waterpokken wekten de indruk dat haar gezicht met bloed bespat was.

Daar stond ik dan, aan het bed van een vreemde voor wie ik weinig meer dan plichtmatige deernis voelde. Aan het hoofdeinde was Persis, de verpleegkundige die we van de week tegen het lijf waren gelopen, bezig een hele verzameling zakken vloeistof aan een infuusstandaard te hangen.

'Hoe gaat het hier?' fluisterde ik.

'Nog steeds niet stabiel,' zei Persis. 'Het is eigenlijk beter als mevrouw momenteel geen bezoek krijgt.'

'Hebt u haar kleindochter gezien, die hier vanmiddag was?'

'Nee, het spijt me, mijn dienst is net begonnen.'

Ik sloop de kamer uit. Hoewel ik zeker wist dat Maman mijn aanwezigheid niet had opgemerkt, vermoedde ik dat ze het vreselijk zou vinden dat ik haar zo weerloos had gezien.

Beneden in de hal zag ik Madeleine nog steeds niet. Ook buiten, waar het inmiddels droog was, was ze niet te bekennen. Ze moest op de bus zijn gestapt, het wachten beu. Ik pakte mijn telefoon en koos het nummer van het toestel dat Ennis haar had meegegeven. Ik zag voor me hoe zij het naar haar oor zou brengen, een beetje plechtig, maar ook opgewonden: nu was zij net als al haar leeftijdgenoten in de bus in de weer met een mobieltje.

Ik kreeg de voicemail. 'Maddie,' zei ik, 'ik sta hier voor het ziekenhuis, maar jij bent vermoedelijk al onderweg naar huis. Ik rij dus ook terug naar Oldenhage, en als ik je onderweg ergens kan oppikken, geef dan even een seintje.'

Het zou best kunnen dat ze zich had verheugd op de busrit: een zeldzaam uurtje voor zichzelf, zonder voor iemand te moeten zorgen, zonder met iemand rekening te hoeven houden. Helemaal alleen op pad. En niemand die haar kende en haar scheef aankeek.

Ik hoopte dat ze er met volle teugen van genoot. Het leek me in elk geval een stuk gezonder dan de verplichting te voelen onzichtbaar boete te moeten doen.

17:37

Livia zat aan de keukentafel te schrijven. Een brief voor Maman, zei ze. Ennis was in de schuur met iets bezig, mompelde ze.

Mij best, want ineens stemde het me verlegen om hem weer onder ogen te komen. Dat aardige bericht van hem vereiste natuurlijk een reactie.

Er lagen flink wat aardappelen in de mand onder de gootsteen, Madeleine moest vanochtend de voorraad hebben aangevuld. Er waren ook uien en winterpenen. Duidelijk: vanavond hutspot. Ik schilde de aardappelen, schrapte de wortelen, sneed de uitlopers van de uien en zette alles onder water alvast op het fornuis.

'Eten we geen kip, dan?' vroeg Livia, opkijkend. 'Maddie heeft een kip klaargelegd in de koelkast.'

'Ja, kip met hutspot,' zei ik.

'Dat eten wij nooit. Je moet de kip in de oven leggen, in Mamans braadslee, met daarbij wat er vandaag aan groenten is.'

'O. En de aardappelen apart?'

'Ja, die moet je bakken in de koekenpan. Dat hoort zo, bij kip.'

Ik haalde de pan weer van het fornuis en gooide de inhoud in een vergiet. 'En moeten de aardappelen in schijfjes of in blokjes?'

Ze begon traag op de achterkant van haar pen te kauwen. Na een tijdje zei ze: 'In bootjes. Waar is Maddie?'

'Ze komt met de bus. We zijn elkaar misgelopen,' zei ik terwijl ik de aardappelen uit de vergiet viste en op een snijplank legde. Ik vroeg me af of ik de oven niet al moest voorverwarmen. Een maaltijd bereiden in andermans keuken is best een opgave. Thuis een maaltijd bereiden trouwens ook. Vincent had die taak meestal op zich genomen. Hij kon met zijn ogen dicht een roquefort-sladressing maken waarvan je ging kreunen. Hoe had hij kip uit de oven ook alweer aangepakt? O ja, eerst bekleedde hij de kip met plakjes biologische coburgerham en dan overgoot hij hem met een romige saus van eigen makelij, waarin kappertjes, witte wijn en crème fraîche de hoofdrol speelden. Rijkemenseneten.

Mijn oksels begonnen te prikken.

Ennis kwam binnen en hinkepinkte naar de gootsteen om zijn handen te wassen. 'Zo,' zei hij in het algemeen, 'iedereen is weer op honk.'

'Behalve Maddie,' zei Livia. 'Die is toch met de bus gegaan.'

Verbaasd wendde haar vader zich tot mij. Hij zag er grauw en afgetobd uit. 'Hoezo? Ik heb verdomme bij haar ingesproken dat ze op jou moest wachten.'

Van zijn deemoedige houding was nu al niets meer over. Tartend zei ik: 'Misschien weet ze niet hoe de voicemail werkt.'

Hij gromde wat terwijl hij op zijn horloge keek. Meteen had ik spijt. Die man was overstuur, in gedachten was hij zijn moeder wellicht al de hele middag aan het begraven. Hoe zou hij zich voelen? 'Jullie zitten gewoon te wachten op mijn dood,' had Maman gezegd. 'Je vader denkt dat hij dan eindelijk zijn eigen gang kan gaan, Livia. Hoe eerder ik onder de zoden lig, hoe liever het hem is.' Was dat Mamans nurksheid geweest, of zat er een kern van waarheid in?

'Moet je horen,' zei Livia. Op declamerende toon las ze voor: 'Lieve Maman, gaat het al wat beter met je? Ik hoop dat iedereen in het ziekenhuis aardig voor je is en dat ze er lekker eten hebben.'

'Heel mooi, Lili,' zei Ennis verstrooid, terwijl hij naast haar ging zitten. Op dat moment ging de telefoon. 'Maddie!' blafte hij in de hoorn. Toen verstrakte hij. Eerst zag ik zijn gezicht spierwit worden en daarna trok hij zo'n pijnlijke grimas dat ik mijn blik moest afwenden. 'Goed,' hoorde ik hem zeggen. 'Dank u.'

Ik liet een glas water vollopen. Hij zag mijn uitgestoken hand niet eens. Ik zette het glas voor hem op tafel.

'Papa?' vroeg Livia onzeker.

'Oké,' zei Ennis met zichtbare moeite. 'We gaan erheen. Pak je jas, Livia.'

Het meisje leek totaal overdonderd. Ze bleef stokstijf zitten. 'Wat zei Maddie dan?'

'Het was Maddie niet. We moeten naar het ziekenhuis. Het gaat niet goed met Maman.'

'Ennis,' fluisterde ik. 'Laat me je geld voor een taxi geven. Dan blijf ik hier met Livia.'

'Nee,' riep Livia. 'Ik wil mee!' Ze vloog de keuken al uit.

Ennis wreef in zijn ogen. 'Nee, jij rijdt. En ik bepaal verdomme zelf wel wat het beste voor mijn dochter is. Ze moet de gelegenheid krijgen om afscheid van haar grootmoeder te nemen. Gelukkig heeft Maddie Maman vanmiddag nog gezien. Ze had allang thuis moeten zijn, dus waarschijnlijk komen we haar zo tegen als ze van de bushalte hierheen loopt, maar ik zal voor de zekerheid een briefje voor haar neerleggen.'

Hij had de hele middag de tijd gehad om over alle scenario's na te denken, hij zou wel weten wat hij deed. 'Wat zeiden ze precies?' vroeg ik beschroomd.

'Dat het een kwestie van uren is. Livia! Opschieten! Heeft dat kind haar pillen trouwens wel ingenomen?' Hij kwam overeind, trok een lade onder het aanrecht open, haalde het doosje pillen tevoorschijn, peuterde er een strip uit, bestudeerde die en stak hem terug.

Meestal herinnerde ik me niet meer door welke emotionele storm ik was gegaan op die mistige novemberavond waarop ik hoorde dat mijn ouders waren verongelukt. Maar het kwam ineens allemaal bij me terug: de scheuten onstelpbaar verdriet en de noodzaak om je hoofd erbij te houden, dingen te regelen, te handelen.

Voor het eerst sinds ik hem had ontmoet, wist ik hoe Ennis zich voelde.

Op zijn krukken werkte hij zich de keuken uit. 'Livia! Nondeju, Lili, we hebben geen tijd voor getreuzel! We hebben geen tijd!'

Ik rende achter hem aan.

In het jeansjasje dat haar al jarenlang te klein was, en nog steeds op de slofjes die ze al sinds haar elfde aan haar voeten moest hebben, stond Livia op de deel voor de deur van de koer, haar armen gespreid om ons de doorgang te verhinderen. Ze beefde van top tot teen. 'Ik ga mee hoor, ik ga mee, jullie gaan echt niet weg zonder mij, echt niet!'

Ennis liet een van zijn krukken los en tilde haar op bij de kraag van haar jack. Haar voeten wipten even van de grond. 'Lilliebillie van me,' zei hij teder, 'waar zouden we ooit zónder jou heen gaan?'

19:12

We kwamen te laat.

Maman was al losgekoppeld van de apparaten. Het leek niet of ze sliep, ze was zichtbaar dood en ontzield. Haar mond was in een akelige grijns verkrampt, alsof ze haar laatste momenten op aarde had besteed aan het gretig vervloeken van haar vijanden.

'Heeft ze geleden?' vroeg Ennis hees. Zonder zijn moeder aan te raken stond hij naast het bed.

'Ze heeft er niets van gemerkt. Ze is gewoon weggegleden,' zei verpleegkundige Persis. 'Ik zal u even alleen met haar laten.'

Livia's kleine hand in de mijne was ijskoud. Ze stond zachtjes te hijgen. Wat een rentree in de wereld was dit voor haar. In de auto was ze steeds apathischer geworden. Het ritje waarop ze zich zo had verheugd, had al ver boven haar macht gelegen. En nu, bij de aanblik van haar overleden oma, was ze er helemaal beroerd aan toe. Ennis had wijzer moeten zijn. Je kunt een kind dat twee jaar niets anders heeft gezien dan de muren van haar huis en het hek van haar erf, niet pardoes meesleuren naar een doodsbed.

'Wil je even naar buiten?' fluisterde ik.

Ze knikte.

Op de gang van de intensive care leunden we samen woordeloos tegen de muur. Af en toe kwamen er bezoekers door de klapdeuren, hun gezichten getekend door vrees of verdriet. Ik vroeg me af of Ennis nu het koude voorhoofd van Maman streelde. Haar dood leek hem toch nog te hebben overvallen. Als iemand zo lang leefde als zij vergat je misschien wel dat ze gewoon een sterfelijk wezen was.

'Alles draait zo,' mompelde Livia.

'Ga maar even zitten en doe je hoofd tussen je knieën.'

Ze liet zich op het grijze linoleum zakken. Met één hand hield ze mijn enkel omklemd. Livialief, had Maman haar altijd genoemd.

Verdorie, waarom liet Madeleine niets van zich horen? Altijd zo verantwoordelijk, en net nu het erop aankwam... Mijn god, er zou haar toch niets zijn overkomen?

Verpleegkundige Persis doemde voor me op. Ze vroeg me iets.

'Sorry?' zei ik. 'Ik was er niet helemaal bij.'

'Dat geeft niet, hoor. Wilt u straks helpen bij het wassen van mevrouw Gilissen, of laat u dat liever aan mij en mijn collega over?'

'Misschien dat Ennis... Zal ik het hem vragen?'

'Ja, graag.' Ze keek alsof ze nog iets wilde zeggen, maar toen viel haar blik op Livia. 'Oei, gaat het wel goed met die kleine?' Ze hurkte neer. 'Ik heb wel een bed voor je, hoor. Wil je even gaan liggen?'

Livia keek op. 'Ik wil Maman,' zei ze toonloos. 'Ik wil mijn oma.'

Elders, diezelfde avond

Persis was met een beker noedels in de verpleegkundigenkamer gaan zitten, klaar voor de overdracht aan de nachtdienst. Het was geen bijzonder opmerkelijke avond geweest. Toch was ze uit haar doen. Ze kon er de vinger niet op leggen, maar ze had het gevoel dat ze ergens een fout had gemaakt, een vergissing had begaan. Niks fataals, maar net genoeg om haar dwars te zitten.

Misschien moest ze gewoon een keer op tijd naar bed, in plaats van straks weer te gaan stappen. Maar ja, zelfs na een rustige woensdagavonddienst stond je niet meteen in de slaapstand.

Haar collega's kwamen al van de afdeling binnengedruppeld, en van de nachtdienst arriveerden ook de eersten, met vochtige wangen van de mist. Persis trok de clip uit haar haren en woelde ze los. Eentje dan, maar niet bij de Alla, want daar zou het weer de halve nacht dansen worden. Aan de andere kant: hoelang bleef je jong, hoeveel tijd had je?

Toen het haar beurt was, sloeg ze de bovenste status open van de stapel die op haar knie balanceerde. 'Mevrouw Gilissen, de patiënte met waterpokken, is vanavond om half zeven overleden.' Die vrouw was zesennegentig geweest, dat noemde je een voldragen leven. Persis had haar amper bij bewustzijn meegemaakt. Ze had maar één keer een paar woorden met haar gewisseld, toen ze elkaar hier laatst in een gang tegen het lijf waren gelopen, mevrouw aan de arm van haar schoondochter of zo, ja, het moest haar schoondochter zijn geweest, want vanmiddag was ze weer opgedoken.

'Persis?' vroeg haar leidinggevende.

'O, sorry.' Ze keek in haar volgende status en concentreerde zich weer gewetensvol op de overdracht. Maar toen ze tien minuten later haar fiets van het slot haalde, sloop wijlen mevrouw Gilissen opnieuw haar gedachten binnen.

Het is voor nabestaanden heel bitter wanneer ze de laatste momenten van hun dierbare niet persoonlijk meemaken. Als verpleegkundige kun je de eindstrijd dan gelukkig wel een beetje verbloemen – 'Ze heeft er niets van gemerkt, ze is gewoon weggegleden' – maar soms zeggen mensen op hun sterfbed dingen waarvan je zeker weet dat je ze moet doorgeven omdat ze de achterblijvers troost zullen bieden. Woorden van spijt of berouw of vergeving, woorden die op de valreep nog iets rechtzetten, die alsnog een einde maken aan misschien wel een half mensenleven van onmin of misverstanden.

Daar hoor je zorgvuldig mee om te gaan. Maar doordat dat kleinkind van mevrouw Gilissen zowat in elkaar was gezakt, was ze helemaal vergeten wat ze tegen de familie had willen zeggen. Had moeten zeggen.

Ze stapte op haar fiets, ontevreden over zichzelf. Een automobilist toeterde geschrokken toen ze veel te krap schuin voor hem langs links afsloeg. Ze stak haar middelvinger naar hem op. Dood gaan we toch, eikel, dacht ze, we komen hier geen van allen levend vandaan.

Fuck, ze was echt in gebreke gebleven tegenover de familie Gilissen. Terwijl haar laatste seconden wegtikten, was de oude mevrouw steeds meer gaan woelen en ijlen. Wat moest sterven toch een eenzaam avontuur zijn, helemaal in je eentje het ongewisse tegemoet. Op weg naar misschien wel de finale afrekening over je leven.

Ze kwakte haar fiets tegen een gevel in de steeg naast de Alla. Er viel nu toch niets meer aan te doen.

'Hé, Bennie,' zei ze tegen de uitsmijter.

'Zuster Persis! Hoeveel levens heb je vandaag gered?'

'Ik doe mijn best,' zei ze. 'Maar het lukt helaas niet altijd.'

'Het spijt me,' had haar patiënte op het laatste moment zó glashelder en zó wonderlijk coherent uitgeroepen dat ze het nu nog kon horen. 'Je had gelijk, Ennis. Ik had naar je moeten luisteren.'

13 maart

10:37

Irma had aan de telefoon beloofd dat ze zo snel mogelijk zou komen, maar de ochtend was al half om toen ze eindelijk arriveerde. Voor een maatschappelijk werkster zag ze er behoorlijk flamboyant uit, met haar kokerrokje, haar naaldhakken en haar lange, cyclaamrood gelakte nagels. Ze condoleerde Ennis met het verlies van Maman, gaf mij een opmerkelijk stevige hand en vroeg toen hoe het onder de omstandigheden met Livia ging.

'Daar komen we zo op,' zei Ennis. Hij was ongeschoren en had wallen onder zijn ogen. 'We hebben niet met één crisis te maken, maar met twee. Maddie is sinds gistermiddag verdwenen.'

Irma ging abrupt aan de keukentafel zitten. 'Wat is er gebeurd?'

'Hoe drink jij je koffie?' vroeg ik, vermoedend dat Ennis niet op het idee zou komen haar iets aan te bieden.

'Zwart,' zei ze. Haar blik leek te suggereren dat mijn aanwezigheid in dit huis haar verbaasde.

Terwijl ik de zoveelste pot koffie van die ochtend zette, vertelde Ennis toonloos hoe we eerst nog hadden gedacht dat Madeleine de bus naar huis had genomen. Ik beet op de binnenkant van mijn wang. Als ik gisteren linea recta naar het ziekenhuis was gereden in plaats van eerst halfslachtig op de vlucht te slaan, zou zijn dochter daar dan gewoon op me hebben staan wachten?

'Politie al gebeld?' vroeg Irma.

Ennis zei: 'Ja, maar ze is meerderjarig, en die agent beweerde dat ze er niet aan kunnen beginnen om een opsporingsbevel uit te vaardigen voor iedere twintigjarige die een nachtje niet komt opdagen.'

'Dát ga ik even opvolgen,' zei Irma. Ze tikte iets in op de tablet die ze uit haar Gucci-tas had gehaald. 'Wat een ellende, Ennis. Ik begrijp je bezorgdheid.'

'We hebben het ene bericht na het andere bij haar ingesproken!'

'Mensen raken hun telefoon soms kwijt. En misschien was ze zo upset over haar oma dat ze even alleen wilde zijn.'

'Ze hoort híér!' Ennis sloeg zowat een deuk in de keukentafel. 'Ze kan hier niet gemist worden. Zeker nu niet. We moeten mijn moeder begraven. Dit is niets voor Maddie. Ze kan wel ergens dood in een greppel liggen!'

Irma legde haar hand even op zijn arm. Het was beslist een hartelijk gebaar. 'Denk nou niet meteen het ergste. Ik zal contact met de politie opnemen. Maar nu wil ik eerst weten hoe Livia zich houdt. Waar is ze?'

'Ze zal wel in de kas zitten. Daar verschuilt ze zich al van kleins af aan als de dingen haar te machtig worden.'

'Dit is niet het moment om op alle slakken zout te leggen, maar je hoort te wéten waar ze is.'

'Dat zeg ik toch?' snauwde Ennis. Dreunend verliet hij de keuken.

Ik zette een kopje koffie voor Irma neer.

'Dank je,' mompelde ze. Opnieuw keek ze me een beetje eigenaardig aan. Ze aarzelde even. Toen zei ze: 'Mijn moeder dacht dat jij had besloten naar huis te gaan.'

'Je moeder? Hoe bedoel je?'

'Hieke.'

'Wat, ben jij de dochter van Hieke? Met de zieke tweeling?'

Ze knikte, zichtbaar enigszins ontdooiend.

'Dus jij dacht dat ik een journalist was.'

'Nou ja, wat heeft een mens hier anders te zoeken?'

'Ik heb hier voor je moeder een cake bezorgd, en toen...'

'En toen kwam van het een het ander. Ik weet het, ik weet het. Blijkbaar ben je een geboren barmhartige samaritaan.' Ze lachte naar me, als om haar woorden te verzachten.

Tot mijn verbazing flapte ik eruit: 'Of iemand die momenteel niet zoveel eigen leven heeft.' Ik voelde dat ik een kleur kreeg. Toch viel mijn schaamte over deze bekentenis gek genoeg wel mee. Je miserabele werkelijkheid wordt er weliswaar niet beter op als je haar hardop erkent, maar door haar te verwoorden wordt ze wel een stuk gewoner. Falen lijkt zo'n individuele stupiditeit, alleen, wie heeft er nooit gefaald?

Irma nam een slok van haar koffie. 'Hoe dan ook,' zei ze, 'het is natuurlijk alleen maar goed dat er in Oldenhage eindelijk weer eens iemand over de vloer komt. Vertel me eens, wat is jouw indruk? Jij kijkt er met een frisse blik tegenaan.'

Ze nam kennelijk aan dat ik op de hoogte was van de akelige gebeurtenis van twee jaar geleden, en ook van haar rol in deze familie. Ze had er geen idee van dat ik veel meer wist dan zij. 'Het is geen eenvoudige situatie,' zei ik op mijn hoede.

Ze trok een rimpel in haar voorhoofd. 'Is Livia erg ontdaan over haar grootmoeder? En nu Madeleine ook nog verdwenen... Wat denk jij? Zou ze er opzettelijk vandoor zijn gegaan?'

Om mijn verwarring te verbergen stond ik op en pakte de koffiepot van het aanrecht. 'Acht jij haar daartoe in staat, dan?' vroeg ik. 'Maddie is er zó van doordrongen dat ze hier onmisbaar is.' Om nog maar te zwijgen over haar schuld-en-boeteproject en haar zelfverkozen opsluiting in dit huis. Maar daar kon ik natuurlijk niet over beginnen.

'Ik breek me er al jaren het hoofd over waarom ze zichzelf zo wegcijfert,' zei Irma. 'Ze was achttien toen... toen het ongeval plaatsvond. Op die leeftijd popel je toch om aan je eigen leven te beginnen? Ze moet een zucht van verlichting hebben geslaakt toen Ennis... nou ja, toen Ennis verliefd werd op Alicia.'

De koffiepot glipte uit mijn handen.

'Woa!' riep Irma uit, wegduikend.

Ik greep een theedoek en wist de dampende plas koffie te stelpen voordat hij over het tafelblad in haar schoot lekte. 'Sorry. Maar ik onderbrak je.'

'Ik bedoel, een verbintenis tussen Alicia en haar vader kwam Madeleine toch prima van pas? Want in dat geval kon ze met een gerust hart de deur achter zich dichttrekken. Ennis en Maman leunden al jaren veel te zwaar op haar. Wat moet ze hebben uitgekeken naar iemand die haar plaats in het huishouden kon innemen! En dan gooit uitgerekend haar eigen kleine zusje uit jaloezie roet in het eten. Zo tragisch. Ik heb altijd al gedacht: op een dag ziet Madeleine haar kans schoon en neemt ze de benen.'

Uitvoerig spoelde ik de theedoek uit onder de kraan. 'Maar waarom nu?'

'Misschien omdat we met Livia's behandelplan een nieuwe fase ingaan. Als Livia wat zelfstandiger wordt, kan Madeleine hier makkelijker worden gemist.' Ze boog haar hoofd en mompelde: 'Alleen is dit natuurlijk niet het moment om de medicatie af te bouwen.' Ze hernam zich. 'Hoe neemt Ennis het zelf trouwens op, van zijn moeder?'

'Hij wil dat ze thuis wordt opgebaard. Straks komt de begrafenisondernemer. Maar hij is zo ziek van de zorgen om Madeleine dat hij...'

'Thuis opbaren?'

'Hij wil bij haar waken, zegt hij.'

De keukendeur ging open en Ennis kwam binnen. Zijn mond was een smalle streep, zijn ogen stonden zwart. 'Mijn dochter wil niet met je praten, Irma. En gezien de omstandigheden ga ik haar daar niet toe dwingen.'

Irma begon te protesteren, Ennis hield voet bij stuk, maar ik luisterde niet naar ze. Dus Ennis en Alicia hadden samen iets gehad. Waarom bracht dat me toch nog van mijn stuk? Het was nota bene meteen door me heen geflitst toen Maman beweerde dat Livia Alicia van de trap had geduwd. Het was ook bepaald geen wonder dat iedereen in dat verhaal was getrapt. Er had voor Livia een hoop op het spel gestaan: een stiefmoeder in huis, een vrouw met wie ze haar vader zou moeten delen. Terwijl haar meerderjarige zus die nieuwe situatie de rug had kunnen toekeren. Zíj had haar koffers kunnen pakken. Zíj zou niet hoeven meemaken dat Alicia aanhalig bij haar vader op schoot kroop en haar naar haar kamer stuurde.

'En het moet me ook nog van het hart, Ennis,' zei Irma, die met vinnige gebaren bezig was haar tas in te pakken, 'dat ik het geen goed idee vind om je moeder hier op te baren, met alle respect voor je wens. Je moet je realiseren wat dat bij Livia teweeg kan brengen.'

'In onze familie,' snauwde Ennis, 'worden de doden al generaties lang vanuit dit huis begraven. Dat is de traditie, en het is belangrijk dat Livia dat meekrijgt. Of ga je me soms vertellen dat het beter is dat ze geen traan om haar oma laat? Beter dat ze niet leert haar doden te eren? Mens, laat je nakijken.'

Met gespreide vingers streek Irma haar haar uit haar gezicht. Toen zei ze rustig: 'Die woorden zal ik maar vergeten, Ennis.' Ze stond op. 'Dank voor de koffie, Sabine. En ik ben blij dat er hier tenminste nog enig gezond verstand aanwezig is.'

Ontwijkend zei ik: 'Ik zal je even uitlaten.'

'Doe geen moeite, ik weet de weg.'

Uiteraard: ze kwam hier al twee jaar lang wekelijks. En hoewel zij zich in de luren had laten leggen over de toedracht van Alicia's dood, kende ze de bewoners van dit huis oneindig veel beter dan ik. Ik kreeg het warm. Had Madeleine eigenlijk wel een motief gehad om Alicia van de trap te duwen?

Dat strookte niet met Irma's veronderstelling dat Maddie reikhalzend moest hebben uitgekeken naar iemand die haar plaats in Oldenhage zou kunnen innemen. Naar precies zo iemand als Alicia. Of iemand zoals ik. Had ze daarom, na haar aanvankelijke aarzeling, zo haar best gedaan om me hier te houden? Omdat ze in mij een potentiële opvolgster van Alicia had gezien?

12:45

Na Irma's vertrek moest ik vechten tegen de aandrang om Madeleines kamer ondersteboven te keren. Misschien was er een dagboek. Of misschien wees een overhoopgehaalde kledingkast erop dat ze tijdens het wachten op de ambulance voor Maman had besloten dat dit haar kans was om ertussenuit te knijpen. Ennis had gisteravond haar kamer al doorzocht, wist ik. Maar hij was haar vader.

Hij zou vast niet op de gedachte komen dat zijn dochter misschien al jaren iedere euro hamsterde die ze aan de boodschappen overhield. Genoeg voor een treinkaartje, een goedkope overnachting, een paar maaltijden. Of misschien was Maddie veel dichterbij dan we dachten en had ze aangeklopt bij een van de vele kloosters in deze streek. Zat ze daar nu onder het welwillende oog van een bleke moeder-overste de rest van haar zogenaamde boetedoening uit. Katholieken zijn verzot op zondaars. Daar drijft hun systeem op.

Maar waarom claimde Madeleine boete te willen doen voor een daad waarvan het hele justitiële apparaat haar niet had verdacht omdat die inderdaad volstrekt onaannemelijk was? Ze had helemaal geen reden gehad om Alicia naar het leven te staan.

'Ik ga even een luchtje scheppen,' zei ik tegen Ennis, die met zijn hoofd in de handen aan de keukentafel zat.

'Voer de geit dan meteen, wil je?' mompelde hij.

Buiten was het windstil, maar op een voelbaar onbestendige manier. Ik liep rechtstreeks naar de kas. Het glas was nog meer beslagen dan anders.

Onder een van de werkbladen vol zwarte plastic potten zat Livia weggedoken. 'Ik kom er even bij zitten, goed?' zei ik.

Ze antwoordde niet, maar schoof welwillend een stukje op.

'Irma is weg, hoor.'

Ze zuchtte.

'Wat een toestanden allemaal, hè?'

Ze zuchtte nog dieper.

'Zal ik straks je haar even lekker wassen?'

Nu keek ze me zijdelings aan, haar blik een stuk rustiger

en helderder dan ik had verwacht. 'Nee, dat doe ik pas na de begrafenis van Maman.'

'Hoort dat zo?'

'Ik vind van wel.' Tussen duim en wijsvinger plukte ze een vette haarstreng van haar hoofd, keek er enigszins scheel naar en streek hem toen achter haar oor. Ze kwam een beetje overeind en leunde tegen mijn zij. Ik legde mijn hand op haar magere heup. 'Livialief,' mompelde ik.

Verderop op het erf mekkerde de geit furieus om zijn brokken.

'Hadden we maar een paard,' zei Livia.

'Ja, dan sprongen we erop.'

Ze begon te huilen.

'Zullen we naar het bijenveld gaan? De bijen gaan gewoon door met honing maken, hoor. Ze laten zien dat de wereld altijd blijft draaien, ook als je denkt dat-ie is vergaan.'

Ze hikte tegen mijn schouder.

'Kom op, dan.'

We sjokten van de kas naar de eerste wei, waar de ganzen zacht gakkend liepen te grazen zonder acht op ons te slaan.

'Ze zijn gisteravond niet opgehokt,' zei Livia geschrokken. 'Daar moet je straks aan denken, Sabine, voordat het donker wordt. Er zijn hier vossen.' Ze klom op de onderste spijl van het hek dat de ganzenwei scheidde van het weiland waar de bijenkasten stonden. 'Zie je die kleuren? Maman en ik hebben de kasten samen geverfd.'

Ik tuurde naar de bladderende verf. 'Vast al een tijdje geleden.'

'Maman bedacht altijd van die leuke dingen.' Nieuwe waterlanders. Driftig veegde ze haar wangen droog. 'We kunnen ook naar mijn kamer gaan en een kussen naaien voor in haar kist. Dat hebben we voor mama ook gedaan.' Het leek haar niet te verbazen dat ze alles van vroeger nog zo precies wist. 'Ik heb ergens nog van die stof met van die sliertjes, weet je wel, dat zachte sliertjesspul.'

'Heeft je oma je dat geleerd, kussens naaien?' In gedachten zag ik Maman weer achter haar mand met verstelwerk zitten. In dit beladen huishouden waren de dagen net zo goed gevuld geweest met volstrekt ongeheimzinnige handelingen. Een knoop aanzetten. Maaltijden koken. De ganzen ophokken. Alledaags en onschuldig. Doodgewoon.

Livia knikte. 'Je moet niet twee losse vierkanten knippen, maar een lap dubbelvouwen, dat scheelt een hele kant afhechten. Heb jij ouwe panty's om erin te stoppen?'

'We vinden wel wat.' Het leek me dat Irma zich geen zorgen over Livia hoefde te maken. Ik vond haar reacties op haar grootmoeders dood niet in het minst alarmerend of vreemd.

Ze liet zich van het hek op de grond zakken. 'We kunnen ook een kussen in de vorm van een hart naaien. Alleen is dat een stuk moeilijker. Dat heeft Maddie toen gemaakt.'

Zo onaangedaan als ze over haar vermiste zus praatte... Had ze Madeleines verdwijning in een apart compartiment in haar hoofd in de wacht gezet? Een pauze, totdat ze in staat zou zijn om ook haar afwezigheid te kunnen accepteren? Ze was al in paniek geweest toen Maddie na haar bezoek aan de apotheek langer dan verwacht was weggebleven.

'Waar bleef je nou? Waarom was je zo lang weg? Ik was bang dat je niet meer terug zou komen!'

'Lili toch. Alsof ik zoiets zou doen.'

Alsof Maddie zoiets zou doen. Nee, natuurlijk niet. Met ingehouden adem vroeg ik: 'Heeft Madeleine nog iets tegen je gezegd voordat ze met Maman meeging in de ambulance?'

Livia hief haar handen op schouderhoogte terwijl ze haar wenkbrauwen optrok. Ze zag er opeens uit als een klein, zelfverzekerd clowntje. 'Ja. Dat jij me alles zou uitleggen. Vertrouw maar op Sabine, dat zei ze. Vertrouw maar op Sabine, en wees niet ongeduldig. En Maddie heeft nog nooit iets tegen me gezegd wat niet waar is, hoor.'

13:20

We waren net op tijd binnen om te zien hoe de begrafenisondernemer Maman in een blankhouten kist de serre in reed. Met de handen op de rug stond Ennis toe te kijken, bijna onherkenbaar in een zwart pak. Het had onmodieuze brede revers en de schouders glommen, maar het stond hem goed, het maakte hem slanker, rijziger. Was hij in dit pak decennia geleden getrouwd? Zuinigheid en vlijt. Daarmee bouwde je huizen als kastelen.

Had ik mijn weekendtas maar wat zorgvuldiger ingepakt. Meestal nam ik wel een net jasje en een rokje mee.

'U moet het koelelement aan laten staan,' zei de begrafenisondernemer. 'En de kist 's nachts bij voorkeur sluiten. Anders raakt uw moeder onvermijdelijk toch wat uit vorm.'

Livia was naast haar vader gaan staan en had zijn mouw vastgepakt.

'Haalt u het deksel er nu in elk geval maar af,' zei Ennis.

De man boog zich over de kist. 'En ten overvloede, meneer Gilissen, als u zich nog bedenkt en toch rouwkaarten wenst, moet ik voor vier uur vanmiddag de tekst hebben.'

'We begraven haar in besloten kring,' zei Ennis kortaf.

'Ook in dat geval zijn kaarten niet ongebruikelijk.' De man tilde het deksel van de kist en zette het schuin tegen de wand. Toen stapte hij achteruit en vouwde zijn handen voor zijn gulp.

Livia ging over de rand van de kist hangen. Het koelelement zoemde dwingend, waardoor het leek of de oude vrouw tussen haar geliefde bijen lag. 'Hoi Maman,' fluisterde ze. 'Je bent weer thuis, hoor.'

'Hebben we nog ergens kaarsen, poppetje?' vroeg Ennis.

'Maddie heeft kaarsen op haar kamer.'

'Ik haal ze wel even,' zei ik.

Madeleines domein lag op het noorden, waardoor het maartse licht er nog mistroostiger leek dan elders in huis. Op het bed lag een sprei van gehaakte vierkantjes, vast een werkstuk van Maman. Ernaast stond een mooi nachtkastje met een marmeren blad dat eruitzag alsof Madeleine het regelmatig met gepaste trots opwreef. Een grote rieten stoel bij het raam, een pluizig wit kleed op de houten vloer. Planken aan de muren, waarop wat boeken, een stapeltje tijdschriften, een donkerrode transistorradio uit het jaar nul. Een klein bureautje, met een ingelijste foto van een jonge vrouw met een pasgeboren baby. Haar moeder en zijzelf? Er lag ook een schrift met een dikke kartonnen kaft, dat ik gretig opensloeg. Het bevatte alleen maar de nauwgezet genoteerde data waarop Maddie iets had gepoot, gezaaid, geoogst. Niets in haar kamer wees erop dat ze ook nog andere passies had, andere redenen waarvoor ze 's ochtends haar bed uit zou komen.

Ik ging in de krakende rieten stoel bij het raam zitten, met uitzicht op de ommuurde tuin. Hier had Madeleine zitten dromen over een leven buiten die muren. Hier had ze bedacht dat ze tegen Livia zou zeggen: *Vertrouw maar op Sabine.* Met die woorden had ze de zorg voor haar zusje in feite op mij overgedragen.

Verrek. Zou ze me soms haar zogenaamde schuld aan Alicia's dood hebben opgebiecht omdat ze vreesde dat ik me anders niet om Livia zou bekommeren? Zeg nou zelf: wie zou zich laten opzadelen met een kind dat zo heetgebakerd was dat ze anderen van de trap af gooide? Was Maddies bekentenis een manoeuvre geweest om Livia aaibaar te maken? Maar Ennis had haar woorden bevestigd. Hij had onderstreept dat zijn oudste dochter de ware schuldige was.

Ik kwam er niet uit. En ik kon hier niet eeuwig blijven zitten zonder dat het beneden bevreemding zou wekken. Op de vensterbank stonden twee houten kandelaars met halfopgebrande kaarsen erin. Ik nam ze mee en deed de deur zachtjes achter me dicht.

De begrafenisondernemer was vertrokken. In de serre stonden Ennis en Livia aan weerskanten van de kist. Ik zette de kaarsen aan het voeteneinde. 'Lucifers vind je in de keuken,' zei Ennis zonder zijn blik van zijn moeder los te maken.

Terwijl ik over de deel naar de keuken liep, hoorde ik de klopper tegen de loopdeur van de koer tikken. Het was Hieke van Stine. Ze hield een in plasticfolie verpakte ovenschotel voor haar boezem. 'Ik kom de familie condoleren met het overlijden van Adelheid,' zei ze, haar gezicht in een meewarige plooi. Mijn aanwezigheid leek haar niet te verbazen. Irma moest haar meteen over onze ontmoeting hebben ingelicht.

'O, Hieke, ze is net thuis, ik bedoel, de begrafenisondernemer heeft haar net... Ik weet niet zeker of dit het allerbeste moment is.'

'Ennis zal wel in alle staten zijn.' Hoofdschuddend liep ze langs me heen naar binnen.

Vader en dochter stonden nog steeds bij de baar. Even zag ik het hele tafereel door Hiekes ogen. De weinig imposante kist, die zij vast meteen zou identificeren als de goedkoopste uit de catalogus. De twee stompen kaars. Het armoedige nette pak van Ennis. Het ongewassen haar van Livia. De niet gelapte ruiten van de serre.

'Ik wist niet dat je moeder al thuis was, Ennis,' zei ze zenuwachtig. 'Anders had ik natuurlijk bloemen voor op de kist meegenomen. Hyacinten, daar was ze dol op.'

Ennis reageerde niet, maar ik zag zijn kaken verkrampen. Hij was een trotse man, het moest hem door de ziel snijden dat Hieke er getuige van was dat hij zijn dode moeder niet met wat meer praal had kunnen laten opbaren.

'Had Adelheid niet zo'n mooie zijden sprei? Zal ik die even van boven halen? Dan toont het allemaal meteen wat...' Ze zweeg, alsof ze besefte dat haar woorden als kritiek opgevat zouden kunnen worden. Met rode wangen bracht ze uit: 'Wat sta ik nou onnozel te kletsen.'

'Zo noemde ze je ook altijd. Die onnozele hals,' zei Ennis met vervaarlijk zachte stem.

'O ja, het was een pittige dame, nou en of,' brabbelde Hieke. 'Ze zal ontzettend gemist gaan worden. En toch nog zo onverwachts. Hebben jullie wel goed afscheid van haar kunnen nemen?'

'Weet je wat, Hieke,' zei ik. 'Loop even met me mee naar de keuken, dan krijg je een kop thee van me. En dan zetten we je ovenschotel meteen in de koelkast. Wat ontzettend attent van je.'

'Stoofpeertjes,' zei Hieke. Ze bleef staan waar ze stond. 'Ik heb ze vaak voor Adelheid gemaakt, volgens het recept van mijn eigen moeder. Ze was er...'

'Ze is dood,' merkte Livia luid op.

'Kind toch. Het is alleen maar ter ere van je oma bedoeld. En jullie moeten goed blijven eten, hoor. Anders loop je zó aan jezelf voorbij.'

Ik had Livia nog nooit iets anders zien doen dan in gejuich uitbarsten als er eten aan zat te komen. Nu waren haar ogen niet eens opgelicht. Kind van haar vader. Die stoofpeertjes zouden in de vuilnisbak belanden, als ik ze niet redde. Snel troonde ik Hieke mee naar de keuken en zette daar een ketel water op.

Ze bleef naast me bij het aanrecht staan, de schotel in haar handen. 'Ik heb Adelheid voor haar verjaardag vorig jaar nog een waterkoker cadeau gedaan,' zei ze verloren.

'Ga zitten.'

Ze liet zich op een stoel vallen. 'Wat een koppig stel, toch, die Gilissens! Jeetje, ik heb niet eens gezien hoe ze erbij ligt. Ziet ze er een beetje netjes uit?'

'Helemaal zichzelf,' zei ik, al had ook ik nog geen blik in de kist geworpen.

'Laten we hopen dat Ennis geen rare dingen gaat doen. Ik wil geen kwaad over hem spreken, maar hij is onberekenbaar. Altijd al geweest. Zoals toen met...'

'Alicia?'

Ze trok even met haar mond. 'Dat is een goed voorbeeld, ja. Dat was toch geen vrouw voor hem? Sorry dat ik het zeg, Sabine, maar daar ging in een paar maanden tijd het halve dorp overheen. Neem zelf toch ook wat thee.' Ze stond op en schonk me een kop in. 'Die afgelikte boterham. Zo noemde Adelheid haar.'

'Nou zeg, dat is echt een middeleeuws oordeel over een vrouw, hoor,' zei ik halfhartig.

'En ook nog eens afgelikt door kinkels, zo zag Adelheid dat tenminste. Ennis deed het natuurlijk om Adelheid te tarten. Door hoteldebotel op Alicia te worden kon hij laten zien dat hij niet altíjd naar de pijpen van zijn moeder danste. Nooit een goed idee, volgens mij, dingen doen omdat je iets wilt bewijzen. Anders zou hij ook wel eerder hebben gemerkt dat Alicia... nou ja...'

'... dat iedereen wist dat ze een sloerie was,' zei ik, 'behalve hijzelf.'

'Liefde maakt blind,' zei Hieke op wijsgerige toon. 'En

trouwens, Adelheid vond haar niet alleen een sloerie, maar ook een golddigger. Zo iemand die zich via het bed omhoogwerkt, weet je wel. Adelheid zag haar al aan de haal gaan met Oldenhage. Zo'n beetje zoals zij het destijds zelf had aangepakt. Misschien deed Alicia haar wel te veel aan zichzelf denken. Daar zat ze niet op te wachten.'

Juist. Alicia had dus weinig voor Ennis betekend, het was hem alleen maar te doen geweest om het demonstreren van zijn zelfstandigheid. Het had iets innemends.

'Ik weet dit allemaal van mijn moeder, die was toen nog goed te pas,' zei Hieke. 'Ze heeft heel wat klaagzangen over Adelheids onverstandige kleine prins moeten aanhoren.'

'En Maman zal hem wel eigenhandig hebben ingelicht over Alicia's handel en wandel?'

'Nou en of.'

'Dan zal hij nu ergens ook wel opgelucht zijn dat hij van zijn moeder is verlost. Denk je niet?'

Ze keek me plotseling fel aan. 'Jij hebt zelf geen kinderen, hè? Nou, dan kun je je onmogelijk voorstellen hoe complex die relatie is. Al kun je elkaars bloed soms wel drinken, je moet samen verder.'

Ik deed er het zwijgen toe. Als je je niet had voortgeplant, werd je geacht verstoken te zijn van menig diep inzicht in ouder-kindrelaties. Die strijd verloor je altijd. Alsof je zelf geen kind was geweest.

'Zeg het vooral als ik iets voor je kan doen, hoor,' zei Hieke terwijl ze nogmaals opstond om de theepot te pakken.

In het wilde weg zei ik: 'De ganzen moeten worden opgehokt, en dat heb ik nog nooit gedaan.'

Ze keek op haar horloge. 'Het is nog een beetje vroeg voor ze, dus drink eerst je thee maar. Niemand is erbij gebaat als jij van je stokje gaat.'

15:05

De ganzen lieten zich niet zonder slag of stoot naar hun nachthok drijven. Ze kenden ons niet, ze stoven alle kanten op. Na een kwartier hadden we er pas drie van de vijftien onder de pannen, waarvan er eentje meteen weer ontsnapte. Halfhartig met mijn armen wapperend ging ik erachteraan. Ik zou me zelf ook niet zomaar laten opsluiten.

'Die beesten willen pas naar binnen als het gaat schemeren,' zei Hieke, uitpuffend bij het hek. 'Livia moet je straks maar even helpen. Die mag best wat meer op haar verantwoordelijkheden worden aangesproken. Maddie is nog steeds zoek, toch? Ik heb al zo vaak tegen Irma gezegd...'

'Ik heb Irma vanochtend ontmoet. Je zult wel trots op haar zijn.'

Hiekes ogen begonnen te stralen. 'Nou en of.' Toen zei ze hartelijk: 'Ze vond jou ook een heel capabele vrouw. Precies wat dit huishouden nodig heeft.'

'Sabine! Sabine!' Livia kwam naar buiten gerend. 'Waar was je nou? We gingen toch een kussen maken?' Huiverend hield ze zichzelf kruiselings bij de bovenarmen vast.

'Eerst even de ganzen,' zei ik.

Livia keek bokkig. 'Waarom moet er altijd eerst iets anders dan wat ík wil?'

'Omdat het leven zo in elkaar zit, meisje,' zei Hieke. Ze wierp me een veelbetekenende blik toe: zo doe je dat, Sabine.

'Het is nog veel te vroeg voor de ganzen,' zei Livia. Ze pakte me bij mijn hand en troonde me mee, zodat ik haastig over mijn schouder riep: 'Tot kijk, Hieke.'

In huis was het bijna net zo kil als buiten, alsof Mamans dood in heel Oldenhage aan het doordringen was, baksteen voor baksteen, balk voor balk, tot in alle voegen.

Boven, op de overloop, glipte Livia de slaapkamer van haar grootmoeder binnen. 'Even Mamans naaimand halen,' zei ze. Ik zag haar doelgericht naar een kast lopen om de mand te pakken, maar terwijl ze zich weer omdraaide zakten haar tengere schouders omlaag. Ze bleef stilstaan bij Mamans bed, dat eruitzag alsof het zojuist nog was beslapen.

Ik had er na het vertrek van de ambulance aan moeten denken om het omgewoelde beddengoed even recht te trekken, de afdruk van Mamans hoofd uit het kussen te schudden, de sprei glad te strijken.

Livia fluisterde: 'Ze is weggevlogen. Net als een vlinder uit een... Hoe heet dat ook alweer?'

'Een cocon,' zei ik getroffen, terwijl ik naast haar bij het bed ging staan.

Ze duwde me opzij. 'Ennis!' riep ze. 'Ennis, kom eens kijken! Een cocon!'

Tegen de tijd dat hij zich de trap op had gewerkt, stond ze van opwinding van het ene been op het andere te springen. 'Moet je zien, moet je zien!'

Hij trok haar even tegen zich aan. Hij zag niet wat zij zag, dat was duidelijk.

'Goed hè? En nou gaan Sabine en ik een kussen voor Maman maken.'

'Mooi.' Hij had haar nog niet losgelaten of ze was de kamer al uit.

Het had iets ongemakkelijks om samen met hem in Mamans overdadige boudoir achter te blijven, zo pal naast het brede bed. Ik liep naar de schouw en viste de waxinelichtjes uit de bokaal. 'Kijk eens? Die komen goed van pas bij de kist.'

'Merci.' Hij haalde een hand door zijn weerspannige haar. 'Denk je dat ze Maddie via die mobiele telefoon kunnen opsporen, als ze die tenminste nog heeft?'

Ik durfde niet tegen hem te zeggen dat het er alle schijn van had dat zijn oudste dochter opzettelijk de benen had genomen. Het leek me beter dat hij zelf tot die conclusie kwam. 'Zal ik haar nog een berichtje sturen?' stelde ik voor. Ik haalde mijn eigen toestel uit mijn vestzak en begon druk te tikken.

'Je hebt hier geen bereik,' zei hij.

Inderdaad: het afgelegen huis, de grensstreek, de heuvels. 'Ook niet in de tuin?' vroeg ik. 'Of achter op het land?'

'Ja, verderop wel.' Hij schonk me een van zijn zeldzame glimlachjes. Hij had niet een gezicht dat die stand makkelijk aannam. Daardoor werd het bijna alsof hij je een geschenk gaf. 'Wat ben je toch zorgzaam, Sabine.'

Ik voelde dat ik bloosde.

'Doe nou maar niet alsof je dat compliment nog nooit hebt gekregen.'

'O jawel, ik sta bij iedereen bekend om mijn goede hart.'

Hij liet een stilte vallen. Toen vroeg hij: 'En wat zijn je plannen verder?'

Bedoelde hij dat hij hoopte dat ik nog wel even in Oldenhage zou blijven?

'Je bent per slot van rekening niets aan ons verplicht.' Hij strekte een hand naar me uit. Het was alsof ik om zijn vingertoppen de luchtdeeltjes zag kringelen die nu nog de scheiding vormden tussen zijn huid en de mijne; ze spatten alle kanten op terwijl de afstand steeds kleiner werd. Ik bleef zijn vingers volgen en besefte dat ik scheel keek toen zijn hand zich om mijn kin vouwde en die een tikje hief.

'Sabine!' loeide Livia vanaf de zolder.

Hij liet me los. 'Laat je niet door die kleine rondcommanderen, hè?'

'Ze heeft wel recht op een beetje aandacht, vind ik.'

Zijn wenkbrauwen kwamen omhoog. 'Is dat jouw manier om te zeggen dat ik tekortschiet?'

Mijn stem schoot uit. 'Jezus, mán!'

Hij bond in. 'Neem me niet kwalijk.'

Met opgestoken veren liep ik Mamans kamer uit. Hij kwam me niet achterna.

16:02

Op de zoldertrap vertraagde mijn pas als vanzelf. Ik telde de treden. Het waren er achttien. Boven in het trapportaal waren twee deuren, zag ik opnieuw. De ene stond wijd open. Ik kon Livia's kapotte schommel zien hangen. Op hetzelfde moment dook zij op door de andere deur, een stapel lappen in haar armen. 'Kijk eens wat ik heb gevonden in mama's naaikamertje!'

'Ach, zat jullie moeder hier vroeger te naaien?'

'Ja, want in de keuken of op de deel zat ze Maman de hele tijd in de weg. Hier hoefde ze niet telkens alles achter zich op te ruimen en kon ze een werkje gewoon laten liggen als het nog niet af was.'

Die oude tiran. Het leek me een hele kunst om elkaar in dit kolossale huis in de weg te zitten. 'Is dat jullie moeder op de foto in Maddies kamer?'

'Ja. Kijk, deze stof bedoelde ik.' Ze schudde een harige donkerblauwe lap uit.

'Heel mooi,' zei ik. Ik zag de moeder van de meisjes voor me, een meetlint om de hals, geconcentreerd een lap stof onder de driftige naald van de machine door trekkend. Een jurkje voor Livia, een bloes voor Madeleine. Of iets nieuws voor zichzelf, om Ennis grote ogen te laten opzetten.

'Ik was bang dat Maddie die stof misschien al gebruikt had,' zei Livia. 'Ze kwam hier vroeger weleens als ze niet kon slapen. Dan hoorde ik de naaimachine bonken.'

Vóór de vrouw met het meetlint schoof het beeld van Ennis, die 's nachts door zijn eigen huis sloop om ergens met Alicia te kunnen vrijen. Die man was al jaren weduwnaar, en ineens was er een willige vrouw binnen handbereik. Dan ben je over de vijftig en dan moet je als een puber aan het wakend oog van je moeder zien te ontsnappen... Mamans slaapkamer was pal naast de zijne, Alicia's opkamer lag er recht onder. Het oude naaikamertje was waarschijnlijk het vertrek dat zich het verst buiten zijn moeders invloedssfeer bevond. Ach, daarom had zijn vrouw er vroeger haar toevlucht gezocht.

Het zou smakeloos zijn als hij uitgerekend hier met Alicia zou hebben afgesproken, met binnen gehoorsafstand zijn slapende jongste dochter die, half in dromenland, veronderstelde dat ze de naaimachine hoorde. Maar misschien ontmoetten ze elkaar meestal in de schuur, nóg verder weg van Maman, en had hij alleen de laatste keer het naaikamertje voorgesteld, om Alicia naar de zolder te lokken, buiten zichzelf omdat hij van zijn moeder had gehoord dat hij voor die afgelikte boterham alleen maar het zoveelste verzetje was.

'Wat denk je allemaal?' vroeg Livia. Ze stond me oplettend op te nemen.

'Niks,' zei ik snel. Ik werd misselijk van mijn eigen gedachten. Ik probeerde ze in een andere richting te duwen, maar daar werd de zaak niet beter op. Alicia had vast van die brutaal wippende borsten gehad, en gestroomlijnde dijen.

'O, ik hoopte dat je aan Maddie dacht en dat je...' Livia beet op haar lip. *Maak je maar geen zorgen, Sabine zal het je allemaal uitleggen. Vertrouw maar op Sabine. Niet met-*

een je geduld verliezen, hè? Denk erom! Manhaftig zei ze: 'Zullen we aan het kussen beginnen?'

'Laten we dat maar doen,' zei ik.

19:17

In stilte aten we de kippensoep die ik had gemaakt. Hij smaakte laf, maar Ennis en Livia hadden er geen commentaar op. Tegenover elkaar zaten ze aan de keukentafel, die nog groter leek dan anders nu de familie was gehalveerd.

'Wanneer is de begrafenis eigenlijk?' vroeg ik. Mijn stem kraakte.

'Maandag,' zei Ennis.

'Wat is het vandaag?' vroeg Livia.

'Donderdag,' zei ik.

Ze ging over de tafel hangen. 'Ik ben zo moe.'

'We zijn allemaal bekaf, schat,' zei Ennis. 'Dat komt door alle emoties.'

'Bij Sabine vast niet, hoor. Die kende Maman nog maar net.'

'Dan heb ik nog wel emoties.' Stom, maar het krenkte me dat ze opeens zo onaardig deed.

'Echt waar? Jij?' Ze begon hard te lachen. 'Hé, je bent toch door je man in de steek gelaten? Dat zei Maddie.'

Lamlendig bracht ik uit: 'En wat dan nog?'

'Hij heeft je afgedankt, dat zei Maddie. Als een ouwe deurmat.'

'Niet klieren,' zei Ennis op neutrale toon.

'Je man vond iemand anders leuker, denk ik. Hij dacht natuurlijk...'

'Laatste waarschuwing, Lili.'

'Ik vervéél me zo. En jullie zitten hier maar te zitten.'

'Volgens mij moet jij je pillen nog innemen,' zei Ennis.

Livia stond op. Ze liep naar het aanrecht, trok een la open en haalde het medicijndoosje tevoorschijn. Zonder een spier te vertrekken drukte ze de pillen vliegensvlug stuk voor stuk uit hun strip.

'Godverdegodver,' stoof Ennis op. 'Hou daarmee op!'

Livia smeet de pillen als confetti om zich heen. Ze stuiterden over de vloer, over de tafel. Eentje belandde in de soeppan.

'Is het nou uit?' brulde Ennis.

Meteen wierp ze zich op hem en begon ze zijn borst met haar vuisten te bewerken. Ik sprong overeind om haar van hem af te trekken. Nu gaf ze mij de volle laag. 'Kappen!' schreeuwde Ennis. 'Jullie allebei!'

'Nou wordt-ie helemaal mooi!' gilde ik.

'Naar je kamer, Livia. Nu!' gebood haar vader.

'Ik heb nog geen toetje gehad!' blèrde ze alsof ze dat anders wel kreeg. Ze plofte neer op Mamans bank en strekte zich er dramatisch op uit.

Ik bukte me om de pillen op te rapen. Ik legde ze op een schoteltje, dat ik in de lade onder het aanrecht zette. Daarna goot ik de soeppan leeg in de gootsteen. Ik spoelde hem om en bewerkte hem met een vermoeid schuursponsje. Het bloed hamerde in mijn hoofd. Achter me bleef het stil.

Ik haalde Hiekes stoofperen uit de koelkast. 'Geniet ervan,' zei ik, terwijl ik ze op tafel zette. 'Ze zijn vast heerlijk. Maman was er dol op.'

Voordat die twee driftkoppen me de schaal naar het hoofd zouden gooien, verliet ik de keuken. Godindehemel, hoe bestond het dat Madeleine dit gekkenhuis niet al veel eerder was ontvlucht?

In de opkamer zag ik in de gebarsten spiegel hoe verwilderd ik uit mijn ogen keek. Ik moest oppassen dat ik me niet liet aansteken door de verkniptheid die in dit huis heerste. Hardop zei ik: 'Ze zijn van streek. Ze zijn begrijpelijkerwijze van streek.'

Als ik in Oldenhage geen aureool ging verdienen, nee, dan kreeg ik het beslist nooit, nergens.

Op de rand van het bed dat van Alicia was geweest, luisterde ik een tijdje naar de muizen die in de kelder onder de opkamer hun muizendingen deden. Waarschijnlijk waren ze bezig elkaar zonder onderscheid te bestijgen. Zonder exclusiviteit te claimen en zonder jaloezie te kennen. Daar kon ik nog wat van leren.

Toen Vincent aanstalten maakte om me als een oude deurmat af te danken, had ik zijn telefoon regelmatig gecheckt. Die behoefte was sterker geweest dan ikzelf, maar terwijl ik met jagende ademhaling door zijn berichten scrolde, was ik me er scherp van bewust dat ik niet lager kon zinken. En het ergste was dat ik niets vond wat mijn argwaan voedde, wat mijn wantrouwen juist alleen maar deed toenemen: mijn man was dus geslepen genoeg om geen bewijzen van zijn ontrouw op zijn telefoon te laten rondslingeren. Ik had geen andere keuze dan zijn boxershorts uit de wasmand te halen om eraan te ruiken, plus al die andere machteloze domheden te begaan: de bekleding van zijn auto op onbekende haren te controleren, koortsachtig in de zakken van zijn jasjes te voelen, onder de zolen van zijn schoenen te kijken naar sporen van een romantische bos- of strandwandeling, zijn bankrekening te checken op verdachte uitgaven. Ik belde zijn vrienden als hij had gezegd een avondje te gaan stappen, en bij de aankondiging van overwerk zijn collega's en zelfs één keer zijn baas. Ik zat een nacht in mijn auto op de parkeerplaats van het hotel waar hij voor een conferentie verbleef en bij zijn sportschool stond ik achter een bosje op de uitkijk naar een strakke vrouw die zijn type kon zijn. Vincent kon op het laatst geen wenkbrauw meer optrekken en geen schouder meer ophalen zonder dat ik het registreerde en mijn conclusies trok.

Toen hij zijn koffer had gepakt en ons huis wilde verlaten, ging ik aan zijn broekspijpen hangen terwijl ik gilde: 'Maar ik hou van je! Ik hou van je!'

Schaamte vlamde in me op. Zo zou hij zich mij blijven herinneren: als een razende gekkin. Als een vrouw die je met recht en reden liever kwijt was.

Ik kon niet langer op de rand van Alicia's bed blijven zitten, zo geagiteerd was ik opeens. Met mijn telefoon in de zaklampmodus stoof ik naar buiten, alsof ik op die manier aan mezelf zou ontkomen. Ik vluchtte de schuur in. Had ik me maar wat waardiger opgesteld, voor, tijdens en na de breuk. Als ik alleen al dacht aan de maniakale hoeveelheden gifgroene berichten die ik Vincent de afgelopen periode had gestuurd. Waarom had ik mezelf geen halt toegeroepen?

Maar misschien veronderstelde hij wel dat ik dat eindelijk had gedaan: sinds ik in Oldenhage was gearriveerd, had ik mijn telefoon amper aangeraakt. Ik had hem al een week niet meer lastiggevallen, ik was er gewoon niet aan toegekomen. Nou ja, lastigvallen, moest je dat nou echt zo noemen als je je hart even wilde luchten over je verdriet? Het idee dat die bedrieger waarschijnlijk verheugd concludeerde dat hij van me af was, deed me ineenkrimpen van woede. Dat had je gedacht, Vincent. Zo zijn we niet getrouwd. Ik ben nog lang niet met je klaar.

Ik zat alweer automatisch als een bezetene op mijn telefoon te tikken, toen me inviel dat ik hier volgens Ennis geen bereik had. Ontnuchterd veegde ik mijn klamme handen af aan mijn spijkerbroek. Zo, zeg. Het viel nog niet mee om jezelf te resetten. Trillend wiste ik mijn bericht.

Vincent was vast niet de enige die opgelucht ademhaalde omdat ik van de aardbodem verdwenen leek. Iedereéén uit mijn omgeving zou blij zijn: eindelijk verlost van mijn urenlange malende tirades vol zelfbeklag, herhalingen en beschuldigingen. Zelfs mijn zakenrelaties had ik de eindeloze verhalen over de teloorgang van mijn huwelijk en het onrecht dat mij was aangedaan niet bespaard. Het was om van door de grond te zakken, echt.

Ik kon mijn gedrag niet ongedaan maken, maar ik kon het hopelijk wel beteren. Bij die gedachte leek er in mijn lichaam wat meer ruimte te ontstaan, alsof er ter hoogte van mijn borstbeen een hardnekkig vastzittend kippenbotje was losgeschoten. En meteen ook wist ik wat ik Vincent wilde schrijven. Wat ik hem moest schrijven, na zo lang samen te zijn geweest.

Misschien klikte hij mijn berichten al ruim twee maanden ongelezen weg, zwetend van afschuw. Maar dan nog. Het ging erom dat ik dit gebaar maakte, zelfs al was het uiteindelijk louter voor mezelf. Terwijl ik mijn neus luidruchtig ophaalde, tikte ik mijn boodschap in. Nu alleen nog een plek zien te vinden waar ik hem kon verzenden. Al moest ik ervoor naar het dorp.

Net voorbij de moestuin zag ik dat ik bereik had. Ik verstuurde mijn tekstje. Ik wachtte even totdat het scherm zou vollopen met de berichten die ik nu zelf weer kon ontvangen. Er kwam een aanbieding van Groupon binnen en de melding dat bij T-Mobile mijn maandelijkse rekening klaarstond. Dat was alles. Het was nog schameler met mijn leven gesteld dan ik al vreesde.

Met de handen in de zakken van mijn vest liep ik terug naar het huis. Vlak voordat ik via de serre naar binnen wilde glippen, zag ik Ennis bij het flakkerende licht van een paar waxinelichtjes naast de kist van Maman zitten.

Onberekenbare Ennis. Opvliegende Ennis. Waarom was

ik vanmiddag pas op de gedachte gekomen dat ook hij degene kon zijn geweest die Alicia die fatale duw had gegeven? Het was natuurlijk niet de bedoeling dat zijn minnares met jan en alleman het bed deelde terwijl hij voor haar de toorn van zijn moeder trotseerde. Dat kon hij niet over zijn kant laten gaan. Maar als hij de bak in zou draaien, hoe had het dan verder gemoeten met zijn dochters en met Maman? Juist, hij moest vrijuit gaan. Om thuis te kunnen blijven, waar iedereen hem nodig had.

Met een onzeker gevoel streek ik mijn haar achter mijn oren.

Had Maddie dat bizarre verhaal over haar schuld dan bedacht om te voorkomen dat ik haar vader zou gaan verdenken? Iedere dag dat ik hier in Oldenhage haar plaats innam, zou ik hem beter leren kennen. Ik zou hem meemaken in al z'n onvoorspelbaarheden, al z'n driftbuien. En zou ik dan vroeg of laat niet mijn conclusies trekken?

Onrust overviel me. De stilte benauwde me plotseling. Het was werkelijk doodstil. O god, de ganzen! Meteen zette ik het op een rennen, mezelf bijlichtend met mijn telefoon. Ik kreeg het hek naar de ganzenwei zo gauw niet open en klom eroverheen. Het drekkige veld lag er verlaten bij. Wat deden vossen met hun prooi, sleepten ze die naar hun hol?

Met bonkende slapen sloop ik verder. Daar was het nachthok, de deur ervan stond wijd open. Het ergste vrezend richtte ik mijn lichtbundel naar binnen.

Met de snavel diep onder hun veren gestoken sliepen de ganzen vredig zij aan zij. Ze hadden zichzelf uit eigen beweging opgehokt.

Ik sloot de deur. Meteen begonnen mijn gedachten weer te malen. Zou Madeleine het echt zo zorgvuldig hebben uitgedokterd? Met haar bekentenis en haar verdwijning had ze alle schuld zogenaamd uit Oldenhage weggenomen, met zich meegenomen. Haar vader zou ongehinderd voor Livia kunnen blijven zorgen, met hopelijk mij erbij als zijn nietsvermoedende assistente. En zelf was ze eindelijk vrij.

Ik sjokte terug naar het huis en bleef opnieuw staan toen ik de kaarsrechte gestalte van Ennis in de serre zag, naast de schaars verlichte baar. Ik moet je iets bekennen, Sabine, ík was het, toen met Alicia.

Kom op, zeg. Het leek me sterk dat Ennis zoiets zou doen. Daarvoor had hij gewoon niet genoeg om Alicia gegeven. Hij zou zeker gepikeerd zijn geweest over haar gedrag, maar ontrouw kon je het in hun geval niet eens noemen. Ze scharrelden maar wat. Ik had Vincent van de trap willen smijten, ja. Maar ik had dan ook mijn halve leven zielsveel van mijn man gehouden en hem blindelings vertrouwd. En zelfs ik had nog altijd genoeg zelfbeheersing gehad.

Elders, diezelfde avond

Fluitend tussen zijn tanden spoelde hij in het krappe keukentje de zware gietijzeren pan schoon. Bouillabaisse was een van zijn specialiteiten, bereid op de klassieke manier: met zes soorten vis. De rouille en zelfgeroosterde croutons serveerde hij altijd apart; alleen onwetenden voegden die toe aan de soep. Voor na had hij een gul stuk Beaufort d'Alpage, de koning van de Alpenkazen, gemaakt van de laatste zomermelk en in de afgelopen zes maanden gerijpt.

Marcia was dol op 'kaasplankjes'. Ze had het aanvankelijk maar niks gevonden dat hij nooit meer dan één soort tegelijk presenteerde. Maar in dit opzicht deed hij geen concessies. Beter één mooie kaas dan een hoop lawaai op je plank. Hij genoot ervan haar wat culinaire beschaving bij te brengen.

Ze kwam met de gebruikte soepkommen de keuken binnen. 'Superlekker, Vince. Had ik dat al gezegd?'

'Dat hoort de kok nooit vaak genoeg. Ga jij maar weer zitten, ik ruim hier even op en dan kom ik met de kaas.'

'We ruimen straks samen wel op.'

'Nee, ik zit rustiger als ik weet dat de keuken alvast schoon is.'

Ze sloeg haar lange armen om zijn hals. 'Maniak,' prevelde ze in zijn nek. Ze pikte een overgebleven crouton van het aanrecht en liep kauwend terug naar de woonkamer.

Haar plagerige kritiek pikeerde hem geenszins. Het leven was te kort om over onbenulligheden te vallen. Hij was inderdaad een ordelijke man, zij een tamelijk chaotische vrouw. Je kon je aan elkaar ergeren, maar je deed er beter aan de onderlinge verschillen interessant te vinden. Liefde maakte vergevingsgezind. Dat had hij weleens anders meegemaakt, of waarschijnlijk was het juister om te zeggen dat de teloorgang van het wederzijdse vermogen tot acceptatie de voorbode was van de teloorgang van de liefde zelf. Als je niet meer bereid was om het beste in elkaar te zien, zat er maar één ding op: wegwezen.

Ziezo, en nu even snel checken of het was gelukt met die reservering die hij die middag in een opwelling had gemaakt. Niets leuker dan Marcia te verrassen met uitjes die ze op eigen kracht de komende tien jaar niet zou kunnen bekostigen. Een verblijf in dat kasteeltje waarover hij een collega had gehoord viel helemaal in die categorie. En echt iets voor haar, dat zeker ook. Eeuwenoude muren, eeuwenoude verhalen over een huisspook dat er nog altijd zuchtend rondwaarde, rammelend met z'n ketenen: dat was een kolfje naar haar hand. Sabine had dat trouwens ook gehad. Typisch een vrouwending, dus. Al moest hij het Sabine nageven dat ze daar met succes haar broodwinning van had gemaakt.

Hij verstrakte terwijl hij op zijn telefoon keek. Godallemachtig, er was een bericht van haar, alsof ze had gevoeld dat hij aan haar dacht. Daar was ze weer, zijn eigen huisspook. In zijn leven was allang geen plaats meer voor haar, dat zou ze toch een keer moeten beseffen? Zoals ze ook weleens zou kunnen inzien – al maanden geleden had móéten inzien – dat bezitsdrang niets te maken heeft met houden van. Het gaat erom iemand in al zijn onvolkomenheden te accepteren, iemand te nemen zoals hij is. Het beste voor hem te wensen. Hem het beste te gunnen.

Het bericht was gelukkig maar heel kort, zag hij.

'Lieve Vincent,' schreef ze, 'het spijt me oprecht dat ik het je met mijn jaloezie zo moeilijk heb gemaakt. Zullen we eens proberen of we, voor onze eigen zielenrust, kunnen beginnen elkaar te vergeven?'

14 maart

10:12

Ennis vond het onzin dat ik een boodschappenlijstje maakte. 'Er is nog meer dan genoeg in huis,' zei hij bars. 'We gaan geen geld uitgeven als het niet nodig is.'

'De thee is bijna op en de koffie ook, en we hebben geen melk meer,' zei ik.

'Dan drinken we water.'

In de bijkeuken stonden vier grote diepvriezers die een aanzienlijke kou naar buiten dampten toen ik ze een voor een opende. De recent toegevoegde kippen puilden uit de laden, verder was de voorraad karig. Er waren een stuk of tien pakketjes groente, met daarop een sticker met soort en datum. Boven de vrieskisten stonden op lange planken de laatste weckflessen met ingemaakt fruit. Het huishouden was zo ongeveer door z'n voorraden heen. Waarschijnlijk was dat ieder jaar rond deze tijd het geval, en zou de moestuin sneller dan ik kon voorzien voor aanvulling zorgen. Alleen veranderde dat niets aan het feit dat we wc-papier nodig hadden, meel, olie. Als het me lukte om uit eigen portemonnee onopgemerkt wat basisbenodigdheden aan te vullen, zou er vast geen haan naar kraaien. Ik kneep er wel even tussenuit op een moment dat Ennis met Livia boven haar boeken zat.

Uit een van de vriesladen pakte ik een pakketje waarop in Madeleines keurige handschrift vermeld stond dat het broccoli bevatte. Hemel, ik had verzuimd haar nog eens een berichtje te sturen, zoals ik Ennis gisteren had beloofd. Het was merkwaardig hoe gemakkelijk de dingen er hier bij in schoten. Ik legde de broccoli terug in de vriezer en liep naar buiten, waar ik in de ganzenwei op het hek ging zitten.

Natuurlijk moesten we niet aan Madeleine gaan lopen sjorren. Daarmee joeg je iemand alleen maar verder van je weg. Het had nogal lang geduurd voordat ik dat inzicht had bemeesterd, ja. Maar de bijvangst was wel dat ik nu in elk geval wist hoe ik het níét moest aanpakken.

'Kun je me even uit de brand helpen, Maddie?' tikte ik. 'Wat wil je precies dat ik tegen Livia zeg? Hoor het graag van je! Take care, Sabine.'

Nadat ik op 'verzenden' had gedrukt, miste mijn hart een slag. Er was een bericht terug van Vincent.

Ik liet me van het hek zakken om vaste grond onder mijn voeten te hebben.

'Sabientje,' schreef hij. 'Dank voor je genereuze bericht. Als jij mij kunt vergeven voor wat ik in je leven heb aangericht, dan past het mij alleen maar om jou met terugwerkende kracht ook nergens meer van te beschuldigen. Ik ben degene die moet zeggen: het spijt me. Ik hoop dat het je goed gaat en dat het je goed zal blijven gaan.'

Ik dacht helemaal niet: hoho, Vincent, zo zijn we niet getrouwd! Ik voelde alleen maar een massieve opluchting. Van dit kat-en-muisspel waren we eindelijk verlost.

'Sabientje.' Poeh, het bleef pijnlijk. Het was onuitstaanbaar dat we elkaar waren kwijtgeraakt, hij en ik. Alleen is het hele leven nu eenmaal voor een groot deel pijnlijk en onuitstaanbaar. Je hebt het er maar mee te doen.

Toen zag ik nog een berichtje van mijn ex-man binnenkomen. 'Leuke dingen aan het doen?'

Leuke dingen, Vincent?

Het is een vredespijp, zei ik tegen mezelf. Reageer volwassen. Hij heeft thuis al een blèrende bambi. 'Fijn om van je te horen, Vincent,' tikte ik. 'Ik zit nu in Zuid-Limburg voor acquisitie. De streek is prachtig, net als het huis dat ik op het oog heb en waar ik sinds een paar dagen verblijf. Je zou er meteen heen willen.'

Precies goed van toon, perfect gewoon.

Ik stuurde een screenshot van Google Maps mee, waarop Oldenhage een imposante aanblik bood. Vincent zou alleen maar kunnen concluderen dat ik lekker bezig was, met interessante dingen.

11:07

Ennis en Livia zaten al met de koffie op me te wachten. Ze hadden een vers brood gebakken dat op tafel stond te geuren.

Ik voelde me wonderlijk opgeladen. Terwijl ik ging zitten, vroeg ik energiek: 'Wat staat er vandaag allemaal op het programma?'

'Niks bijzonders,' zei Ennis. Hij had zich nog steeds niet geschoren.

Ik dacht aan de waslijsten klusjes die Madeleine altijd in haar hoofd had gehad. Maar waarschijnlijk was het niet gepast om iets anders te doen dan rouwen zolang Maman nog niet onder de grond lag.

'Ik heb Maddie trouwens net nog even een berichtje gestuurd,' zei ik.

'Haar batterij is allang leeg,' zei hij. 'Schenk de koffie eens in, Lili.'

Als ik niet beter wist, zou ik bijna denken dat het hem niet kon schelen waar zijn dochter uithing. Onzin, hij wilde zijn onzekerheid gewoon niet tonen. Hij kon zo ondoorgrondelijk doen als hij wilde, maar ik zou stukje bij beetje tot hem doordringen. Iedere dag zou ik een nieuw onderdeel kraken van het raadsel dat Ennis heette. Hij zou me er dankbaar voor zijn. Iedereen wil uiteindelijk gekend worden.

Ik ook, natuurlijk. Bezwerend dacht ik: ik ben geen klamperige, behoeftige vrouw meer, Vincent heeft het net zelf bevestigd. Even zonk de moed me in de schoenen. Ging ik nu de rest van mijn levensdagen Vincent als mijn getuige aanroepen? Er was nog wel wat werk aan de winkel.

'Alsjeblieft,' zei Livia, die me een boordevolle kop koffie toeschoof. Blijkbaar was ik vandaag weer bij haar in de gunst.

'En snij het brood maar, poppedijntje,' zei Ennis.

'Kijk,' zei Livia, 'papa en ik hebben een kruis in de korst gemaakt. Dat deed Maman ook altijd.' Met een gelukzalig gezicht doorkliefde ze het brood. 'Papa! Het is nog helemaal klef van binnen!'

'Laat het nog maar een minuutje ademen, dan.'

'Ademen?' Livia keek naar het brood alsof het plotseling een vijandige entiteit was. Op de een of andere manier was ze even het sprekende evenbeeld van haar grootmoeder. Zonder overgang vroeg ze: 'Wat heb je aan Maddie geschreven?'

Ik blies in mijn koffie. 'Of het goed met haar gaat.'

'Dat weet jij toch wel?'

Behoedzaam zei ik: 'Dat weten we nooit, we kunnen het alleen maar hopen.'

Er viel een stilte.

'Wat bedoel je nou, hartje?' vroeg Ennis bijna fluisterend.

'Zij weet toch waar Maddie is en hoe het met haar gaat?' Ze begon met de punt van het mes in het brood te porren.

Ennis zat me aan te staren alsof hij een gat in me wilde kijken.

Mijn mond was droog geworden. 'Ik weet niks,' bracht ik uit.

'Waarom denkt Livia dat dan?'

'Dat moet je haar vragen.'

'Wat doen jullie raar,' zei Livia. 'Ik ga het brood snijden, hoor.'

Ennis klampte zijn hand om haar pols en nagelde die aan het tafelblad. 'Wat weet Sabine over Madeleine?'

'Au. Dat weet ik niet. Au, papa!'

'Laat haar los,' zei ik bevend.

'Als je het niet weet, Livia, waar heb je het dan over?'

Haar lippen begonnen te trillen. 'Ik dacht het alleen maar. Want Maddie zei tegen me dat Sabine me alles zou uitleggen.'

Hij liet haar arm los. 'Sorry dat ik je liet schrikken, liefje. Wanneer zei Maddie dat?'

'Toen we op de ambulance zaten te wachten.' Onzeker keek ze van hem naar mij en weer terug.

Ennis ging staan, maaide zich met één kruk naar de gootsteen, liet een glas vol water lopen, dronk het leeg, vulde het opnieuw. Het kon niet anders of hij dacht nu wat ik meteen al had gedacht. Zijn dochter had haar verdwijning dus gepland. Ze was er willens en wetens vandoor gegaan. Zonder zich om te draaien vroeg hij: 'Zei ze nog meer?'

'Nee,' zei Livia met grote schrikogen. 'Alleen dat Sabine het me zou uitleggen en dat ik niet ongeduldig moest zijn.'

Jezus, Ennis zou me aanzien voor Madeleines handlanger. Waarom had ze mij hier niet buiten gelaten? Waar had ik dit aan verdiend?

Ik deinsde achteruit toen hij weer naar de tafel toe kwam, halfverwachtend dat hij me aan mijn nekvel over het blad zou sleuren. Maar hij ging naast Livia zitten en sloeg een arm om haar schouders. 'Denk nou eens na. Wat zou jij hebben gedaan als Maddie dat níét tegen je had gezegd? Dan was je je vast zorgen over haar gaan maken. Je zou de hele dag hebben lopen huilen. Denk je ook niet?'

Livia's ogen werden nog ronder.

'Ze heeft het alleen maar gezegd om je gerust te stellen, lieveheersbeestje.'

'Dus ze heeft tegen me gelogen!'

'Een leugentje om bestwil.'

'Ja zeg!' barstte Livia uit. 'Wat heb ik daar nou aan? En wie gaat het me dan uitleggen?'

'Ze meldt zich heus wel. En jij hebt in de tussentijd tenminste niet over haar in de rats hoeven zitten.'

Wat aardig van hem bedacht. Of misschien kende hij Maddie zo door en door dat hij zeker wist dat zij haar zusje een soort tijdsbuffer had willen bieden als verzachting voor de schok van haar verdwijning.

'Ik vind het gemeen!' Livia stoof op en rende de keuken uit.

'Livia!' riep ik haar machteloos na.

'Laat haar maar even,' zei Ennis. Met de armen over elkaar geslagen leunde hij achterover. 'Maar nou jij. Vertel op.'

De aanval leek me de beste verdediging. 'Je moet kwaad zijn op Maddie, en niet op mij.'

Met ongeduldige gebaren begon hij het brood in dikke plakken te snijden. 'Welnee. Als je zelf een gezin had, zou je het begrijpen. Voor Madeleine zijn Livia en ik het noorden op haar kompas. Ze kan niet anders dan naar ons terugkomen. Maar ik zou het waarderen als je me gewoon vertelde waar ze is.'

Ik drukte mijn vingers tegen mijn slapen. 'Geen flauw idee. Ze is ertussenuit geknepen, Ennis. Zie het alsjeblieft onder ogen.'

Hij werd wit tot op zijn lippen. 'Dat zou ze nooit doen.'

'Je zult haar haar eigen leven moeten gunnen.'

'Een Gilissen is geen wegloper! Anders waren we al honderd keer met de noorderzon vertrokken. Dacht je soms dat ik dat nooit had overwogen? Ik heb het er god weet hoe vaak met mijn moeder over gehad.'

Ik voelde hoe mijn mond openzakte.

'We hadden elders allang een nieuw leven kunnen beginnen, zonder de betutteling van Irma en van Justitie. We hadden makkelijk onder de radar kunnen verdwijnen. Van hier ben je verdomme binnen een kwartier in België of Duitsland! Het zou dagen hebben geduurd voordat iemand in de gaten had gekregen dat we ervandoor waren. Dan hadden we al in Zuid-Spanje gezeten!'

Even was ik perplex. 'Maar je moeder luisterde niet naar je? Zij wilde hier natuurlijk niet weg?' Maman zou Oldenhage nooit hebben verlaten. *Over mijn lijk*. Ik hóórde het haar zeggen.

'Mijn moeder wees me erop dat onze wortels hier liggen,' zei Ennis afgemeten. 'Ze vond dat we onze rug recht moesten houden en ons niet door omstandigheden van de familiegrond moesten laten verdrijven. Ze heeft me op het graf van mijn vader laten zweren dat ik...'

Livia kwam de keuken weer binnen. Het was te zien dat ze had gehuild. 'Sabine, mag ik je telefoon even? Dan stuur ik Maddie zelf wel een berichtje.'

Ennis legde het broodmes neer.

Ik haalde mijn telefoon tevoorschijn. 'Kom maar,' zei ik, terwijl ik haar bij me op de stoel trok. 'Eerst even het nummer opzoeken. Zo. En dan kun je nu iets tikken.'

Ze trok haar schouders hoog op. 'Niet kijken.'

'Ik heb mijn ogen dicht.'

'Wat een goed idee van je, poppetje. Naar jou luistert ze vast wel,' zei Ennis aan de andere kant van de tafel. Zijn stem klonk onvast.

Over Livia's ongewassen kruin heen bestudeerde ik hem door mijn wimpers. Hij zag er verbijsterd uit, als iemand die onverwachts een stomp in zijn maag heeft gekregen.

'Klaar,' zei Livia triomfantelijk. 'En nou wil ik een boterham.'

'Alleen nog even verzenden,' zei ik. 'Dat moet je buiten doen, Livia. Hier, op dit pijltje tikken.'

'Doe jij dat maar,' zei ze terwijl ze gretig een snee brood pakte.

12:01

Ik was niet te beroerd om het briefgeheim te schenden. Zodra ik buiten op de weide stond, keek ik op het scherm van mijn telefoon.

WANNEER KOM JE ME HALEN MADDIE?

Ennis zou het niet overleven als hij wist dat dit Livia's wens was. Moest ik deze hartenkreet wel verzenden? Ik stond zo vertwijfeld naar mijn telefoon te staren dat het even duurde voordat het tot me doordrong dat er een nieuw bericht van Vincent was.

'Dat is ook sterk!' schreef hij. 'Wij hebben dit weekend een overnachting pal bij jou in de buurt.' Zijn woorden verplaatsten me met een dreun naar het hier en nu. Het ene moment sloop je nog door de echtelijke loopgraven, en het volgende werd je knus op de hoogte gehouden van de uitstapjes die je ex met zijn minnares ging maken.

Ach, misschien wilde hij me op deze manier de schrik besparen van het elkaar toevallig tegen het lijf lopen, ik in mijn oude regenjas en met mijn haar op half zeven, en hij met z'n glamoureuze bambi aan zijn arm. Vincent was in de grond een man van het harmoniemodel, hij was altijd bereid met iedereen rekening te houden. Als het hem zelf een beetje uitkwam, natuurlijk. Hij vond het vreselijk als iemand hem een kwaad hart toedroeg. Ik moest er niet raar van opkijken als ik dit jaar een uitnodiging voor de kerst van hem kreeg. Nu het in zijn optiek tussen ons weer koek en ei was, was hij misschien zelfs wel zo naïef om dit weekend, als hij toch in de buurt was, bij Oldenhage voor de deur te staan, uitgelaten over deze afloop en tot in het krankzinnige voornemens om voortaan 'goede vrienden' te zijn.

Mijn hemel, en dat met Maman in haar kist.

Ik had Ennis trouwens nog helemaal niet over de details van de begrafenis gehoord. Zou er een dienst zijn? Was er een familiegraf waarin zijn moeder zou worden bijgezet? Werd mij nog een rol toebedeeld? In gedachten verzonken liep ik weer naar binnen.

In de serre had iemand een paar blikken verf en wat kwasten op een krukje naast de baar gezet. O ja, de familietraditie van het beschilderen van de kist. Omdat ik nu toch hier was vouwde ik mijn handen achter mijn rug en keek plichtmatig even over de rand. Mijn nekharen kwamen overeind. Vanonder haar zware oogleden staarde Maman me doordringend aan, een spottende grimas op haar gezicht.

Ik hikte van de schrik.

Ze keek onaangedaan terug.

Haar ogen moesten een beetje zijn opengegaan toen Livia gisteravond het zelfgenaaide kussen onder haar hoofd had geschoven. En die akelige grijns, dat was haar normale uitdrukking. Ze lag niet vanuit haar kist naar me te loeren, ze was zo dood als een pier. Ze kon niets meer bekonkelen of bekokstoven. Ze kon niemand meer naar haar pijpen laten dansen. Ze kon niemand meer iets aandoen.

En eindelijk, eindelijk begreep ik het. Die jaloerse heks.

Niemand in de hele familie had zulke goede redenen gehad om Alicia naar het leven te staan als Maman: ze had haar zoon uit Alicia's onwaardige klauwen moeten redden, en niet alleen haar zoon, maar ook haar dierbare Oldenhage.

Je hoefde niet groot en sterk te zijn om iemand van die trap te duwen. Zelfs een elfjarige kon dat al, was de conclusie van de lijkschouwer en het Openbaar Ministerie geweest. Hoe zou Ennis het ooit over zijn hart hebben kunnen verkrijgen om zijn hoogbejaarde moeder te laten opsluiten, Maman die hij met zijn bevlieging voor Alicia nota bene zelf tot deze daad had gebracht? Zijn bloedeigen moeder dankzij hem achter de tralies? Ik heb jou het leven geschonken en jij hebt het mijne verwoest.

Als familie sta je elkaar bij en zoek je samen naar oplossingen. Dat is de kracht van bloedverwantschap: voor het oog van de wereld kun je een hopeloze stommeling of een beest zijn, maar thuis zien ze je zwakke kanten door de vingers. Een moeder is bereid haar kind alles te vergeven. Eer haar daarom. En prijs haar om haar vermogen desnoods een moord te plegen om jouw bestaan veilig te stellen. Welke moeder zou niet tot het uiterste gaan om haar kind te beschermen en zijn bezit te waarborgen? Het is een natuurlijk instinct.

Achterwaarts deinsde ik de serre uit en liet me op de deel op een van de oude banken zakken. Een groot gevoel van vergeefsheid kwam over me. Ennis kon moeilijk tegen Irma of de officier van justitie zeggen: Zeg, de ware schuldige ligt hier in haar kist, dus zullen we de hele poppenkast verder maar staken?

Madeleine moest het in één flits hebben overzien toen haar grootmoeder op sterven lag: zelfs de dood van de dader zou niets aan de situatie veranderen. Ennis, Livia en zij zouden hier opgesloten blijven zitten, vastgeketend aan elkaar en aan hun leugens. Het moest als een plotselinge aanval van claustrofobie zijn geweest. Het verpletterende besef: ik kom hier niet weg, ik kom hier nooit van mijn levensdagen meer weg.

Het scheelde weinig of ik begon zelf te hyperventileren. De lucht om me heen leek zich te verdichten, ik zoog de zuurstof met amechtige teugen naar binnen, mijn adem brandde in mijn keel. Toen besefte ik dat ik rook inademde.

13:20

Ik rende naar de deur van de koer en smeet die open. Een muur van vuur rees voor me op. Boven het knetteren van de vlammen uit hoorde ik de stemmen van Ennis en Livia. Even was ik zo verblind door de inktzwarte rook dat ik ze niet kon zien. Naar de walm te oordelen bevatte het vuur plastic en rubber.

'Gaaf, hè?' riep Livia verrukt. Door een regen van vonken rende ze naar me toe.

'Help Livia even met die vuilniszakken daar, wil je?' zei Ennis. Er zat een roetveeg op zijn voorhoofd. Gedurende een kort moment was hij de levende verzinnebeelding van een man en zijn fik. Maar traanden zijn ogen alleen zo van de rook? Nee, hier was beslist iets groters gaande. Onder het mom van een vuilverbranding leek Ennis zijn woede op zijn oudste dochter te koelen. Hij was geen man die zich de rug liet toekeren, en een man van half werk was hij ook niet. De zakken waarmee ik Livia moest helpen, zouden toch niet Madeleines kleren bevatten, haar radiootje, haar tijdschriften, haar tuinlogboek?

Ik wilde mijn armen naar hem uitstrekken. Ik wilde zeggen: Dit is niet het einde van de wereld, Ennis, niets is ooit het einde van de wereld, geloof me, ik kan het weten.

In plaats daarvan bracht ik schril uit: 'Had je me niet kunnen waarschuwen? Dan had ik een deken of zo voor de deur gelegd. Nu kan ik op de deel weer van voren af aan beginnen met schoonmaken.' Ik klonk als een huisvrouw uit de vorige eeuw, zo een met een geblokte doek om haar hoofd geknoopt. Nijdig stormde ik langs hem heen door de loopdeur naar buiten.

Ik gaf een onmachtige trap tegen een van de wielen van zijn landrover en liep toen over het pad naar boven, naar het hek, waarachter mijn eigen auto in de berm van de weg stond, klaar voor gebruik. Ik kan hier elk moment weg, Ennis, neem daar nota van.

Gekalmeerd leunde ik over het hek en speurde de doodstille weg af. Wat lag Oldenhage toch afgelegen. Er zou hier niet gauw iemand toevallig passeren. Je moest van het bestaan van het huis afweten. Ennis kon lang wachten als hij het in z'n eentje niet redde.

Ik ging terug naar de koer. Het vuur loeide en plofte. 'Wat willen jullie vanavond eten?' vroeg ik luid.

'Doe maar wat,' zei Ennis.

'Livia?'

'Kun je kip in het groen maken? Dat moet met broccoli. En er hoort aardappelpuree bij.'

'Voor iemand met een slecht geheugen weet jij erg veel dingen heel precies,' zei ik. Ik bedoelde het aanmoedigend. Maar ze kneep haar ogen samen en keek me plotseling uitgesproken vuil aan. Opnieuw trof de gelijkenis met Maman me.

'Ennis,' zei ik, 'wat zijn de plannen voor de begrafenis eigenlijk?'

'Maak je niet zo druk,' zei hij kortaf. Het was duidelijk dat hij met zijn gedachten elders was. De hemel mocht weten wat hij nog meer van zins was nadat hij Maddie overdrachtelijk had uitgerookt: het stond op zijn gezicht geschreven dat hij nog lang niet met haar klaar was.

'We zullen toch voorbereidingen moeten treffen?' drong ik aan. Er was iets beangstigends aan de manier waarop hij met een van zijn krukken in het vuur stond te poken.

'Tijd zat,' zei hij.

Onvoldaan ging ik naar de bijkeuken om kip en broccoli uit de vriezer te pakken. Voor het toetje nam ik een pot ingemaakte reine-claudes mee.

In de keuken draaide ik de oven op de hoogste stand. Ik zette de bevroren broccoli onder water, ik schilde aardappelen, ik vroeg me af hoe ik de kip te lijf moest gaan. En al die tijd was ik me er op een vreemde manier van bewust dat Maman verderop in huis in haar kist rustte. Door de onduidelijkheid over haar begrafenis leek het plotseling of haar dood minder definitief was. Alsof ze niet levenloos in die kist lag, maar erin wachtte op wat zou komen. Op een nieuwe kans.

15:35

Op de koer zei Ennis dat hij nog wel een uurtje zoet was met het vuur. Het zou mooi zijn als Livia en ik alvast begonnen met het beschilderen van Mamans kist. Hij zag er wat rustiger uit, als iemand die een innerlijke strijd heeft beslecht en nu weet wat hem te doen staat.

Vastbesloten bleef ik bij het vuur staan, terwijl Livia al naar de serre rende. 'Ennis,' vroeg ik strijdlustig, 'waarom heb jij me eigenlijk in de waan gelaten dat het Maddie was, toen met Alicia?'

'Heb ik dat gedaan?'

'Je was zelfs heel gedetailleerd. Maddie was geen slecht mens, zei je, alleen iemand die één vergissing had begaan.'

'O, dat.' Hij keek besmuikt. 'Dat had ze me gevraagd tegen je te zeggen. Ze kon het niet verkroppen dat jij slecht over haar zusje zou denken. En het was niet zomaar een verzinsel. Ze heeft heel vaak gezegd: "Had ik het maar gedaan, dan had Livia tenminste een normaal leven gehad."'

'Ach. Dus dat gedoe met die boetedoening komt voort uit schuldgevoel over wat ze níét heeft gedaan?'

'Die godvergeten dwarskop.' Hij pookte weer in het vuur. Nee, hij was niet van plan vertederende gedachten over zijn oudste dochter toe te laten. Hij had nog een appeltje met haar te schillen.

Ik stond op het punt veelbetekenend te zeggen dat zijn moeder blijkbaar geen scrupules had gehad om Livia, zonder dat die het zelf besefte, de kastanjes uit het vuur te laten halen, maar toen klonk vanuit de keuken het rinkelen van de huistelefoon. Ik holde naar binnen. 'Gilissen,' zei ik buiten adem.

'Sabine? Ben jij dat?' vroeg Irma. 'Ik had gehoopt jullie al eerder te kunnen bellen, maar omdat Madeleine strikt genomen geen pupil van me is en bovendien meerderjarig, duurde het wat langer om alles op de rit te zetten.'

'Heb je nieuws over haar?' riep ik uit.

'Nee, ik wil alleen even controleren of ze nog steeds geen contact met jullie heeft opgenomen, want in dat geval gaat er eindelijk een vermissingsbericht uit. Je wilt niet weten wat een bureaucratische rompslomp dat is.'

Ik ging op de rand van de keukentafel zitten. 'We hebben niets van haar gehoord.'

'Oké, dan jas ik het er vóór vijven nog even doorheen. Verder alles goed daar?'

'Ennis is huisvuil aan het verbranden en Livia en ik gaan Mamans kist zo beschilderen.'

'Gezellig,' antwoordde ze gehaast. 'Tot later, hè?'

In de serre stond Livia met een kwast in haar hand bij de kist. 'Kijk, de familie Zoem.' Met resolute zwarte en gele streken had ze al de eerste bijen op de blankhouten zijkant geschilderd. 'Wie was dat aan de telefoon?'

'Irma.'

Ze pakte een fijnere kwast. 'Ik wou dat Irma dood was. Kun jij hier een bloemenrand onder zetten? Zó.' Met rode verf maakte ze een voorbeeld. 'Klaprozen. Mamans lievelingsbloemen.' Ze grijnsde naar me. 'Dat wist die stomme Hieke niet eens. Die dacht dat het hyacinten waren.'

'Misschien heeft je grootmoeder haar opzettelijk maar wat wijsgemaakt.'

'Waarom zou ze?'

'Omdat sommige mensen liegen over alles wat los en vast zit.'

Ze keek verontwaardigd, maar zei niets. Misschien dacht ze aan de leugen die Madeleine haar had verteld.

'Waar denk jij dat Maddie kan zijn?' vroeg ik op de man af.

'Hoe moet ik dat nou weten?' zei ze vijandig.

'Ik vraag niet of je het weet, ik vraag wat je dénkt. Niemand kent Maddie zo goed als jij.'

'Dat zeg je expres, hè?' zei ze, ineens op de rand van tranen.

Op de koer riep Ennis haar naam.

Ze legde haar kwast op de rand van het rode verfblik. Met hangende schouders slofte ze naar buiten.

Ik doopte de kwast in de verf en streek hem af. Het kopiëren van Livia's vrolijke klaproos viel nog niet mee. Mijn exemplaar leek meer op een open wond dan op een bloem des velds. Het kind was een geboren talent. De hemel mocht weten waartoe Mamans Livialief inmiddels in staat was geweest als ze haar mogelijkheden normaal had kunnen ontwikkelen.

Ze had haar klaproos in klare, moeiteloze streken opgezet. Dat iemand die zelf zo ingewikkeld in elkaar zat, zich met een verfkwast zo ongecompliceerd kon uitdrukken, zo helder en doeltreffend. Ik kon het meisje nog altijd niet goed inschatten. In haar aanhankelijke momenten zou ik zweren dat ze op me gesteld was geraakt, maar net zo vaak leek zonder enige aanleiding het tegendeel het geval. Nou ja, zie in haar situatie maar eens níét verknipt te raken.

Daar was ze weer, een klein lachje op haar gezicht dat ik niet kon duiden. 'Ennis vraagt of we even wat zooi uit de kelder onder de opkamer kunnen halen voordat het vuur uitgaat,' zei ze. Meteen griste ze me de kwast uit handen en maakte van mijn open wond in twee, drie halen een levensechte klaproos.

'Je bent een natuurtalent,' zei ik.

'Zijn er ook dingen die jij goed kunt?' vroeg ze.

'O best. Maar zullen we eerst de kelder doen?'

'Okidoki. Er zijn een paar zware dingen bij, zei Ennis.'

'Die sjouw ik dan wel.' Mijn god, ik was gewoon een pathologisch geval.

'Ja, dat is ook de bedoeling,' zei ze. 'Dag Maman, tot zo.'

Op de deel hing nog steeds een smerige rooklucht. Toch leek de roetschade mee te vallen. Morgenochtend, als er meer daglicht naar binnen viel dan nu, zou ik waarschijnlijk constateren dat ik me niet zo druk had moeten maken.

Onder het trappetje naar de opkamer was de kelderdeur. Het was een indrukwekkend stuk ambachtelijk timmermanswerk. Het hang- en sluitwerk zag er al even solide uit. Geen mens kan meer zulke deuren maken. Dit soort vakmanschap kom je alleen nog tegen in erfgoed.

Livia probeerde tevergeefs beweging te krijgen in de smeedijzeren sleutel die in het slot stak.

'Hier is blijkbaar al heel lang niemand naar binnen geweest,' zei ik. 'Wacht maar, ik haal wel even een druppeltje olie.'

Op weg naar de keuken voelde ik hoe in mijn hart de hoop zijn vleugels uitsloeg. Oldenhage was in veel opzichten sjofel en aftands, maar nu mijn eigen gemoed wat lichter begon te worden, gingen mijn ogen weer open voor de charmes van het huis. De kelderdeur zou een fraai detail zijn in de fotogalerij op mijn webpagina over deze karakteristieke hoeve. De situatie zag er een stuk beter uit nu Maman er niet meer was om overal een stokje voor te steken. Na de begrafenis zou ik Ennis eens tactvol peilen. We zouden samen plannen maken, samen over tekeningen gebogen zitten. Het moest wel heel gek lopen als ik mijn zin niet kreeg.

Er zat nog amper een bodempje olie in de fles die in de keuken in de vliegenkast stond. Dat was waar ook, ik had vandaag boodschappen willen doen.

Livia keek oplettend toe terwijl ik wat olie in het sleutelgat druppelde. 'Sesam open u!' fluisterde ik dramatisch.

'Simsalabim,' fluisterde ze opgetogen terug. Wat was ze in de grond toch nog een klein kind. Je kon haar met het flauwste grapje al om je vinger winden.

Het slot sprong los. 'Eitje,' zei ik.

De scharnieren kermden toen Livia de deur openduwde. Ze trok aan een lichtkoord. Over haar schouder zag ik een klein vertrek, niet meer dan een paar vierkante meter. Ik zou erop hebben gegokt dat het vloeroppervlak van de kelder gelijk moest zijn aan dat van de opkamer erboven, maar dat is het aardige van grote oude huizen: ze stellen je altijd voor verrassingen.

Zo te zien stonden er in de kelder alleen maar wat dozen, een opgerold stuk zeil en een roestige vogelkooi. Zodra ik Oldenhage in gereedheid had gebracht om gasten te ontvangen, zouden die hier mooi hun bemodderde wandelschoenen kunnen achterlaten.

'Achterin liggen die zware dingen, zei Ennis,' merkte Livia op terwijl ze opzijstapte.

De bovendorpel was zo laag dat ik me moest bukken. Eenmaal binnen kon ik net niet rechtop staan.

'Kijk uit dat je niet struikelt,' zei Livia.

Langs mijn voeten schoot een muis, ik schrok van zijn onverwachte verschijning, verstapte me, trapte op een losse lat en gleed uit.

'Wat zei ik nou!' riep Livia achter me uit.

Even dacht ik dat ik, maaiend met mijn armen, mijn evenwicht nog zou hervinden. Maar een tel later belandde ik op mijn achterste, met een bons die door het hele huis leek te resoneren, van hier tot Livia's zolder en weer terug. Het volgende ogenblik vulden mijn ogen zich met tranen van pijn omdat mijn stuitje elektrische signalen begon uit te zenden.

Bijtend op mijn knokkels bleef ik doodstil zitten totdat de scheuten zouden afnemen. Tussen mijn knieën door staarde ik naar de lemen vloer die bezaaid was met muizenkeutels. Ik verwachtte elk moment Livia in de deuropening te horen vragen waarom ik daar zo raar zat.

Toen ik me bij machte voelde om op te staan, stootte ik bij het omhoogkomen mijn hoofd tegen het plafond. Vloekend draaide ik me om. Ik zag het meteen. De deur was dichtgevallen.

16:42

Ik duwde de kruk naar beneden. En nog eens. Ik gooide mijn volle gewicht tegen het ambachtelijke timmermanswerk. 'Livia!' krijste ik. 'Godverdomme, Livia! Laat me eruit!'

16:45

Niets. Het bleef stil. Was ze buiten, bij Ennis?

17:04

Hoeveel zuurstof bevatte de kleine kelder? Het plafond leek nóg lager te worden, de muren waren bezig naar elkaar toe te schuiven. Bevend tastte ik naar mijn mobiel. Niet in de linkerzak van mijn vest. Niet in de rechter. Wel in mijn kontzak. Barst in het scherm. Hoefde niets te betekenen. Gewoon de aanknop indrukken. Het vaste nummer van Oldenhage bellen. Ik zág het toestel liggen op de keukentafel, waaraan Ennis en Livia straks mijn kip in het groen zouden eten. Niet aan hen laten merken dat ik het bestierf. 'Maak de deur even open.' Eerst diep ademhalen. 112 kon altijd nog. Niet meteen vol in het drama schieten. Later zou ik erom lachen. Later zou ik... Geen bereik. Geen bereik!

17:38

Mijn keel rauw van het schreeuwen.

17:44

Het was alleen maar kattenkwaad van Livia. Ennis zou zo meteen de deel op stappen, klaar met zijn vuur. Hij zou me horen. Hij zou me verlossen.

17:53

Ergens moest een luchtrooster zijn, er bestonden geen kelders zonder roosters, tenzij een Gilissen-voorvader de boel had dichtgemetseld, maar ook dan was er nog niets verloren, met een spijl uit die oude vogelkooi kon ik het cement tussen de bakstenen van de buitenmuur krabben, zo hoog mogelijk beginnen, dit soort kelders lag nooit helemaal ondergronds, als ik eenmaal één baksteen had losgewrikt zou het steeds makkelijker gaan, gewoon direct beginnen want het werd tijd om onder ogen te zien dat er een mogelijkheid bestond dat ik deze situatie op eigen kracht zou moeten zien op te lossen, een gerede mogelijkheid zelfs, al was het duister waarom, want wat moesten ze hier in Oldenhage zonder mij beginnen?

18:21

Mijn ogen prikten van het gruis, mijn vingertoppen schrijnden. De muizen begonnen aan mijn aanwezigheid te wennen: ik voelde hoe er eentje langs mijn broekspijp omhoogroetsjte. Opnieuw stootte ik mijn hoofd tegen het plafond.

19:03

Ik onderbrak mijn geschraap in het cement even om mijn oor tegen de kelderdeur te drukken. Het was in de hoeve zo stil als in een tombe. Als ik niet beter wist, zou ik denken dat Maman en ik de enigen waren die zich onder dit dak bevonden. Levendig zag ik voor me hoe mijn handtas zoals altijd aan de leuning van een keukenstoel hing. Met daarin de sleutels van mijn auto, die achter het hek voor me klaarstond. Mijn comfortabele automaat. Zelfs met één been kon je er fluitend in wegrijden.

19:55

Oké dan. Het zou wel waar zijn. Je hoefde de dingen per slot van rekening niet te begrijpen om te erkennen dat ze toch echt gebeurden.

Ennis was rechtlijnig genoeg om woedend te denken: wat Madeleine kan, kan ik ook. Wat ik had aangezien voor een onvoorwaardelijke vorm van verbondenheid kon best louter een ingedrilde familiecode zijn: een Gilissen is nu eenmaal een blijver. Maar als je dochter haar kop in de wind gooide en die heilige wet met voeten trad, terwijl je er zelf al twee jaar van droomde om onder de radar te verdwijnen... Madeleine had hem laten zien wat een sul hij was, bungelend aan zijn moeders touwtjes. 'Over mijn lijk, Ennis, over mijn lijk.'

Hij moest in een opwelling hebben besloten de familiegrond te verlaten, en in dezelfde opwelling mij van het toneel hebben laten verdwijnen, zodat hij mijn auto kon gebruiken. Maandagochtend zou de begrafenisondernemer pas komen, dat gaf hem twee volle dagen: dan zou hij met

Livia al in Zuid-Spanje kunnen zitten. Maar onderweg zou hij zich opeens doodschamen. Hij zou omkeren en, terug in Oldenhage, Livia schaapachtig instrueren om de kelderdeur weer open te maken.

20:20

Ik moest het op een andere plek in de muur proberen, hier kwam ik er niet doorheen. De spijlen van de vogelkooi waren hopeloos dun en broos, ik had meer dan de helft ervan al verbogen of gebroken. Bedaar. Bedaar. Alles komt goed. Blijf krabben, blijf schrapen.

21:05

Inmiddels zaten die twee ergens in België of in Duitsland in de gelagkamer van een pension achter een groot bord eten, gewoon een vader en zijn dochter, niets bijzonders aan te zien, niets op aan te merken. Zolang Livia haar pillen maar slikte.

21:12

Mijn nagels waren kapot. De muur had amper een schrammetje.

De muren van Oldenhage hadden eeuwenlang alles doorstaan. Wat had ik dit huis graag willen hebben. Nu had het mij.

Ik liet me op de grond zakken en begon te huilen.

Stil maar, stil maar. Iets zei me dat Ennis voor de begrafenisondernemer de deur van het slot gelaten moest hebben. Hij kon het vast niet over zijn hart verkrijgen om Maman boven de grond te laten staan wegrotten. Maandagochtend zou ik bevrijd worden. Nu was het vrijdagavond. En in de tussentijd was er niemand op aarde die iets in Oldenhage te zoeken had.

21:19

Maar Vincent zou hier morgen in de buurt zijn! Vincent, die belust was op een mooi slotakkoord tussen ons beiden. Als die man het op z'n heupen kreeg, was hij niet te houden. Hij wist precies waar ik was. Nou, dan moest hij maar degene zijn die me verloste. Voor hem hoefde ik me niet te schamen. We hadden ons, ieder voor zich, door hersenspinsels het hoofd op hol laten brengen, hunkerend naar een verblijf in een nieuw, fris dromenland. We waren allebei even grote zielenpoten.

21:59

Ik had dorst. Mijn nek was stijf van de onnatuurlijke stand waarin ik mijn hoofd onder het lage plafond tijdens het krabben moest houden. Mijn blaas stond op springen, ik hield het niet meer.

Jachtig maakte ik een van de dozen open die op de keldervloer stonden. Ze bevatten kleurige kleding waaruit vaag een zoete parfumgeur opsteeg. Van Alicia? Ik hurkte boven de doos en liet mijn blaas leeglopen. Pas toen ik mijn broek weer omhoogsjorde, besefte ik mijn stommiteit. Het zou vannacht steenkoud worden, hier half onder de grond.

Bijna jankend rukte ik een andere doos open. Godlof. Een leren jack, een sjaal. Het jack paste me alsof het voor mij was gemaakt. De sjaal was zacht en dun en rook net als de andere kleren.

In de derde doos vond ik Alicia's overige bezittingen. Een beduimeld boek over mindfulness, een handtas met daarin een plastic portemonnee en een bus haarlak, een paar zilverkleurige pumps, een toilettas boordevol mascara en lippenstift. Precies wat je verwachtte van iemand zoals zij, de luchthartige minnares die er niet om maalde wat ze andere vrouwen aandeed, want hé, ze deed het toch met volwassen kerels die voor hun eigen gedrag verantwoordelijk waren?

Op de bodem van haar handtas lag een lange, stalen nagelvijl. Kijk nu eens. Die Alicia.

Ik vatte weer een beetje moed. Weggedoken in de kraag van haar jack ging ik met haar vijl aan het werk in de kerker onder het kamertje met haar bed en haar gebarsten spiegel. Rustig aan. Je hebt de tijd. Je hebt alle tijd.

22:23

Ik zag eens een documentaire over een gezin dat in een kapotte zeilboot stuurloos veertien dagen op de Atlantische Oceaan had rondgedreven, een vader, een moeder en hun twee jongvolwassen kinderen. Ze werden op het nippertje gered, bijna uitgedroogd door de beukende zon. Eind goed, al goed, zou je denken. Maar uit de aangrijpende laatste scène bleek dat ze, toen ze eenmaal weer vaste grond onder de voeten hadden, alle vier hetzelfde wilden: elkaar ontvluchten. Ze hadden in elkaars ogen dingen gezien die onvergeeflijk waren. Ze waren voorgoed uit elkaar gegaan.

Wat zag Ennis als hij naar Livia keek, die hij nu ver van

huis in een vreemd bed tussen stugge lakens instopte?

Zoals ze me de kelder in had gekletst. De deur achter me had dichtgeslagen. Misschien had Ennis haar instructies gegeven. Maar het kon net zo goed dat ze het zelf had bedacht. Gewoon, omdat ze daar zin in had. Livia deed altíjd waar zij zin in had.

Mijn hart begon te bonzen.

Van alle Gilissens was Livia destijds de enige geweest die nog niet de leeftijd had om te overzien hoe verreikend de gevolgen kunnen zijn als je zomaar toegeeft aan je boosaardige impulsen. Mijn god, had ik Ennis' jongste dochter gewoon nooit diep genoeg in de ogen gekeken om te beseffen dat ze niet verknipt was geraakt door haar opsluiting hier, maar dat er vóór die tijd al iets faliekant mis met haar moest zijn geweest? Of had ik dat domweg niet wíllen geloven? Want als je bereid bent een elfjarige van zoiets te verdenken, waar eindig je dan?

Maar als Ennis dacht dat zijn problemen nu waren opgelost, dan vergiste hij zich dus. Zijn grootste probleem was hij helemaal niet kwijt, hij had het juist met zich meegenomen, met slofjes en al. Dat zou hem opbreken. Dat zou hij nog verschrikkelijk gaan bezuren.

Elders, diezelfde avond

Vincent stond al onder de douche. Boven het watergeklet-ter uit hoorde ze hem energieke geluiden maken. Hij was altijd in zijn element wanneer hij iets voor haar in petto had. Morgen weer een uitje, naar Limburg ditmaal. Meer had hij er niet over losgelaten. Maar hij had erbij gekeken alsof haar ter plekke een heel programma aan verrassingen wachtte.

Ze ging zitten op haar bankje uit de kringloopwinkel. Zou ze speciale kleding nodig hebben? Hij was niet iemand die zich realiseerde dat je soms net een ander jurkje of hogere hakken zou hebben meegenomen als je had geweten waarin je zou belanden.

Voordat ze haar rolkoffertje ging inpakken kon ze natuurlijk gewoon even kijken wat voor soort reserveringen er in zijn telefoon stonden. Hij zou het zelf ook leuk vinden als zij er morgen in Limburg op haar best uitzag.

Ze ratste het toestel van de tafel en scrolde door zijn berichten.

Kijk, daar was de bevestiging van zijn hotelboeking al. Een nachtje in een kasteel, maar liefst. Haar nieuwe schoenen moesten dus mee. Verder zag ze niets wat met hun uitstapje te maken leek te hebben. Vlug checkte ze ook zijn e-mail en zijn WhatsApp. Onder 'Marcia' stond die leuke tiramisu-foto van laatst. Ze glimlachte even.

'Sabine' stond ook in zijn lijst. Met een slok op had hij weleens iets voorgelezen uit de scheldkanonnades van zijn ex. Het interesseerde Marcia niet bijzonder. Die vrouw zat zichzelf zo hopeloos uit de markt te prijzen met haar zielige getier. Verveeld bekeek ze de jongste toevoeging aan Sabines berichtenlawine.

Ze verstrakte. Nou werd-ie helemaal mooi! Dat kutwijf was opeens uit een heel ander vaatje gaan tappen. En die goeie sul van een Vincent was er nog in getrapt ook. Dank voor je genereuze bericht, Sabientje. *My god* zeg, alles werd vergeten en vergeven! Met als klap op de vuurpijl een verkapte uitnodiging van het doortrapte secreet om haar te komen opzoeken in een onvoorstelbaar lelijke oude boerderij.

Even hergroeperen, zei Marcia tegen zichzelf, terwijl ze naar de afbeelding van Google Maps staarde. Dit was precies wat haar jaarclubgenoten hadden voorspeld. Als puntje bij paaltje kwam, kon je getrouwde mannen niet vertrouwen. Die kropen vroeg af laat weer terug naar hun vrouw. Je was kansloos.

Dus daarom gingen Vincent en zij naar Limburg. Omdat Sabientje daar zat. *Forget it, bitch.* Hij is nu van mij.

Het was al irritant genoeg dat hij vóór haar een heel leven had gehad. Maar zo moest ze niet redeneren, zei hij altijd, want zijn leven was met haar pas echt begonnen. Dus nu mocht ze zeker ook niet jaloers zijn op dat berekenende ouwe lijk. Terwijl jaloezie toch het beste bewijs van je liefde voor iemand was. Je kon wel doen alsof het je allemaal niet boeide, maar als je echt van iemand hield, golden er andere wetten. Als je van iemand hield, had je ook de plicht hem te beschermen. Hem te redden van zichzelf, desnoods.

Ze liep naar de badcel, waar Vincent zijn tanden stond te poetsen.

Hij draaide zich om. 'Wat zie je wit, lieverd.'

'Ik voel me ook echt waardeloos. Misschien zat er een bedorven sushi tussen. O Vince, het spijt me zo, maar ik denk dat het een voedselvergiftiging is. Ik geloof dat ik dit weekend liever thuisblijf, samen met jou. Gaan we ons hier lekker samen inkuilen in bed.'

'Meisje,' zei hij terwijl hij haar in zijn armen nam.

Ze leunde tegen hem aan. De overnachting in dat kasteel had hij al betaald, maar geld was voor hem nooit een punt. Zo'n royale man had ze nog niet eerder gehad. Jammer van dat gave kasteel. Dat moest ze er maar voor overhebben. Op deze manier was ze in elk geval hard op weg om Sabines plaats voor altijd in te nemen.

15 maart

08:15

Ingeklemd tussen de keldermuren moest ik toch in slaap zijn gevallen, opgerold op de koude lemen vloer, Alicia's jack tot aan mijn kin dichtgeritst, want opeens gaf mijn horloge 08:15 aan. Zaterdagochtend. Stram ging ik zitten. Mijn hoofd voelde onaangenaam licht, mijn keel was zo droog dat ik niet kon slikken.

Dadeloos bleef ik tegen de muur geleund zitten, verlamd door het gevoel dat ik niet langer alleen in huis was. Het was niet zo dat ik achter de zware deur van mijn kerker iets hoorde, er was eerder sprake van een subtiele atmosferische verandering, die door de muren heen drong. Ik rook als het ware de aanwezigheid van iemand anders, heel nabij.

Waren Ennis en Livia teruggekomen? Had Irma op haar vrije zaterdagochtend plotseling reden gezien om naar Oldenhage te komen? Liep Hieke van Stine hier rond te schuimen? Ik begon te gillen en met mijn vuisten op de deur te timmeren. Ik maakte zoveel lawaai als ik kon en de krappe ruimte versterkte mijn herrie, maar was ik elders in huis ook te horen?

Na een tijdje hield ik me stil en spitste mijn oren.

Was er wel iemand of had ik me dat maar ingebeeld? Als

het koelelement onder Mamans kist was uitgevallen, stootte haar lichaam nu misschien plofjes lijkgas uit en was dat hetgeen ik had opgevangen: niet mijn naderende redding, maar Maman die druk bezig was te vergaan.

Ik zette het opnieuw op een krijsen.

08:19

Mijn stem begaf het. Op hetzelfde moment hoorde ik de sleutel in het slot van de kelderdeur knarsen.

Ik moest vechten tegen de neiging zo ver mogelijk achteruit te wijken. Wie zei dat degene die nu met het slot stond te worstelen, iets goeds in de zin had? Met bevende handen hield ik Alicia's vijl omklemd. Zweet sijpelde in mijn ogen.

Het slot klikte los. De klink bewoog omlaag. Met piepende scharnieren ging de deur open. Een gestalte werd zichtbaar.

08:21

Ik snakte naar adem. 'Madeleine?' stamelde ik.

08:25

Madeleine zei niet veel en ze vroeg nog minder. In de keuken zette ze thee van het laatste theezakje. We aten reineclaudes uit de pot. Tegenover elkaar zaten we aan de grote tafel. Op een wonderlijke manier was ons zwijgen niet eens ongemakkelijk. Het leek gewoon onbegonnen werk om woorden te vinden voor de situatie waarin we ons bevonden.

Madeleine zag bleek, maar niet bleker dan anders. Ze droeg dat zwarte mutsje weer, diep over haar doorgegroeide wenkbrauw getrokken. Ze oogde koppig en ongenaakbaar. Ook dat was niets nieuws. Plompverloren stelde ze voor om naar het dorp te rijden om de voorraden aan te vullen.

Ik was even van mijn stuk gebracht. Maar iets doodgewoons doen, dat was geen slecht idee.

We namen de landrover.

'Toen ik zag dat je auto niet meer bij het hek stond, dacht ik dat je was vertrokken,' zei Madeleine. Kleintjes verduidelijkte ze: 'Dat jíj was vertrokken.'

'Dat dacht ik ook van jou,' zei ik. Ik durfde niet te vragen wat ze ervan vond dat Ennis en Livia ervandoor waren.

Tegen de tijd dat we in de supermarkt een karretje hadden gevuld en ik had afgerekend, herinnerde alleen mijn schorre keel me nog aan de benarde nacht die achter me lag, en zelfs die herinnering werd al diffuus. Ik bewees mezelf de grootste dienst door alles maar zo snel mogelijk te vergeten. Als je je vernederingen gaat zitten herkauwen, ben je ontzettend infantiel bezig.

Terug in Oldenhage laadden we de levensmiddelen uit en brachten ze naar de keuken.

'Wat is dít?' vroeg Maddie, toen we alles op het aanrecht hadden uitgestald.

'Een zak met kadetjes.'

'Die rotzooi eten we hier niet.'

Ik haalde een bolletje uit de plastic zak en beet dankbaar in het sponzige deeg.

'En wat ben jij nou verder van plan?' vroeg ze agressief.

'Dat wilde ik net aan jou vragen.' Ook ik was opeens boos. Het had zo natuurlijk geleken, een verademing zelfs, dat ze Oldenhage was ontvlucht. Ook al had ze me uit de kelder gered, ik kon het niet uitstaan dat ze binnen een paar dagen alweer was teruggekomen. Dat zelfs zij, die niets dan vrijheid te winnen had, hier nu weer zat. Het was om gek van te worden.

Ze zette koffie en meel in de kast. 'Waarom ga je niet naar huis, Sabine?'

'Net zoals jij hebt gedaan, bedoel je?'

Nors keek ze me aan. 'Ik was hier nog niet klaar.'

'Waarmee?'

Haar blik verzachtte enigszins. 'Dat snap jij toch niet.' Toen wandelde ze op haar gemak de keuken uit.

Zodra de begrafenisondernemer Maman zou hebben opgehaald, overmorgen dus, was het alleen nog maar een kwestie van tijd voordat Irma te weten kwam dat Ennis en Livia met de noorderzon waren vertrokken. Het leek me in hun geval een strafbaar feit. Voor mijn eigen rugdekking kon ik Irma beter meteen op de hoogte stellen. Ik was niets aan Ennis verplicht. Als hij niet op een dieptepunt in mijn leven mijn pad had gekruist, had ik meteen gezien dat er niets, helemaal niets aantrekkelijk aan hem was.

Aan Irma was ik trouwens evenmin iets verplicht. Ik kon de deur hier dus ook gewoon achter me dichttrekken en op mijn beurt verdwijnen, zonder me ergens tegen in te hoeven dekken. Er zou geen haan naar mijn vertrek kraaien. Ik deed er immers niet toe. Ik deed er hier zo verschrikkelijk weinig toe dat het me de tranen naar de ogen joeg.

Ik schoof de laatste boodschappen de kast in. Toen ging ik naar buiten.

Madeleine was in de zompige wei bezig de ganzen te voeren. Ze had een paar rubberlaarzen aangetrokken die zo te zien van Ennis waren. Er scheen een waterig zonnetje dat de grote witte vleugels van de ganzen deed oplichten. Ze waren zichtbaar opgetogen dat hun hoedster weer thuis was.

Ik ging op het hek zitten. Na een tijdje slenterde Madeleine mijn kant op.

'Waar was je al die tijd?' vroeg ik.

Maddie hees zich op aan het hek. 'Bij Thieu en Magda Erkelens. Hier de hoek om en dan de heuvel af.'

'O, en daar was je van harte welkom?'

'Ze azen al jaren op onze oude uienakker, dus ze doen altijd erg beleefd. Ze begrepen het wel, zeiden ze, dat ik er eens even uit moest.'

Een gevoel dat verdacht veel op afgunst leek stak de kop bij me op. Die lui hadden Madeleine begrépen. Alsof ik dat niet had gedaan, en niet zoals Thieu Erkelens en zijn vrouw uit inhaligheid, maar uit oprechte compassie.

'Ik wilde even nadenken,' zei ze. 'Heb jij dat nooit?'

'En, wat was je conclusie? Nee, laat ook maar. Oost west, thuis best.'

Haar ogen begonnen te glanzen. 'Ik besefte gewoon dat ik nergens anders zoveel kan betekenen als hier.'

'O god,' zei ik na een moment. 'Vertel me niet dat je nog niet klaar bent met boete doen. Hou alsjeblief op, Maddie. Hou op jezelf te straffen voor iets waaraan je part noch deel had.'

Ze fronste haar voorhoofd. 'Dat zeg jij.'

'Jij hebt geen enkele schuld aan wat er met Alicia is gebeurd.'

'O nee? Ik heb het in elk geval ook niet voorkomen.'

Van frustratie trok ik aan mijn haar. 'Jij bent de dader niet.'

'Ach,' zei ze, 'wat doet dat er nou toe?'

Ik wilde tegenwerpen dat het er alles toe deed. Maar was dat zo? Maakte het voor de Gilissens zelf wel enig verschil wie van hen Alicia die nacht daadwerkelijk boven aan de zoldertrap had opgewacht, als zij met z'n allen de rijen toch altijd op dezelfde manier zouden hebben gesloten? In deze familie was iedereen onderdeel van een systeem dat samenwerkte. In hun logica was niet eens plaats voor individuele schuld of onschuld. Alleen buitenstaanders zoals ik kwamen op de gedachte dat dat iets uitmaakte.

Naast me staarde Madeleine met een zweem van een glimlach uit over de ganzenwei. Sereen zei ze: 'Hier weet ik tenminste waarvoor ik 's ochtends wakker word. Bij Thieu en Magda drong dat opeens weer tot me door. Ik zou bij hen, of ergens anders, natuurlijk ook ganzen kunnen houden en sjalotten telen, maar dat zou geen zin hebben. Begrijp je? Ganzen houden en sjalotten telen heeft op zich geen enkele betekenis. Je zet er niets mee recht. Dingen krijgen pas waarde als ze een offer vragen. Soms heb je daar geen zin in, nee, maar dat komt dan doordat je even was vergeten dat je alleen op die manier je geluk kunt verdienen.'

Ik pakte haar bij haar arm. 'Maar waarom zou jij niet gewoon dingen mogen doen die je leuk vindt? Maddie, wees nou reëel. Je boetedoening heeft helemaal geen zin. Zo werken die dingen niet.'

Ze maakte zich los uit mijn greep en sprong van het hek. 'O, jawel hoor, wel als je van elkaar houdt. Hé, heb jij er trouwens aan gedacht om de tomatenplanten water te geven?'

'En waar zijn de mensen van wie jij houdt nu?'

Ze keek ietwat onzeker om zich heen.

'Ben je al op je kamer geweest? Volgens mij heeft Ennis al je spullen verbrand.'

Nu keek ze me recht aan. 'Ik denk dat je dat hebt gedroomd, Sabine.'

'Je vader is er met je zusje vandoor.'

Ze haalde haar schouders op. 'Ze komen heus wel weer

naar huis. We moeten Maman toch nog begraven?'

'Je leeft niet in de werkelijkheid. Je bent teruggekomen om je hier opnieuw vrijwillig op te sluiten, zonder dat er iemand is die je offer waardeert. Denk je dat Ennis en Livia je dankbaar zijn omdat jij hier in je eentje nog steeds boete zit te doen?'

'Zij hoeven mij toch niet dankbaar te zijn?' zei ze verbaasd. 'Het is precies andersom. Zíj gunnen me dit, omdat ze weten dat ik alleen op deze manier gelukkig ben.'

'Sta me bij,' zei ik. 'Maddie, als je per se een groots gebaar wilt maken, als je dat nódig hebt, doe het dan goed en ga ergens op een berg in een spleet of een grot zitten, tussen heremieten die de zonden van de wereld willen uitwissen.'

Ze trok haar muts recht. Ze zuchtte. 'Ach Sabine, iedereen boet op z'n eigen manier.'

19:05

We aten die avond macaroni met kaas. Madeleine kwam er niet op terug dat het tijd werd dat ik naar huis ging. Zelf wist ik niet wat me nu nog in Oldenhage hield. De betovering was allang verbroken. Misschien hoopte ik dat deze episode alsnog betekenis zou krijgen, zodat ik hier niet helemaal met lege handen zou vertrekken.

16 maart

12:15

We hadden er vanaf 's ochtends vroeg flink de vaart in gezet. Het gras was geverticuteerd, het kippenhok en de kooi van de hond waren eindelijk uitgemest. Op de koer had ik de verkoolde restanten van het vuur in een hoek geveegd, terwijl Madeleine in de boomgaard bezig was.

Het was een plotseling warme dag die beelden opriep van hoe heerlijk het hier 's zomers moest zijn. Ik zag voor me hoe Maddie en ik dan na gedane arbeid door het kalme avondlicht naar de vijfsprong op de heuvel zouden wandelen, een picknickmand tussen ons in. Ik zag voor me hoe onze dagen zich aaneen zouden rijgen, bijna uit hun naden knappend van de simpele werkzaamheden die onophoudelijk onze aandacht opeisten en die maakten dat we 's nachts voldaan en droomloos sliepen, en ik vroeg me af of je niet altijd wel ergens schuldig aan bent, al is het maar omdat je uit gemakzucht dingen hebt nagelaten, of zoals Maddie had gezegd, omdat je ze niet hebt weten te voorkomen. Misschien had ze gelijk. Misschien was het zelfs zo dat je alleen maar gelukkig kon worden als je bereid was je schulden al bij voorbaat in te lossen.

Ik dacht aan Vincent. Op dit tijdstip hadden we bijna

twintig jaar lang voor de zondagse brunch aan onze blank eiken eettafel gezeten. Roerei met zalm en spinazie, de laatste jaren, met de sudoku uit de krant als nagerecht. Gewoon een nonchalant, geprivilegieerd echtpaar, veilig geborgen in elkaars liefde. Het was bijna obsceen hoe onschuldig we al die tijd waren. We hadden er geen idee van wat we elkaar zouden gaan aandoen. Geen idee van wat voor soort monsters we zouden blijken te zijn.

14.00

Maman begon uit vorm te raken, zoals de begrafenisondernemer al had voorspeld. Haar gezicht had een nare, donkergele kleur gekregen en haar oogkassen waren diepe spelonken geworden. Ik plaatste het deksel op de kist.

Maddie kwam de serre binnen, bijtend in een rimpelige appel die nog van vorig jaar moest zijn.

'Waar zouden Ennis en Livia ondertussen uithangen?' vroeg ik.

Ze kauwde zwijgend.

'Denk je echt dat ze voor de begrafenis terugkomen? Ik word dol van jullie. Eruit, erin.'

'We moeten de kist nog afmaken,' zei ze. Ze gooide het klokhuis van haar appel naar buiten en begon druk aan de deksels van de verfblikken te wrikken. Ik had de indruk dat ze minder zeker van haar zaak was dan gisteren.

Nou ja, je hoort weleens dat misdadigers altijd terugkeren naar de plaats delict, of ze willen of niet. Ik probeerde me voor te stellen dat Ennis en Livia hier plotseling weer zouden opduiken. Had Ennis erop vertrouwd dat ik wel op een of andere manier uit de kelder zou zijn ontsnapt, of had hij eenvoudig geen enkele gedachte aan me gewijd? Ik had beslist geen redenen meer om hem een warm hart toe te dragen. Vreemd dat dat toch als een zekere vorm van verlies voelde.

'We wachten het rustig af,' zei Madeleine bezwerend.

Dus dat deden we. We wachtten terwijl we de kist beschilderden, we wachtten terwijl we daarna de geit verweidden, in de kas de eerste spinazie plukten en de bedden in de moestuin wiedden. We wachtten terwijl we een brood bakten, en voor de zekerheid toch ook maar een tweede. Want al die tijd dat we wachtten, ging het leven gewoon door en stelde het eisen aan ons, als een klein kind of een zieke die op eigen kracht amper iets kan. Wachten is maar ten dele een staat van zijn. Je kunt er een hoop naast doen.

21:55

Ik zat op de rand van Alicia's bed in mijn weekendtas te zoeken naar een geschikt kledingstuk voor de begrafenis, toen Madeleine met een schaar in de deuropening verscheen. 'Wil je mijn haar even knippen?' vroeg ze kortaf.

'Dat moet je nooit in een opwelling doen. En je kunt ook beter naar de kapper gaan.'

Ze stak me de schaar toe. Ze droeg een ouderwets nachthemd met een klein, opstaand kraagje. Misschien had ik me vergist en had Ennis alleen maar huisvuil verbrand. 'Doe het maar heel kort, in van die plukjes,' zei ze.

'Hier krijg je spijt van, Maddie.'

'Help me nou gewoon even!'

Ik kwam overeind en pakte een streng van haar haar. Het was zo fijn dat het door mijn vingers glibberde. Het zou vanzelf weer aangroeien. 'Wil je in de spiegel kijken? Dan kun je me aanwijzingen geven.'

Weer zo'n laatdunkende blik. Jij begrijpt het toch niet, Sabine.

Ik knipte haar nek bloot, haar oren. Ik probeerde in laagjes te werken, maar haar haar was zo dun dat het ongeacht de verschillende lengtes sluik om haar schedel bleef vallen.

Ze draaide zich om. 'Weet je wat ik weleens denk?'

'Als je je hoofd niet stilhoudt wordt het helemaal niks.'

'Misschien is Maman wel vreemdgegaan. Toen ze maar niet zwanger werd van opa, bedoel ik.'

Ik kon nog net voorkomen dat ik in haar kraag knipte.

'Maman moest en zou toch een kind krijgen?'

'Wat maakt het nu nog uit, Maddie?' zei ik. Maar ik besefte donders goed wat het uitmaakte. Stel dat Ennis alleen maar in de waan was gelaten dat hij als Gilissen-telg levenslange verplichtingen aan Oldenhage had. Mijn hand begon zo te beven dat ik een moment moest pauzeren.

'De voorkant wil ik een beetje schuin. Het is maar goed dat Ennis zo woest op me was dat hij is vertrokken, vind je ook niet?'

Ik draaide haar aan haar schouders om.

'Ik heb hem bevrijd, denk ik. Nu kan hij tenminste...'

Ik voelde mijn hart krimpen: ze was zich aan het indekken tegen de mogelijkheid dat haar vader niet terug zou komen. 'Maar waar moet hij heen, met Livia?' stamelde ik.

'Ach, Livia,' zei ze. 'Iedereen zou eens moeten ophouden zo'n probleem van Livia te maken. Ben je nou bijna klaar?'

17 maart

10:15

De begrafenisondernemer was precies op tijd. Hij vroeg of de heer Gilissen al naar het kerkhof was, en met neergeslagen ogen knikten we allebei vaag. Met haar kortgeknipte haar zag Madeleine er veel jonger en ook wat sjofel uit, als een kind uit een opvoedingsgesticht.

Mamans kist werd dichtgeschroefd en door vier zwijgende kraaien van de baar getild. Bij een van de mannen piepte het label van zijn jas uit zijn kraag omhoog, en ik moest me beheersen om het niet netjes in zijn nek naar binnen te vouwen. Ik miste de aanwezigheid van iemand zoals Hieke, iemand die wist hoe het hoorde. Ook vroeg ik me af hoe deze begrafenis ooit betaald ging worden. Moest Madeleine dat straks maar zien op te lossen?

Maar terwijl we over de koer naar buiten liepen, kneep mijn keel opeens dicht. Wat Maman ook allemaal op haar kerfstok had, Oldenhage was haar thuis geweest en nu werd ze hier voor altijd over de drempel gedragen. Het was alsof het huis het merkte en een hoorbare zucht slaakte, van weemoed of van opluchting, wie zou het zeggen. Maar het was slechts Mamans lichaam dat eindelijk Oldenhage verliet. Je kon niet uitsluiten dat haar geest hier achterbleef om heerszuchtig als altijd vreemden van het erf te weren die haar geheimen zouden kunnen ontdekken. Ik had eerder huizen meegemaakt die op onverklaarbare wijze niet verwelkomend waren en het nooit werden, wat je ook probeerde.

'We zijn vergeten doeken voor de spiegels te hangen,' zei Madeleine.

Ik sloeg een arm om haar schouder. Ze stribbelde niet tegen.

Zo liepen we, onze heupen tegen elkaar aan stotend, achter Mamans kist aan over het pad naar het hek, waar de lijkwagen klaarstond, een volgauto erachter. Terwijl we naast elkaar op de achterbank schoven, zei ik onhandig: 'Livia vertelde me dat jullie oma altijd zulke leuke dingen met jullie deed. Ik hoop dat je veel fijne herinneringen aan haar hebt.'

'Doe normaal,' zei ze niet onvriendelijk.

Ik had werkelijk geen idee wat er in haar omging.

Stapvoets zette onze kleine stoet zich in beweging. We namen de weg naar beneden. Op de rand van een akker die we passeerden, stonden een man en een vrouw, hij met een hoed tegen zijn maag gedrukt, zij in vormelijk zwart gestoken. Ze bogen het hoofd allebei even toen de lijkwagen voorbijreed. 'Thieu en Magda,' zei Madeleine gedempt.

Ook in het dorp hadden mensen zich voor hun huizen opgesteld. In de deuropening van het café trok Antie snel haar schort los en verschikte iets aan haar haar. Te midden van een groepje mannen, allemaal met een hoed of een pet in de hand, herkende ik Marcel met de planeten op zijn wang. Aan de overkant van de straat stond de apothekeres met de armen over elkaar geslagen voor haar zaak. Het was maandagochtend, iedereen had zijn of haar werk in de steek gelaten om ervan getuige te zijn dat Maman naar haar graf werd gebracht. Ik zag geen enkele emotie op de gezichten. De mensen deden wat je in een kleine gemeenschap nu eenmaal doet, afscheid nemen van de doden, dus ook van Adelheid Gilissen van Oldenhage, die hen nooit meer kinkels zou noemen.

Voor het verpleeghuis De Archipel stond Hieke met aan haar arm iemand die alleen haar stokoude moeder kon zijn, Stine van het plakboek. Het verschrompelde hoofdje trilde op het nekje. Ze grijnsde opgetogen van oor tot oor toen de lijkwagen haar passeerde. Zou zij de waarheid kennen over Maman en opa Gilissen? Er moest toch íémand zijn die in vertrouwen was genomen? Maar misschien ook niet. Waarschijnlijk niet, zelfs.

Je kon je bovendien afvragen wat de waarheid was, of wat die waard was. Mensen spelden elkaar zoveel op de mouw. En doorgaans willen we elkaar het liefst geloven.

Misschien was Vincents bevlieging wel overgewaaid als ik zo standvastig was geweest hem te willen blijven vertrouwen, of als ik zo wijs was geweest om te doen alsof. Het was niet uit te sluiten dat ik hem met mijn argwaan alleen maar op ideeën had gebracht.

'Wat zit je nou te snotteren,' zei Madeleine naast me geïrriteerd.

'Sorry.'

'Je kende Maman niet eens.'

'Dat zei Livia ook, maar ik heb in een week tijd wel een heleboel met jullie meegemaakt, hoor.'

'Een wéék,' zei ze. 'Nou, een week ben je vergeten voordat je het weet.'

Er begon een kerkklok te beieren. Gods vertegenwoordigers op aarde maken geen onderscheid tussen de doden: ze sorteren niemand voor op hemel of hel, ze klimmen in de klokkentoren of drukken op een knop van de geluidsinstallatie, na ons de zondvloed en morgen weer een dag.

We reden het kerkpad op, en ik zag meteen dat er geen dienst zou zijn: de deur van de kerk stond niet open. Voor ons rondde de lijkwagen de bocht naar de begraafplaats die erachter moest liggen. Maman zou regelrecht de grond in gaan.

Maddie ging rechtop zitten. 'Daar zijn ze,' zei ze zachtjes. 'Ik wist het wel, ik wist het gewoon zeker.'

Ennis en Livia stonden verderop bij een gedolven graf. Ze zagen er ongewassen en totaal afgemat uit.

We stapten uit de volgauto. 'Dan ga ik nu maar, Maddie,' zei ik. 'Bedankt voor alles.'

Ze knikte alleen maar. Ik wilde me al omdraaien, maar ik bedacht me. Ik liep naar Ennis toe. Hij had Livia als een schild voor zich getrokken. Haar mond hing een beetje open, haar haar viel in vette klissen voor haar gezicht. Ze keken me geen van beiden aan.

Ik hoorde het grind onder mijn voeten knerpen. Ik strekte mijn hand naar Ennis uit, de palm omhoog. Zachtjes zei ik: 'Jij hebt iets wat van mij is.'

Even leek het erop dat hij zijn hoofd briesend in zijn nek zou gooien, maar Livia trok aan zijn mouw. 'O ja,' zei hij schaapachtig. Hij haalde mijn autosleutel uit zijn broekzak en legde die in mijn hand.

Van Renate Dorrestein verschenen eerder:

Buitenstaanders (roman, 1983)
Vreemde streken (roman, 1984)
Noorderzon (roman, 1986)
Een nacht om te vliegeren (roman, 1987)
Korte metten (columns, 1988)
Het perpetuum mobile van de liefde (autobiografie, 1988)
Vóór alles een dame (almanak, 1989)
Het hemelse gerecht (roman, 1991)
Ontaarde moeders (roman, 1992)
Heden ik (ziektegeschiedenis, 1993)
Een sterke man (roman, 1994)
Verborgen gebreken (roman, 1996)
Want dit is mijn lichaam (Boekenweekgeschenk, 1997)
Een hart van steen (roman, 1998)
Voor liefde: klik op F (novelle, 1999)
Het geheim van de schrijver (handboek, 2000)
Zonder genade (roman, 2001)
Het duister dat ons scheidt (roman, 2003)
Zolang er leven is (roman, 2004)
Mijn zoon heeft een seksleven en ik lees mijn moeder Roodkapje voor (roman, 2006)
Echt sexy (roman, 2007)
Laat me niet alleen (Boekenweekessay, 2008)
Heiligenlevens en bananenpitten (essay, 2009)
is er hoop (roman, 2009)
De leesclub (anti-roman, 2010)
Pas goed op jezelf (novelle, 2011)
De stiefmoeder (roman, 2011)
De zondagmiddagauto (novelle, 2012)
De blokkade (verslag van een zoektocht, 2013)
Liever horen we onszelf (Luistergeschenk, 2014)
Weerwater (roman, 2015)
Penvriendin in China (longread, 2015)
Zeven soorten honger (roman, 2016)